ANTES QUE EU QUEIME

GAUTE HEIVOLL

ANTES QUE EU QUEIME

Tradução do norueguês de
GUILHERME DA SILVA BRAGA

Texto de acordo com a nova ortografia.

Título original: *Før jeg brenner ned*
Esta tradução foi publicada com o apoio financeiro da NORLA.

Tradução: Guilherme da Silva Braga
Capa: Scott Sorenson © Graywolf Press. *Imagens*: Rob Dobi, *Child Drawing* (foto de fundo); Sally Orange (desenho)
Revisão: Bianca Pasqualini e Marianne Scholze

CIP-Brasil. Catalogação na fonte
Sindicato Nacional dos Editores de Livros, RJ

H367a

Heivoll, Gaute, 1978-
 Antes que eu queime / Gaute Heivoll; [tradução Guilherme da Silva Braga]. – 1. ed. – Porto Alegre, RS: L&PM, 2013.
 256 p. ; 21 cm.

 Tradução de: *Før jeg brenner ned*
 ISBN 978-85-254-3048-9

 1. Ficção norueguesa. I. Braga, Guilherme da Silva. II. Título.

13-05689 CDD: 838.823
  CDU: 821.1135-3

Copyright © Tiden Norsk Forlag 2010. All rights reserved.

Todos os direitos desta edição reservados a L&PM Editores
Rua Comendador Coruja, 314, loja 9 – Floresta – 90220-180
Porto Alegre – RS – Brasil / Fone: 51.3225.5777

PEDIDOS & DEPTO. COMERCIAL: vendas@lpm.com.br
FALE CONOSCO: info@lpm.com.br
www.lpm.com.br

Impresso no Brasil
Primavera de 2013

Quase tudo é sem sentido.
Mas de repente algo incrível surge como
 uma nuvem incandescente no céu
e devora tudo.
Então todas as coisas se transformam
e você também se transforma
e aquilo que você ainda há pouco imaginava ter um valor enorme
não tem mais valor nenhum para você.
Então você se afasta das cinzas de tudo
e se transforma você mesmo em cinzas.

Pär Lagerkvist

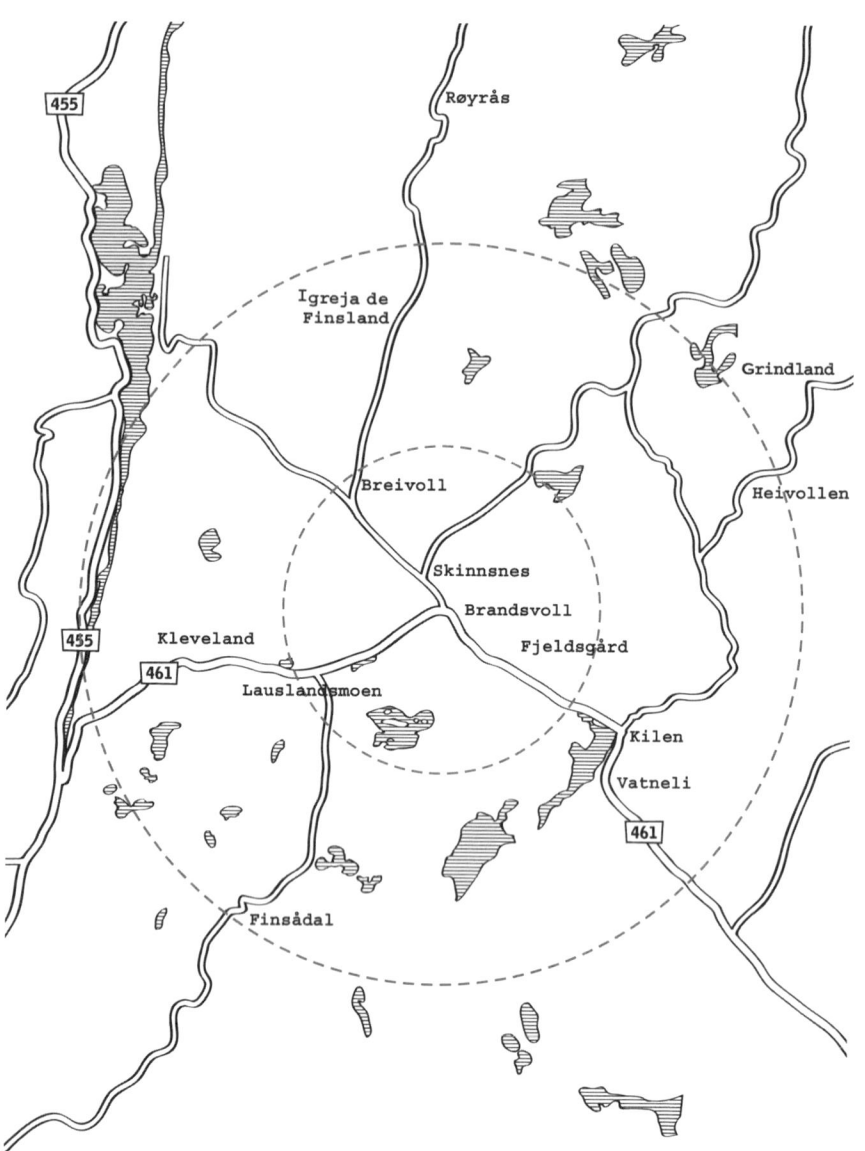

Uma nova história surgiu durante a visita a Alfred. No início achei que não teria a ver com os incêndios. Eu nunca tinha ouvido essa história antes, é de cortar o coração, mas ao mesmo tempo repleta de... Como posso dizer? Amor?

Aconteceu há pouco mais de cem anos, no vilarejo onde nasci e cresci. Um homem tirou a própria vida se explodindo pelos ares. Ele tinha 35 anos. Usou dinamite. Mais tarde disseram que a mãe saiu juntando os pedaços no avental. Alguns dias mais tarde, depois de uma breve cerimônia, tudo o que restou foi enterrado na sepultura número 35. Isso segundo os registros do cemitério. Em meio às observações, acrescentaram a palavra *insano*.

Não sei se a história é verdadeira. Mesmo assim, é possível compreender. Se você sentar e pensar a respeito, aos poucos vai compreender. Afinal, esse é o único remédio. É o que nos resta fazer. Não temos escolha. Saímos por aí juntando pedaços no avental.

1.

I

Passados alguns minutos da meia-noite de segunda-feira, 5 de junho de 1978, Johanna Vatneli apagou a luz da cozinha e fechou cuidadosamente a porta. Ela subiu os quatro degraus do corredor frio e abriu uma fresta na porta do quarto, deixando um facho de luz cair em cima do cobertor de lã que os cobria até mesmo no verão. No escuro estava Olav, o marido, dormindo. Ela permaneceu mais alguns segundos no limiar da porta, escutando a respiração pesada dele, e depois entrou no pequeno banheiro, onde deixou a água correr da torneira como de costume. Ficou inclinada um bom tempo enquanto lavava o rosto. Estava frio lá dentro e ela estava descalça em cima do tapete, sentindo o piso frio sob os pés. Por um instante ela olhou para os próprios olhos. Não era algo que costumasse fazer. Inclinou-se para frente e passou um bom tempo olhando para as pupilas negras. Em seguida ajeitou o cabelo e tomou um copo de água fria da torneira. Por último ela trocou as calcinhas. As velhas estavam sujas de sangue. Ela as dobrou e colocou-as em um balde com água, para que ficassem de molho à noite. Passou a camisola pela cabeça e no mesmo instante sentiu uma pontada na barriga, a pontada de sempre, que no entanto havia piorado nos últimos tempos, em especial quando ela esticava o corpo ou levantava peso. Como uma faca.

 Antes de apagar a luz ela tirou os dentes e largou-os com um estalo em um copo d'água na prateleira espelhada ao lado de Olav.

 Então ela escutou um carro.

A sala estava às escuras, mas as janelas cintilavam com um estranho brilho preto, como se uma luz fraca viesse do jardim. Ela caminhou tranquilamente até a janela e olhou para fora. A lua estava acima das árvores ao sul, Johanna viu as cerejeiras ainda em flor e, se não fosse pela névoa, teria enxergado todo o caminho até o Livannet, a oeste. Um carro com os faróis apagados seguiu devagar pela estrada em direção a Mæsel. Era um carro todo preto, ou talvez vermelho. Não dava para ver. O carro seguiu muito devagar e por fim venceu a curva e desapareceu. Ela ficou de pé junto à janela e esperou um, dois, talvez três minutos. Então voltou para o quarto.

– Olav – sussurrou. – Olav.

Não houve resposta alguma, ele dormia um sono pesado, como de costume. Mais uma vez ela se apressou em direção à sala, esbarrou no braço da poltrona, machucando a coxa, e quando chegou à janela conseguiu ver o carro preto voltando. O carro terminou de fazer a curva e prosseguiu devagar logo em frente à parede da sala. Devia ter dobrado na casa de Knutsen, mas lá não havia ninguém, todos haviam ido para a cidade na noite anterior, ela mesma os tinha visto sair. Ela escutou o ruído dos pneus lá fora. O discreto barulho do motor. O som de um rádio. Então o carro parou por completo. Ela ouviu a porta se abrir, depois silêncio. O coração subiu-lhe à boca. Ela voltou para o quarto, acendeu a luz e cutucou o marido. Dessa vez ele acordou, mas levantou apenas quando os dois escutaram um baque e o barulho de vidro quebrando no lado de fora da cozinha. Logo ao sair para o corredor ela sentiu um cheiro pungente de gasolina. Abriu a porta da cozinha e foi recebida por uma cortina de fogo. Toda a peça estava em chamas. Devia ter acontecido em poucos segundos. O assoalho, as paredes, o teto, as chamas lambiam e gemiam como um grande animal ferido. Ela ficou de pé junto à porta, completamente atônita. Em meio aos uivos ela reconheceu – mesmo que nunca tivesse escutado antes – o barulho de vidro estourando.

Permaneceu lá até que o calor ficasse intenso demais. Foi como se o rosto tivesse se soltado, caído desde a testa por cima dos olhos, das bochechas, do nariz, da boca. Foi então que ela o viu. Não por mais do que dois, talvez três segundos. Ele se erguia como uma sombra negra do outro lado da janela, do outro lado do mar de chamas. Estava como que congelado. Ela também. Então ele se afastou e desapareceu.

O corredor já estava tomado pela fumaça, que atravessava as paredes da cozinha e se acumulava sob o telhado como uma névoa densa. Ela foi tateando até o telefone e discou o número de Ingemann, em Skinnsnes, o número que tinha anotado em um pedaço de papel com um pincel atômico preto após os eventos dos últimos dias. Pensou no que diria enquanto os dedos giravam no disco. *Aqui é Johanna Vatneli. A nossa casa está pegando fogo.* O telefone estava mudo.

No mesmo instante houve um curto-circuito elétrico, um estouro veio da caixa de força, faíscas saíram da tomada ao lado do espelho, a luz se apagou e tudo ficou na mais absoluta escuridão. Ela pegou a mão de Olav e os dois precisaram ir tateando até a porta da rua. O ar frio da noite foi sugado para dentro da casa assim que a abriram, e logo o incêndio aumentou; os dois ouviram vários estalos surdos e então um rugido quando as chamas atravessaram o assoalho do sótão e em seguida lamberam a janela pelo lado de dentro.

Eu imaginei esse incêndio inúmeras vezes. As chamas haviam como que esperado por aquele instante, por aquela noite, por aqueles minutos. Queriam sair pela escuridão, erguer-se em direção ao céu, brilhar, ser livres. E logo em seguida elas se libertaram. Umas quantas janelas estouraram ao mesmo tempo, o vidro se estilhaçou e as chamas se alastraram, espalharam-se para os lados e para cima e logo deixaram todo o jardim envolto em uma luz dourada e irreal. Ninguém pôde descrever o incêndio porque ninguém estava lá além de Olav e de Johanna, mas eu imaginei tudo. Vi como as árvores mais próximas chegaram ainda mais perto da luz, como por assim dizer reuniram-se e deslizaram de maneira discreta e silenciosa para dentro do jardim. Vi como Johanna precisou arrastar Olav pelos cinco degraus da escada, através do extenso gramado, por baixo da antiga cerejeira que estava como que petrificada pelo grosso musgo cinzento na copa, para o outro lado do jardim e até a estrada, onde ela enfim sentiu que estariam a salvo. Lá os dois ficaram parados, olhando para a casa onde tinham morado desde 1950. Não disseram uma única palavra, não havia nada a dizer. Passados talvez dois ou três minutos Johanna conseguiu voltar a si enquanto Olav continuava parado de pijama. No clarão tremulante ele parecia um menino. A boca estava entreaberta e os lábios se mexiam de leve, como se tentassem formar uma palavra que não existia. Johanna atravessou mais uma vez o jardim, apressando-se em meio aos arbustos frutíferos e às macieiras que poucos dias atrás ainda estavam em flor. O gramado estava coberto de orvalho e ela molhou a barra da camisola até os tornozelos. Quando parou nos degraus, sentiu as violentas ondas do calor que vinha da cozinha e de todo o sótão, que dava para o leste.

Então ela entrou.

No corredor, parte da fumaça havia se dissipado, e assim era possível ver tanto a porta da cozinha, que continuava fechada, como a porta da sala, que estava escancarada. Ela deu alguns passos cautelosos para dentro da casa. Ouviam-se rangidos e estalos por todos os lados, mas ela queria chegar ao alto da escada. Cada degrau era como uma punhalada na barriga. A faca era puxada e enfiada outra vez. Ela segurou o corrimão e se arrastou pela escada até chegar ao patamar entre os cômodos do sótão. Abriu a porta do que havia sido o quarto de Kåre, e lá dentro estava tudo como antes. A cama continuava branca e estendida como havia estado desde o dia em que ele morreu. O armário estava lá, a cadeira onde costumava escorar as muletas, a figura com as duas crianças que brincavam junto da cachoeira e o anjo do Senhor que pairava acima delas, tudo estava lá. A bolsa dela também, aquela com três mil coroas dentro. Estava na gaveta mais alta da cômoda, que continuava cheia de roupas de Kåre, e assim que ela viu uma das velhas camisas dele – uma com um pequeno rasgo no peito – sentiu que não teria forças para descer outra vez.

Foi como se de repente houvesse desistido de tudo ao ver aquela camisa. Ela deixou a bolsa cair no chão e sentou-se tranquilamente na cama. Sentiu as molas do colchão e o agradável rangido sob o corpo. A fumaça subia pelas rachaduras no assoalho, ficava mais densa e se acumulava no teto. Era como se um vulto de fumaça aos poucos tomasse forma diante dos olhos dela. Ganhou braços, mãos, pés e um rosto indefinido. Então ela inclinou a cabeça para frente e fez uma oração silenciosa sem início nem fim, apenas uma ou duas frases enquanto os lábios se moviam. Mas logo houve um estalo alto e repentino às costas dela, alto o bastante para que esquecesse de todo o resto, ficasse de pé e desse alguns passos para trás. Tinha voltado a si, o vulto de fumaça havia desaparecido, mas o quarto estava nebuloso e era difícil respirar. Ela puxou a bolsa para junto do corpo e saiu pelo corredor do sótão. Desceu a escada às pressas e adentrou um denso e azedo tapete de fumaça que fez o rosto inteiro queimar. Ela sentiu que eram todas as roupas dentro do quarto que estavam soltando fumaça e logo pegariam fogo. A garganta fechou, ela sentiu que precisava vomitar, a visão se embaçou, mas ela sabia exatamente o caminho a seguir para chegar até a porta. Nos últimos metros ela foi tateando às cegas, mas já tinha feito o caminho tantas vezes antes que encontrou a porta sem nenhuma dificuldade, e quando chegou à escada externa foi como se o calor a empurrasse pelas costas e a jogasse vários metros para longe da casa. Ela encheu os pulmões com o ar fresco e puro da noite e caiu de joelhos. Eu a imaginei ajoelhada na grama enquanto a luz ao redor mudava de amarelo para quase branco, para laranja e para quase vermelho. Ela ficou assim com o rosto de encontro à grama por vários segundos enquanto aos poucos se recompunha. No fim ela se pôs de pé, mas nem Olav nem qualquer outra pessoa estava por perto. Subiu às pressas a ladeira até a casa vizinha, que estava totalmente iluminada pelas chamas. Não teve tempo sequer de bater antes que o vizinho saísse às pressas pela porta. Era Odd Syvertsen. Ele tinha acordado com a luz. Ela o agarrou pelo braço, como que para segurá-lo, ou então para se apoiar e não cair. Não conseguia fazer mais do que sussurrar, mas ele escutou cada palavra.

– Não encontro Olav.

Odd Syvertsen entrou na casa para fazer um telefonema enquanto Johanna mais uma vez descia a ladeira pela estrada. Quando voltou a casa inteira estava em chamas. Ainda se ouviam estalos altos e crepitantes que ecoavam por todo o Livannet e pelos morros a oeste. Era como se o próprio céu se rasgasse. As chamas pareciam grandes pássaros selvagens que rodopiavam uns ao redor dos outros, uns por cima dos outros, uns por dentro dos outros, tentando se desprender uns dos outros sem conseguir. Em poucos minutos o incêndio havia se tornado grande e poderoso. Tudo ao redor permanecia em um estranho silêncio. Eu imaginei tudo. Uma casa queimando à noite. Os primeiros minutos antes que as pessoas cheguem. Tudo ao redor está em silêncio. É apenas o incêndio. A casa está lá sozinha e não existe ninguém que possa salvá-la. Está entregue a si mesma e à própria destruição. As chamas e a fumaça são por assim dizer sugadas pelo céu, crepitações e estalos respondem de algum lugar distante. É assustador, é terrível e não há nada a compreender.

E é quase bonito.

Johanna chamou por Olav. Primeiro uma vez, depois duas, depois quatro. De repente pareceu sinistro ouvir a própria voz em meio ao som das chamas. As árvores haviam como que chegado ainda mais perto da casa. Estendiam os galhos para frente. Curiosas, apavoradas. Ela estava dando a volta até o galpão quando sentiu mais uma punhalada na barriga. Teve a impressão de que um abscesso havia se rompido lá dentro e o sangue quente escorria. Entre a casa e o galpão estava Olav, como que feito refém pela luz intensa. O pijama esvoaçava ao redor do corpo, mesmo que nem uma única brisa soprasse, e ele permanecia totalmente imóvel. Quando ela se aproximou, percebeu que o vento era como uma respiração agourenta do próprio incêndio, uma respiração ao mesmo tempo escaldante e fria como o gelo. Ela o puxou para junto de si, os dois mais uma vez tornaram à estrada e ficaram juntos por lá enquanto Odd Syvertsen descia a ladeira correndo. Ele estava confuso e ofegante quando parou junto do casal de velhos. Tentou afastá-los do intenso calor, mas não havia como. Eles queriam ficar e ver a casa queimar. Ninguém disse uma única palavra. Olav estava como que petrificado, e ao mesmo tempo o pijama o fazia parecer delicado, com o tecido branco e frio envolvendo-lhe os ombros e descendo pelos braços. Os rostos estavam iluminados, claros, puros, como se a idade tivesse desaparecido. De repente o incêndio alcançou a velha cerejeira em frente à janela da cozinha. A cerejeira que sempre floria cedo e que Kåre costumava escalar. No fim do verão ela ficava carregada de frutos, segundo me disseram, e as cerejas maiores e mais doces ficavam sempre na ponta dos galhos. E naquele instante ela queimava. Uma avalanche de fogo correu por entre as flores e os galhos, e logo toda a copa flamejava e crepitava. Pouco depois ouviu-se uma voz clara, mas era impossível decidir se pertencia a Olav ou a Johanna: *Meu Deus. Meu Deus.*

Eu imaginei tudo. Foi o oitavo incêndio, e era pouco mais de meia-noite no dia 5 de junho de 1978.

Então veio o caminhão de bombeiros.

Eles ouviram a sirene ao longe, ainda em Fjeldsgårdsletta, ou talvez ainda mais longe, talvez lá no alto, junto da capela de Brandsvoll, e talvez tenham ouvido também o alarme de Skinsnes. Não seria impossível, já que dava para ouvir o alarme até da igreja. Mas eles ouviram o caminhão de bombeiros mesmo assim, a sirene aumentou de volume, ficou mais clara, mais cortante e logo eles perceberam as luzes azuladas que passavam pela antiga fundição no fim do Livannet, pelo abatedouro, pelo posto Shell e pelo presbitério com sacada, pela antiga escola em Kilen e pela loja de Kaddeberg antes de perder velocidade ao subir o morro que levava à casa dos Vatneli.

Quando o caminhão de bombeiros parou, um jovem pulou para fora e correu ao encontro deles.

– Tem alguém lá dentro? – perguntou aos gritos.

– Eles conseguiram sair – disse Odd Syvertsen, mas o jovem pareceu não escutar. Ele correu de volta para o caminhão e soltou várias mangueiras enroladas, jogando-as de qualquer jeito estrada afora para que rolassem um pouco como uma roda e depois caíssem deitadas. Em seguida abriu uma porta de correr e atirou no chão um par de machados e um capacete de bombeiro que ficou caído em meio ao cascalho. Depois ficou parado por alguns instantes com os braços soltos junto ao corpo, olhando para as chamas. Por alguns instantes ficou ao lado de Olav e de Johanna e de Odd Syvertsen, e todos ficaram como que reunidos para contemplar o incompreensível que acontecia diante deles. Logo surgiram quatro carros em alta velocidade. Todos pararam um pouco atrás do caminhão de bombeiros, os faróis se apagaram e quatro homens vestidos de preto saíram correndo.

– Talvez ainda tenha alguém lá dentro – gritou o jovem. Ele estava usando uma camisa branca e fina, que esvoaçava ao redor do corpo magro. Logo conectou duas mangueiras à poderosa bomba hidráulica na dianteira do caminhão enquanto dois outros se colocavam a postos para quando a água viesse. Bem nesse instante houve um estrondo tão alto em meio às chamas que o chão inteiro tremeu e todos os presentes se encolheram como que atingidos por um tiro na barriga. Alguém começou a rir, não dava para ver quem, e ao mesmo tempo Odd Syvertsen abraçou Olav e Johanna e, com um gesto amoroso mas brusco, tirou-os de lá e levou-os consigo ladeira acima até a casa onde morava. Dessa vez os dois seguiram-no sem uma única palavra. Ele os acompanhou até dentro de casa e telefonou para Knut Karlsen. Ele e a esposa foram para lá no mesmo instante, afinal os dois tinham acordado com a sirene e o violento mar de fogo, e no passar da hora seguinte ficou decidido que Olav e Johanna ficariam alojados no porão de Karlsen até que as coisas se acalmassem.

O mar de fogo ondulava no céu, mas Olav e Johanna não viam nada. A luz mudou de branco para vermelho-ferrugem, depois para quase violeta e laranja. Era uma visão e tanto. Uma explosiva chuva de faíscas começou no instante em que a estrutura cedeu, pairou sem peso por alguns segundos, apagou-se e desapareceu. As folhas das árvores se enrolaram. Os pássaros selvagens foram embora, finalmente tinham conseguido se desprender uns dos outros. O incêndio queimava em silêncio, com altas chamas verticais. Vieram mais carros. As pessoas desciam, deixavam as portas dos carros abertas, ajustavam os casacos junto do corpo e aos poucos se aproximavam do incêndio. Entre essas pessoas estava o meu pai. Imaginei-o chegando no Datsun azul, estacionando um pouco mais longe e descendo como os outros, mas eu nunca consegui imaginar o rosto direito. Era ele, eu sei que ele estava por volta da casa de Olav e Johanna naquela noite, mas não sei o que estava pensando nem com quem falou, e não consigo imaginar o rosto dele.

As cinzas se espalhavam pelo jardim, grandes flocos pairavam no ar antes de cair em cima das árvores e acumular-se nos carros estacionados, serenos como a neve. Uma motocicleta deu a partida e desapareceu levando dois jovens. Um com capacete, o outro sem.

Não havia nada a fazer. A casa de Olav e Johanna queimou até o chão.

No fim restaram apenas duas chaminés nuas. Já era quase de manhã e a maioria dos carros tinha ido embora. Apenas a fumaça se demorava como uma névoa fina e translúcida pelo jardim e entre as árvores mais próximas. O casal no porão de Knut Karlsen não tinha nenhuma outra roupa além dos pijamas que estavam usando. E a bolsa. E dentro dela havia três mil coroas.

Às quatro da manhã já estava claro o suficiente para os pássaros começarem a cantar. Era uma canção intensa e estranha, um júbilo enérgico que se misturava ao barulho da bomba hidráulica que ainda rangia. Usaram muita água e desceram com as mangueiras rolando até o Livannet, e então bombearam a água trinta metros ladeira acima.

Três jornalistas e vários fotógrafos rodeavam o local do incêndio. Falaram primeiro com o chefe de polícia Knut Koland, depois subiram a ladeira e bateram na porta do porão. Conseguiram falar com Johanna, Olav ficou lá dentro no divã com um cobertor tapando o corpo enquanto fitava o teto e permanecia em outro mundo. Johanna respondeu todas as perguntas de maneira calma e contida, ela repetia sempre a mesma coisa. Devagar, para que tivessem tempo de anotar. Depois tiraram fotos dela. Várias fotos de diferentes ângulos, porém todas mostravam o mesmo rosto inconsolável que no mesmo dia apareceu no *Fædrelandsvennen*, no *Sørlandet* e no *Lindesnes*. Ela havia queimado a sobrancelha e tinha fuligem no rosto e um corte na testa, e parecia uma sobrevivente de um desastre numa mina.

No mais, estava calma.

Depois que todos foram embora ela começou a pensar nos dentes que havia deixado na prateleira dentro de um copo ao lado de Olav, mas em seguida lembrou que não existia mais prateleira nenhuma, nem copo nem dentes, nem os dentes dela nem os de Olav existiam mais. Eu imaginei tudo, o instante lúcido e gelado em que ela percebeu que tinha perdido absolutamente tudo, até os dentes, quando pela primeira vez as lágrimas começaram a correr em silêncio pelo rosto.

II

Desde pequeno eu ouvia a história dos incêndios. No começo eram os meus pais que me contavam, mas só quando fiquei mais velho e comecei a ouvir a história dos outros eu percebi que era verdade. Por longos períodos a história ficava ausente para mais tarde ressurgir em uma conversa, nas páginas de um jornal ou simplesmente na minha consciência, sem nenhum motivo. Ela me seguiu por trinta anos sem que eu percebesse o que estava acontecendo, nem do que realmente se tratava. Lembro que quando era menino eu costumava sentar no banco de trás do Datsun no caminho até a casa do vô e da vó em Heivollen, e no caminho passávamos em frente à casa onde o incendiário morava. Era como se eu fosse tomado pelo estranho sentimento de um feitiço quando passávamos por lá, e logo depois passávamos em frente à casa de Sløgedal, o compositor e o organista da catedral de Kristiansand, onde o meu pai costumava apontar para a antiga rampa do galpão, que não se ajustava ao novo galpão que haviam construído. *Aquele galpão estava queimando quando você foi batizado*, dizia ele, e por algum motivo eu acabei associando o incêndio a mim mesmo.

Havia muita coisa que eu não sabia, e por isso nunca achei que eu fosse escrever sobre os incêndios. Era algo grande demais, abrangente demais e próximo demais.

A história pairou acima de mim como uma sombra até que eu decidisse escrevê-la. Aconteceu de repente, na primavera de 2009, depois que eu saí de casa.

O que aconteceu foi o seguinte:

Algumas semanas antes, em abril, eu estava sentado sozinho no velho sótão da escola em Lauvslandsmoen revirando caixas com antigos livros e brochuras amareladas e papéis dos mais variados tipos. Eu lembro que na época em que eu frequentava a escola o sótão era muito caótico e repleto de entulho. De vez em quando nos escondíamos lá em cima quando tínhamos aula de carpintaria no porão, nos esgueirávamos pelas escadas, atravessávamos a sala de música e subíamos o último lance escuro como breu e ficávamos quietos como ratos no sótão gelado esperando que alguém desse pela nossa falta.

Os livros estavam frios e ásperos e os meus dedos deixaram marcas no papel úmido. Talvez estivessem lá em cima há vinte, trinta anos. Depois de algum tempo eu encontrei uma pilha de fotografias em preto e branco envoltas em plástico e, com um sentimento difuso de expectativa, comecei a olhar todas aquelas imagens. Reconheci os rostos na mesma hora, mas não consegui identificá-los de pronto. A maioria eram crianças, mas também havia um grupo de adultos no meio. Aos poucos senti que aquelas fotografias eram da minha própria época na escola. Havia um ex-colega meu, algumas crianças mais velhas, outras mais jovens, fotografias tiradas no pátio ou no interior das salas de aula e muitos professores meus daquela época. Havia também a fotografia de um garotinho cantando em um palco. Tinha os cabelos recém-cortados e estava usando um blusão de lã e por baixo uma camisa que mal chegava até o pescoço. A ocasião parecia ser alguma festa natalina, porque se via uma árvore enfeitada e festões ao fundo. Havia muitas pessoas junto do garotinho, e todas seguravam uma vela acesa na mão. Passaram-se talvez quatro, cinco segundos. Até que de repente:

Sou eu.

Foi naquele instante, com a visão daquele menino que cantava sem nenhuma preocupação, que tudo começou. Eu vi a mim mesmo, fitei o meu próprio rosto por vários segundos sem ver quem era. É algo simples de explicar, mas que me atingiu com uma força enorme. Foi como se eu compreendesse e não compreendesse que era eu. E no fim dava tudo na mesma. Eu não sei. Mas foi naquele instante, como que para dar continuidade àquela visão, que a história dos incêndios surgiu mais uma vez. Foi aquela foto minha, com uma chama pequena e tranquila,

que por assim dizer escapou das minhas mãos e me levou a perceber, em um anoitecer de verão no início de junho, que eu devia tentar escrever a história dos incêndios. Foi como tomar um fôlego profundo.
E assim foi.

III

Na época do primeiro incêndio na região onde eu nasci, em Finsland, eu ainda não tinha completado dois meses. Alguns dias depois que nasci o meu pai foi buscar a minha mãe e a mim na maternidade da Kongens Gate, em Kristiansand. Fui colocado em um moisés azul-escuro e percorri os quarenta quilômetros até a minha casa em Finsland, e a primeira vez que me levaram do carro para dentro da casa em Kleveland foi durante uma forte tempestade de neve que não deu trégua pelos dois dias seguintes. Depois vieram o sol e a calmaria, os dias brancos de inverno até que o vento mudou para o sudoeste e a primavera chegou. No fim de abril a neve ainda não tinha derretido na sombra, mas o calor havia chegado de vez, e no dia 6 de maio, o dia em que tudo começou, a floresta já estava perigosamente seca. Quatro semanas mais tarde, pouco antes da meia-noite do dia 5 de junho, tudo acabou. Foi depois do décimo incêndio e no dia depois do meu batizado, que caiu no terceiro domingo depois do Pentecostes. O clima estava quente e abafado, e aquele domingo foi o dia mais quente em muito tempo. O calor tremulava e estremecia acima dos telhados e fazia o asfalto ondular no fim da planície em Lauvslandsmoen e em Brandsvoll. Durante a tarde caiu uma pancada de chuva violenta e logo o mundo estava mais uma vez fresco e renovado. Então o tempo se abriu, os insetos começaram a zumbir e a noite ficou quente e tranquila.

Foi a noite que antecedeu a pior noite de todas.

A história dos incêndios se mistura aos meus primeiros meses de vida e atinge o ponto culminante na noite depois do meu batismo.

Era um tanto incerto que fosse haver batismos naquele domingo. Na noite anterior, à meia-noite e sete, alguém percebeu um carro escuro subindo a estrada em alta velocidade na direção da igreja. Nesse momento o pânico já havia começado a se espalhar. Segundo disseram, o carro seguiu até a igreja e depois sumiu, mas ninguém sabia para onde. As pessoas viviam uma hora de cada vez. Um minuto de cada vez. Todos temiam o pior. Por enquanto a igreja continua de pé, pensavam. Por enquanto a igreja continua de pé. Ninguém dizia isso em voz alta, mas era o que todos pensavam. O pior seria a igreja queimar. Portanto as pessoas ficaram de vigia. Não apenas na igreja, mas por todo o vilarejo. As pessoas ficavam sentadas nos degraus de entrada da própria casa, escutando. O meu pai também ficou sentado no lado de fora da nossa casa marrom em Kleveland enquanto eu dormia no lado de dentro. Tinha consigo a espingarda, que segundo o vô era na verdade um rifle, que mais tarde eu veria em uso, mas para a qual naquela noite ele não tinha conseguido arranjar munição. Mesmo assim era uma espingarda, com ou sem munição. O mais importante era ficar de vigia. Ninguém imaginava quem podia ser o incendiário. Quem podia sair de repente da escuridão. Desde a guerra ninguém tinha passado por nada parecido. Algumas pessoas no vilarejo lembraram da guerra. Os que eram jovens demais para ter visto a guerra também pensaram na guerra. Foi o que todos disseram. A guerra tinha voltado.

Na noite de segunda-feira tudo acabou, pouco menos de 24 horas depois do incêndio na casa de Olav e Johanna. Ainda era 5 de julho, pouco antes da meia-noite, e haviam se passado três horas de interrogatório.

Alfred tinha dado a terrível notícia ao chefe de polícia Knut Koland, que, com o auxílio de peritos criminais e investigadores da polícia de Kristiansand, tinha estabelecido uma base no antigo gabinete da prefeitura municipal de Brandsvoll. A terrível e ao mesmo tempo libertadora notícia. Foi Alfred quem precisou fazer isso, e não Ingemann, mesmo que talvez houvesse compreendido há um bom tempo como tudo se relacionava mas, quando tudo ficou claro, não conseguiu ir pessoalmente. Nem Ingemann nem Alma. Alma, que a essa altura estava deitada na cama sem poder se mexer. Depois veio a prisão, e em seguida a avalanche silenciosa. Nos trinta minutos antes da meia-noite as pessoas faziam

rondas de carro por todo o vilarejo. Eram quatro viaturas e mais uns quantos carros particulares. Ninguém precisava bater nas portas, porque via de regra tinha alguém sentado nos degraus da entrada de vigia. O carro parava, ou então passava devagar, e alguém gritava da janela.
Ele foi preso.
A notícia se espalhou. As pessoas saíam de pijama no escuro e iam até o vizinho contar que ele tinha sido preso. Quando diziam quem era, tudo ficava em silêncio por alguns segundos antes que o vizinho pudesse se recompor.
Ele?
Todos receberam a notícia, até o organista da catedral Sløgedal, que tinha se escondido um pouco adiante da casa onde morava, em Nerbø, com uma espingarda carregada. Mais tarde ele me contou a respeito dessa noite. Disse que a noite estava clara e sublime, escura e mundana e irreal. Tudo ao mesmo tempo. Os policiais sabiam que Sløgedal estava sentado lá no alto, perto da casa, eles que haviam providenciado a espingarda, então alguém foi de carro até lá para dar a notícia. Finalmente ele pôde se levantar, devolver a espingarda e perguntar:
Quem é?
Em Kleveland, onde eu morava, foi John quem chegou. Parou no gramado em frente ao quarto dos meus pais e sussurrou até que a minha mãe acordasse. Sussurrou o nome dela até que ela se vestisse e aparecesse nos degraus da entrada para que ele também pudesse dizer as três palavras mágicas que corriam de boca em boca naquela noite:
Ele foi preso.
Assim a avalanche se espalhou em todas as direções. Por volta da meia-noite a notícia havia chegado até o Dagsnytt, o boletim de notícias da NRK. A polícia tinha comunicado a NTB e pedido que divulgassem a notícia o mais depressa possível a fim de tranquilizar as pessoas. Mas quando a notícia foi lida na central de Marienlyst em Oslo, à meia-noite, todo o vilarejo já sabia.

Ele estava preso.
Todos puderam ir para a cama e as luzes se apagaram uma por uma, mas as portas continuaram trancadas, era melhor não

arriscar. Depois do que havia acontecido era melhor não arriscar nunca mais.

Uma por uma as casas do vilarejo puderam enfim descansar. Finalmente as pessoas poderiam dormir, e na manhã seguinte todos queriam acordar e descobrir que tudo não havia passado de um sonho.

Mas não era nenhum sonho.

O *Fædrelandsvennen* publicou três manchetes de capa em quatro dias, a primeira no sábado em que o vilarejo acordou e descobriu quatro construções queimadas. Além do mais, o caso saiu na capa do *Verdens Gang*. Em uma página do *Dagbladet*. Em duas páginas do *Sørlandet*. Duas páginas também no *Lindesnes*. Na primeira página e em uma página inteira do *Aftenposten*. E também saiu uma entrevista com Ingemann na página três do *Lindesnes* no sábado, ele aparecia ao lado do caminhão de bombeiros com a mão na bomba hidráulica e uma expressão difícil de interpretar.

Além disso tudo houve uma série de pequenas notícias nos jornais da região e boletins diários de rádio nos programas de Sørlandet transmitidos pela NRK. Como se não bastasse, houve um boletim de quatro minutos no *Dagsrevyen*, transmitido na noite de segunda-feira, quando tudo já havia acabado mas o pânico ainda pairava como uma névoa por toda a parte. O boletim mostrou a casa de Anders e Agnes Fjeldsgård meio de longe. Dava para ver os dois bordos nas laterais da entrada, onde a vidraça tinha sido quebrada e a gasolina se espalhado por todo o assoalho. Os dois bordos ainda estão de pé, e eu lembro que fiquei surpreso ao descobrir que não tinham crescido quase nada em mais de trinta anos. Os boletins mostraram as sombras inquietas das folhas que farfalhavam acima da casa, enquanto primeiro o repórter e em seguida o chefe de polícia Koland explicavam a situação. Depois exibiram uma filmagem do terreno dos Vatneli, com as ruínas fumegantes e a chaminé que se erguia como uma árvore despida de todos os galhos. Era tudo o que restava da casa de Olav e Johanna Vatneli. Dois bombeiros passaram pela estrada. Os dois estavam com a cabeça descoberta. Um trazia algo que parecia uma picareta de gelo nas mãos, como se fosse um explorador em um deserto de gelo. O outro estava de mãos vazias, e eu não conhecia nenhum dos dois. No fim do boletim exibiram uma filmagem do jardim fumegante que foi tudo o que restou do galpão de Sløgedal em Nerbø, o incêndio número dez. Um homem solitário derramava água em cima das ruínas, como se ainda houvesse alguma planta precisando de água naquele jardim de cinzas. Uma quantidade enorme de água. Era Alfred. Eu o reconheci mesmo trinta anos mais moço e de costas.

IV

O verão chegou. Tudo ficou verde, as árvores se encheram de folhas, os lilases floriram e por todo o mês de junho fiquei sentado no segundo andar de um banco desativado em Kilen tentando descobrir como tudo se relacionava. Eu tinha alugado o quarto por um tempo na esperança de que o silêncio e a paisagem me aproximassem de mim mesmo e da escrita. Fiquei sentado sozinho no quarto vazio de quase tudo, apenas com o céu, a floresta e o panorama do Livannet à minha frente. Eu tinha uma única cadeira, uma espécie de mesa e uma luminária de escritório à moda antiga que havia ficado para trás em um dos cômodos menores e que dava a impressão de se inclinar curiosa sobre o meu trabalho. Me sentei e fiquei olhando para a bétula que balançava ao vento bem em frente à janela. Me sentei em meio à paisagem onde eu tinha crescido, em meio a tudo o que tinha me influenciado e me formado e de um jeito ou de outro me transformado em quem eu era. Vi as folhas esvoaçarem e tremelicarem e as sombras obscurecerem o tronco, vi a estrada e as casas espalhadas por Vatneli, vi o sol bater em uma janela que se abriu lá no alto e voltar a bater quando a janela se fechou. Vi o céu e as nuvens que chegavam aos poucos, vindas do mar a sudoeste, e como se transformavam enquanto eu as seguia com os olhos; vi os pássaros que há tanto tempo se alvoroçavam com o verão curto e intenso; vi as crianças ainda pálidas do inverno brincando na água do outro lado, logo abaixo do jardim onde antes ficava a casa de Syvert Mæsel; e por último eu vi, por cima d'água, o vento que ao longo de todo o dia agitou o espelho d'água e fez com que cintilasse de leve em meio às sombras onde de outra forma tudo estaria imóvel e escuro.

No dia seguinte fiquei lá sentado outra vez. Olhando para fora. Sem escrever nada. De repente me pareceu impossível. No terceiro dia eu percebi um grande pássaro na terra. Ele se equilibrava em uma única perna junto da margem, com a cabeça e o longo bico abaixados. Era uma garça-cinzenta. Fiquei sentado e esperei que ela voasse, ou caísse para frente, ou ao menos se apoiasse na outra perna. Mas não aconteceu nada disso. Ela continuou lá parada até que eu me levantasse e fosse para casa.

Assim passaram-se os dias. Eu ficava lá sentado por algumas horas com o Livannet à minha frente. Tentando me pôr em movimento sem conseguir. Depois eu trancava a porta, descia a escada larga que havia sido posta no lado de fora da construção só para mim e dirigia umas poucas centenas de metros até o mercado para fazer compras. Andava pela atmosfera clara e agradável do mercado e pegava um pouco de leite, um pouco de pão, um pouco de café. Era bom pegar alguma coisa assim, com as mãos e sem nenhuma dificuldade, e colocá-la no carrinho. Vez ou outra eu encontrava pessoas conhecidas entre as prateleiras, pessoas que eu tinha conhecido a minha vida inteira, que tinham conhecido os meus pais e o meu vô e a minha vó, que tinham me visto ainda criança, que tinham me visto crescer e ir embora do vilarejo, que tinham me visto virar escritor e que agora diziam estar felizes ao me ver de volta, mesmo que o tempo inteiro eu repetisse que talvez fosse por pouco tempo. Eu não tinha vindo para ficar, dizia eu, mas agora, nesse exato instante, estou aqui.

Quando o verão acabou eu ainda não tinha começado a escrever sobre os incêndios. Algo me impedia, mas eu não sabia dizer exatamente o quê. Eu tinha conseguido informações sobre tudo o que havia acontecido, mas ainda não tinha falado com nenhum dos envolvidos. Tinha lido os jornais e as entrevistas publicadas e assistido ao boletim transmitido pelo *Dagsrevyen*. Assisti ao boletim várias e várias vezes. Estava gravado em um DVD que me enviaram da NRK, em Oslo. Na primeira vez eu estava muito tenso, quase nervoso. Eu estava em Kleveland, sozinho em casa, quando pus o DVD na bandeja e o vi sumir dentro do aparelho. Era a primeira vez que eu via imagens reais da paisagem onde eu tinha nascido, gravadas em Finsland no ano de 1978, uma paisagem vista por toda a Noruega naquela noite 31 anos atrás quando o boletim foi transmitido. Passaram-se alguns segundos, as imagens se formaram na tela e eu apertei *play*. Me reconheci no mesmo instante, mesmo que houvesse algo de estranho e de irreconhecível no todo. Algo havia mudado, mas eu não sabia direito o quê. A floresta? As casas? As estradas? Eu não sei. As imagens tinham um aspecto antigo e distante, porém mesmo assim eu reconheci o lugar como sendo a minha casa. É Kilen, pensei, e lá está o Livannet quase como hoje, lá estão as enormes planícies de Brandsvoll, as linhas de força que se estendem como uma cicatriz pelo vilarejo, e a casa de Anders e Agnes Fjeldsgård, como ainda é hoje. Tudo estava lá e era quase igual ao que eu tinha conhecido. A reportagem inteira era repleta de uma espécie de tranquilidade paradoxal. Os movimentos da câmera eram lentos, o repórter oferecia informações adicionais enquanto as imagens deslizavam preguiçosas pela tela, mas essa lentidão e o detalhismo do repórter resultavam em um boletim pouco dramático. Dava para ver as florestas ondulantes, a imensidão do céu, as nuvens que deslizavam como bolas de espuma, os pássaros imóveis nos cabos telefônicos, uma brisa fraca que agitava a copa das árvores. Dava para ver casas, dava para ver carros, dava para ver roupas ao vento. Era um dia tranquilo qualquer no verão de 1978, ou ao menos poderia ter sido dez anos mais cedo ou dez anos mais tarde. Uma paisagem atemporal, ou pelo menos exatamente a mesma paisagem onde eu mais tarde cresceria e de onde eu a bem dizer nunca tinha saído. Parecia muito distante, mas ao mesmo tempo era como se a qualquer momento eu pudesse desviar os olhos da televisão, olhar para fora da janela e encontrar tudo do mesmo jeito lá fora. Os locais dos incêndios, negros e fumarentos, as pessoas que haviam se reunido, que estavam em grupos irregulares em torno das ruínas. Elas ainda estavam lá. Lá estava a mãe com o filho nos braços. Lá estavam as crianças debruçadas sobre o guidom das bicicletas. Os velhos que se amontoavam como se quisessem apoiar-se uns nos outros para não cair, e havia um homem de chapéu que parecia Reinert Sløgedal, o velho sacristão e professor, pai de Bjarne Sløgedal, o organista da catedral de Kristiansand.

 Por último havia Alfred, que aparecia jogando água justamente no galpão queimado de Sløgedal. E também uma imagem repleta de simplicidade e tranquilidade: um homem sozinho de cabeça descoberta. Com o céu logo acima. Uma construção queimada. Uma fumaça branca e fina que se desprendia e era levada pelo vento. O jato d'água que se espalhava contra a parede e a terra queimada, a água que batia nas telhas com um chapinhar violento.

 Devia ter sido poucas horas antes que ele saísse com a notícia.

 Então o boletim acabou e a tela escureceu.

 Na mesma hora eu assisti a tudo outra vez. E depois outra. Era como se eu não conseguisse me dar por satisfeito, como se eu esperasse vislumbrar a mim mesmo, ou então o meu pai. Ou alguma outra pessoa conhecida. Na verdade não seria totalmente improvável. Eu sabia que o meu pai tinha ido até a casa em Vatneli na noite do incêndio, e sabia com certeza que eu mesmo tinha ido à propriedade queimada de Olga Dynestøl no domingo, pouco depois do batismo, mesmo que eu tivesse passado o tempo inteiro dormindo no moisés.

V

E<small>m</small> setembro deixei a escrita de lado e fui à Itália, à cidade de Mântua, no norte da Itália, participar de um grande festival literário. Como sempre acontece quando viajo, eu estava bastante tenso, mas na época, como hoje, eu não sabia direito o que provocava a tensão.

Fazia uma noite quente em Mântua com fortes rajadas que sem dúvida vinham desde o Saara, e eu ia ler um trecho de um dos meus livros na Piazza San Leonardo, no centro da cidade. Saí a pé do meu hotel, que ficava ao lado da Piazza Don Leoni. Eram oito e meia, e a noite de sábado estava cheia de pessoas sorridentes. Havia risadas, música e agito nas pequenas ruas, mas eu me sentia um tanto sozinho. Segui pela Corso V. Emanuelle até a Piazza Vallotti. Lá eu dobrei à direita e atravessei um estacionamento onde havia uma longa fila de *scooters* parados e abandonados. Continuei por um beco estreito e sem nome, ou ao menos sem placa, até chegar à Via Arrivebene, de onde o caminho seguia reto até a praça em frente à igreja de pedra.

Eu estava ensopado de suor. Havia um grande número de pessoas, pois vários autores fariam leituras, tanto antes como depois de mim. Eu estava nervoso, como sempre fico antes de subir em um palco. Cumprimentei a minha intérprete, uma mulher que tinha morado em Estocolmo mais de trinta anos atrás, mas ainda assim falava sueco quase fluente. Quando enfim chegou a minha vez o público já estava no escuro, enquanto as pessoas no palco recebiam uma forte luz branca no meio da cara. A noite continuava quente, e as rajadas de vento faziam o microfone ribombar como o trovão. Não sei se foi o calor ou o vento seco do deserto, ou se foi alguma coisa que eu comi ou bebi, ou quem sabe a luz intensa, mas quando fiquei de pé em frente ao microfone eu de repente me senti mal. Em poucos segundos perdi completamente as forças. Meus braços ficaram anestesiados e meus joelhos começaram a ceder sob o meu peso. Tive a impressão de que ia desmaiar. O mar de rostos começou a ondular. Tapou meus olhos como a névoa. Foi como aquela tarde gelada muito tempo atrás, quando eu caí e bati a cabeça no gelo do Bordvannet e fui perdendo os sentidos um a um. Fiquei deitado e senti o gelo duro e frio atrás da cabeça e nas minhas costas, e achei que estava morrendo. Então era assim que eu ia morrer, pensei ainda deitado, aos dez anos, sozinho no meio do Bordvannet. Primeiro desapareceu a visão, as coisas perderam as cores, a floresta desapareceu, o céu pálido acima de mim, tudo, até que fiquei completamente cego, em seguida todos os sons diminuíram, e assim permaneci longe enquanto a neve continuava a cair no meu rosto. A mesma coisa estava acontecendo agora, na frente de centenas de italianos curiosos. Ou pelo menos quase a mesma coisa. Foi nesse instante que notei vários rostos conhecidos na multidão. No início não percebi quem eram, mas eu sabia que os conhecia, e não conseguia entender como ninguém tinha vindo falar comigo antes da minha subida ao palco, o que seria uma coisa muito natural quando velhos conhecidos se encontram tão longe de casa. Eu tampouco conseguia identificar os rostos, mas de repente vi Lars Timenes, que eu recordava da época em que ele morava na antiga central telefônica em Kilen. Me agarrei a ele, por assim dizer, enquanto eu lembrava que Lars costumava ficar sentado em uma poltrona no meio da sala, iluminado pelo brilho implacável da televisão. Pouco depois vi Nils, o nosso vizinho, ele também estava na plateia, Nils, que eu lembro apenas como um amigável vulto de costas para mim na estrada. Lá estava Nils e lá estava Emma, que costumava ficar sentada no corredor da casa de repouso me encarando quando eu ia visitar o meu pai, e lá estava a filha Ragnhild que era crescida mas ainda criança, que morava em outra região do país, mas aparecia todo verão e falava como uma forasteira. Lá estava Ragnhild e lá estava Tor que certa noite ao voltar de uma festa se deu um tiro nos fundos de casa, e lá estava Stig que era meu colega no coral infantil e cantava sob os três arcos romanos na igreja, ou sob a pintura do homem com a enxada na capela ou na casa de repouso em Nodeland. Stig que de repente desapareceu na água, que afundou e afundou e foi resgatado apenas quando já era tarde demais, Stig que mal chegou a trocar de voz, ele também estava na plateia. E havia muitos outros. Teresa estava lá. Teresa que durante todo um inverno foi a minha professora de piano. Ela que sempre ficava um pouco inclinada por cima do meu ombro, cheia de expectativa, agora ela estava lá embaixo no meio da plateia acompanhando tudo. E havia muitos outros. Jon que foi professor do meu pai estava lá, ele a quem todos chamavam de professor Jon, para evitar confusões com outros do vilarejo que tinham o mesmo nome. O professor Jon que eu lembrava da caçada ao alce porque ele costumava sair antes de todo mundo. Ele saía ainda no escuro e passava horas esperando sentado antes que a caçada começasse, e naquele instante estava na minha frente esperando. E Ester estava lá. Ester que sempre era o Papai Noel quando a gente comemorava o Natal na casa da vó. Ester que ria de um jeito que fazia todo mundo se derreter. Ester estava lá. E Tønnes estava um pouco mais longe. Tønnes que morreu poucos dias depois da vó, como se fosse impossível para ele continuar sendo o único vizinho ainda vivo. E havia muitos outros. Havia muitos que eu reconheci, que eu tinha visto alguma vez, quem sabe no balcão do correio, ou na frente do mostruário de cartões-postais na loja de Kaddeberg, ou em alguma festa natalina na capela, os bancos eram colocados junto das paredes para dar espaço a quatro cirandas que giravam uma para cada lado em volta da árvore enquanto a neve batia nas janelas e as pessoas ficavam com o rosto quente enquanto todos cantavam. Era como se eu os conhecesse sem saber quem eram. Mesmo os que eu nunca tinha visto. Pelo que vi, Johanna também estava lá, e Olav, e talvez Kåre estivesse de pé com as muletas um pouco mais para o canto, onde a escuridão não me deixava ver. Talvez Ingemann e Alma também estivessem lá. Talvez Alma estivesse lá com os dois pés intactos enquanto fechava os olhos e inclinava a cabeça para trás. E quem sabe se Dag também não estava lá? Talvez estivesse de braços cruzados, no fundo da escada que dava para fora da igreja sem que eu o pudesse ver.

Eu não sei de onde vieram, mas todos estavam lá, quietos, sérios, pálidos e contidos esperando que eu começasse.

Tinham ido escutar.

De um jeito ou de outro consegui me recompor e ler as três ou quatro páginas que eu tinha escolhido. Li o conto sobre o pai que cai da escada e o filho que sabe que não consegue carregá-lo até o sofá.

Quando acabei houve uma salva de aplausos. Eu não estava preparado. Fiz a leitura em norueguês, e ninguém, afora a minha intérprete, tinha entendido uma única palavra. Mesmo assim, recebi uma grande salva de aplausos sinceros. Eu sentia como se houvesse uma tempestade ao meu redor, as palmas misturavam-se ao vento, e assim que ergui os olhos eu vi o meu pai. Estava bem no fundo, no alto dos degraus da igreja, com o enorme portão às costas. Eu já o tinha visto alguns anos atrás. Estávamos sentados cada um em um carro. Era noite. Eu entrei no túnel vazio e iluminado debaixo de Baneheia, em Kristiansand. Um carro veio no sentido oposto. Vi de longe que era ele. Mesmo assim, só depois que ele passou eu notei que nenhum de nós tinha acenado. Dessa vez também foi assim. Nenhum de nós acenou. Logo em seguida vi que a vó também estava lá, e o vô um pouco atrás dela. Os dois estavam um pouco à direita do pai. Não sei se sorriram. Não sei no que pensavam. Mas eu os vi. E eles me viram.

No dia seguinte fui de táxi até o aeroporto de Bolonha, eu estava atrasado e nós aceleramos a 170 quilômetros por hora pela autoestrada A1, que vai até Roma. Cheguei em cima da hora ao aeroporto, embarquei no avião da KLM e encontrei o meu lugar, que ficava em uma janela à direita, bem na frente. Me sentei e olhei com uma certa expectativa para todas as outras pessoas que me acompanhariam naquela viagem através da Europa até o Schiphol, em Amsterdã. Mas não vi nenhum conhecido entre os que embarcaram e sentaram. Todos os mortos tinham ficado na escuridão em meio às pessoas na praça de Mântua. Fiquei um pouco mais tranquilo, e quando o avião acelerou na pista de decolagem e levantou voo eu sucumbi a uma espécie de sonolência. Sobrevoamos a planície do Pó, eu vi o rio que se retorcia como uma serpente, os telhados de zinco que reluziam com um brilho difuso, afora isso não havia nenhum sinal de vida. Apenas uma paisagem plana e vermelho-ferrugem. Depois de algum tempo o avião subiu mais alto e logo eu vi os Alpes se erguerem lá embaixo. Pensei com uma estranha tranquilidade, quase com alegria em todos os recortes de jornal que me esperavam em casa, é sempre assim com um trabalho que visto de longe é ao mesmo tempo encantador e assustador, e enquanto sobrevoávamos o Lago de Constança eu vi um brilho na água que se estendia como uma pluma.

Precisei ir até uma pequena praça na cidade de Mântua para começar a história sobre os incêndios, pelo menos foi o que senti enquanto eu estava sentado acima da Alemanha folheando o caderno preto onde eu não tinha escrito nada desde que fiquei sentado em casa olhando para a paisagem do Livannet.

    Foi assim, a dois mil e quinhentos metros de altura, que comecei a escrever sobre o oitavo incêndio, aquele que começou na noite de 5 de julho de 1978, aquele que começou na cozinha e que no fim deixou toda a casa de Olav e Johanna Vatneli em ruínas.

    De vez em quando eu espiava pela janela e olhava para baixo em direção ao continente que deslizava tranquilo abaixo de mim. O Lago de Constança ficou para trás e desapareceu, e eu voltei minha atenção para o caderno. Por toda a Europa, acima de Stuttgart, Mannheim, Bonn, Maastricht, até a nossa descida em Amsterdã, fiquei sentado e escrevi sobre essas duas pessoas que eu nunca tinha encontrado, mas que logo passei a sentir como se conhecesse. Não consegui tirar o incêndio da cabeça enquanto não voltamos a decolar do Schiphol com destino a Kristiansand. E quando sobrevoamos o Mar do Norte na escuridão continuei sentado, tranquilo e determinado, e olhei para fora da janela, através do meu próprio reflexo, em direção à escuridão e ao mar que eu sabia estar debaixo de mim.

VI

Na noite seguinte eu estava pronto, e desde que me vi na escuridão acima do Mar do Norte eu sabia como devia começar.

    No fim da tarde peguei o carro, dobrei à esquerda no cruzamento em frente à biblioteca de Lauvslandsmoen e continuei rumo ao norte. O percurso durou apenas quatro ou cinco minutos e eu deixei o carro próximo ao alto muro de granito. Era um anoitecer calmo de setembro, não havia ninguém na rua, só as vacas no pasto. Uma brisa do oeste. Uma tempestade estava a caminho, trazida pelo mar. Fico sempre tranquilo quando uma tempestade está a caminho. Não sei por que, mas naquela noite também foi assim; tive vontade de me sentar em um dos bancos, me deitar, me esticar, dormir.

Não vi nenhuma andorinha, mesmo depois de ficar um bom tempo completamente imóvel. Talvez tivessem migrado para o sul, ou será que só nos meus sonhos elas têm ninhos na torre da igreja? No mesmo dia eu falei com o sacristão de Nodeland e pedi para ver o registro do cemitério, que é encadernado em couro e tem o número 5531 estampado na folha de rosto. Peguei-o emprestado e levei-o comigo para casa. O registro continha 616 nomes. Sem contar os natimortos, que recebiam apenas um número, mas também eram contados. Todos haviam recebido o número da rua e número do jazigo. Tudo estava organizado e claro. Foi o mais próximo que consegui de um mapa.

Mas logo percebi que eu não precisava de mapa nenhum. Fui direto até a sepultura. Era a de número dois à direita, logo depois do portão. Eu nem imaginava. Foi quase assustador. Mas lá estavam os dois, Olav e Johanna, ela que tinha entrado na casa em chamas e subido até o sótão para pegar a bolsa. Ele que a essa altura estava em choque, parado no pátio como um garoto boquiaberto, e que depois, ao raiar do dia, ficou deitado no divã de Knut Karlsen, gritando.

Enquanto eu estava lá, junto da sepultura, lembrei da entrevista feita alguns dias mais tarde. Foi depois que tudo havia acabado, e Olav já tinha voltado a si. Lembrei do que ele tinha dito quase palavra por palavra: *Eu sou sensível assim. Mas a Johanna é diferente. Ela é tranquila.*

Foi isso o que ele disse, o velho pedreiro. Ele era sensível assim. Ela era tranquila.

Fiquei no cemitério até sentir as primeiras gotas de chuva no meu cabelo. A trinta passos de Olav e de Johanna estavam Ingemann e Alma, e ao lado deles Dag. Estavam separados por um muro de terra de dois metros. Ele tinha uma lápide preta um pouco menor do que as outras, com espaço apenas para o nome.

Antes de me sentar no carro eu fui visitar o meu pai, que como último desejo pediu para ser enterrado junto com o trisavô, Jens Sommundsen. E assim foi. O desejo foi atendido. Era – segundo o registro – o jazigo número 102.

Jens, que havia passado por tantas provações na vida e se enternecido por conta disso. Perdeu duas esposas. E dois filhos. Era um homem que as pessoas procuravam quando precisavam aliviar o coração. Acho que o pai queria ser como ele, e por isso pediu para ser enterrado no mesmo jazigo. Não encontrei Kåre. De acordo com o registro ele estava enterrado no jazigo número 90, mas isso não me disse nada. O jazigo número 90 não existe mais.

VII

Alguns dias mais tarde telefonei para Alfred. Em poucas palavras expliquei o que eu queria. As palavras me fugiam, como sempre acontece quando estou nervoso. Ele respondeu com uma voz distante e tranquila e ao mesmo tempo próxima.
– Lembro de tudo como se fosse ontem – disse.
Falamos por dois, talvez três minutos sobre os incêndios. Mencionei o boletim em que ele aparecia de costas jogando água no galpão queimado de Sløgedal. Alfred disse que nunca tinha visto o boletim, que foi transmitido na noite do dia 5 de junho enquanto ele estava em outro lugar. Ele disse:
– Eu nem sabia que tinham me filmado.

Fiz uma visita a ele e à esposa Else na mesma noite. Levei comigo apenas o caderno preto, mais nada. Era um entardecer ameno, e eu saí de casa pouco depois das seis horas. As árvores tinham começado a ganhar cor e eu mal tinha percebido; havia folhas amarelo-limão, laranja, vermelho-fogo e por último aquelas que o vento tinha levado e que se espalhavam secas e marrons pelo asfalto. Nos jardins as maçãs esquecidas pendiam dos galhos, as roseiras estavam carregadas dos frutos vermelho-sangue que muito tempo atrás costumávamos partir ao meio com os dentes, eu lembro da casca lisa, do gosto azedo nos lábios e da visão das sementes envoltas em pele que se aconchegavam umas nas outras como pequenas crianças adormecidas.
Quando cheguei o sol ainda não tinha se posto.

De um jeito ou de outro, Alfred fazia parte da minha infância. Eu me lembro dele da época em que o Finsland Sparebank tinha um escritório na prefeitura municipal de Brandsvoll, perto da estrada. Eu ia até lá com o pai. O escritório ficava no fim de um longo corredor, à direita. Muitas vezes eu tinha comigo um cofrinho, que precisava ser cortado em pedaços para que o dinheiro saísse. Era sempre uma grande tristeza, a hora do corte. Alfred era gerente e tesoureiro do Finsland Sparebank e em geral ficava sentado com uma expressão séria em um escritório no lado de dentro do balcão, como que isolado do mundo ao redor. Ele nunca prestava muita atenção ao meu parco dinheiro, mas estava sempre ocupado com grandes pensamentos importantes, ou ao menos era o que parecia. É por isso que eu me lembro dele. A mesma coisa com o carteiro. O nome dele era Rolf. Eu me lembro dele do correio em Kilen, que nem existe mais. Ele ficava lá fazendo a triagem das cartas sem desviar os olhos. Eu também lembro que ele vinha no carro do correio, descia e colocava os jornais e as cartas nas caixas da antiga casinha de leite junto da estrada como se fizesse aquilo uma única vez, para nunca mais.

Alfred também fazia parte do corpo de bombeiros voluntários em 1978. Eram cerca de vinte homens, e todos moravam a poucos quilômetros do alarme de incêndio, que ficava em um poste próximo à estação de bombeiros em Skinnsnes. Era fincar a ponta do compasso na estação de bombeiros e desenhar um círculo ao redor. Nenhum bombeiro podia morar onde não desse para ouvir o alarme. Afora isso, não havia nenhuma outra exigência para fazer parte do corpo de bombeiros voluntários. Claro, era preciso ter um carro próprio. O caminhão de bombeiros só tinha lugar para dois.

A estação de incêndio ficava no ponto geográfico central do vilarejo, a poucos metros da grande casa onde Alfred morava com a família, um pouco a oeste da capela e da antiga cooperativa desativada, que tinha sido transformada em estrebaria. Talvez fosse um pouco enganador chamar o lugar de estação de incêndio; na verdade havia uma ampla garagem de concreto, um portão de metal, uma porta ao lado e uma luminária externa. Isso era tudo. Só o chefe de bombeiros morava perto. Era Ingemann, o marido de Alma. Ingemann estava com 64 anos no verão de 1978. Afora o trabalho como chefe de bombeiros ele tocava a oficina que ficava no galpão do outro lado do pátio. Para falar a verdade, ser chefe de bombeiros em Finsland não era propriamente um trabalho. Nunca havia incêndios. Falavam em duas ou três ocorrências por ano, em geral pequenos incêndios na floresta. Mesmo assim ele tinha uma roupa que ficava pendurada na oficina, ele vestia essa roupa toda vez que o alarme tocava, e por isso a chamavam de *roupa de incêndio*. Ingemann e Alma tinham apenas um filho. Tiveram-no um pouco tarde, quando Ingemann já passava dos quarenta. Era Dag, ele nasceu no verão de 1957 e foi um filho muito desejado. Dag, Ingemann e Alma. Os três estavam no meio do círculo mágico.

Passei muito tempo na casa de Else e de Alfred.

Os dois eram tão tranquilos e tão determinados que eu não precisei explicar mais nada sobre a minha vinda, sobre por que eu queria escrever sobre os incêndios. Era com se fosse óbvio para eles. Os dois tinham lido os meus livros anteriores, e percebi que estavam muito orgulhosos por eu ter decidido escrever sobre os incêndios, e por eu querer contar a história de maneira séria e digna. Quase não fiz anotações. Fiquei concentrado demais. Os dois falaram a meia-voz. Acontecia com todos quando falavam sobre os incêndios. Baixavam a voz e falavam devagar, com certa hesitação e muita cautela. Me ocorreu que de certa forma estavam prontos para serem descobertos.

— Já faz um bocado de tempo — disse Else resignada. — Mais de trinta anos. É uma vida inteira. De repente ela apontou para mim.

— E você — disse ela —, você tinha acabado de nascer. Logo ela acrescentou, com um estranho brilho no olhar:

— E olhe só para você agora.

A seguir Alfred contou toda a história. Ele tinha passado o tempo antes da minha chegada lembrando, e naquele instante começou a relatar o que lembrava. Falava com um jeito tranquilo e direto, como um velho bancário. Mesmo assim, de vez em quando ele respirava fundo.

E assim foi.

Quando ele acabou tudo ficou em silêncio por um instante. Alfred continuou sentado e olhou para a minha esquerda, em direção à janela, de onde dava para ver todo o caminho até a prefeitura. Depois Alfred contou a história do homem que se explodiu pelos ares e da mãe que saiu juntando os pedaços no avental. Não sei como chegamos a essa história, na verdade ela não tinha nada a ver com os incêndios, mas de certa forma pareceu apropriada. Mais uma vez Alfred falou em um tom tranquilo e sóbrio, o que deixou a história ainda mais terrível. Não precisei anotar nada, é impossível esquecer.

Quando eu estava prestes a ir embora ele mencionou a carta. Então havia uma carta. Else e eu ficamos sentados na sala enquanto Alfred foi procurá-la. Quando ficamos a sós ela disse com ar distraído, como que para si mesma:

– Um rapaz tão bom. O rapaz mais bondoso do mundo.

Acho que Alfred sabia exatamente onde a carta estava, porque voltou logo em seguida e eu a peguei nas mãos enquanto ele e Else ficaram sentados em silêncio esperando a minha reação. Era uma folha em formato A5, escrita dos dois lados. A caligrafia era levemente inclinada, com um jeito meio infantil. Comecei a ler com um misto de reverência e profunda curiosidade. Ao terminar, eu disse:

– Ele parece ter sido... inteligente.

– E era mesmo – disse Alfred. – Ele era um rapaz inteligente. Isso foi tudo. Então li a carta mais uma vez, como se se eu a tivesse compreendido mal ou deixado escapar alguma coisa.

– Pode pegar para você – disse Alfred enquanto eu dobrava o papel. – Eu não preciso dela. Pode levar com você.

A princípio hesitei, mas em seguida pus a carta no meu bolso interno. Eu não sabia se devia agradecer ou se era Alfred que devia me agradecer, e acabou que nenhum de nós dois disse nada. Eu me levantei e olhei para a janela. Vi a terra lá fora e as luzes junto da estrada. Antes de sair para o corredor, olhei para o quadro pendurado acima da televisão. Era todo preto, mas com letras douradas: *Tudo por graça*.

Alfred me acompanhou até a escada no frescor da noite. Era como se não quisesse que eu fosse embora, ou como se tivesse esquecido alguma coisa. Um detalhe da história, uma lembrança decisiva, algo que tivesse deixado para trás, mas que a qualquer momento podia reaparecer e pôr tudo em uma nova perspectiva. A floresta ao redor estava completamente escura, era como se tivesse chegado mais perto durante as poucas horas que passamos juntos. A floresta era como um muro escuro e intransponível, mas o céu continuava límpido e claro, com longas nuvens em forma de trenó. Descemos a escada e Alfred me acompanhou até o carro. Não se ouvia nada além dos nossos passos. Uma névoa fina e translúcida saía da nossa boca quando falávamos. Então Alfred disse:

– Você é muito parecido com o seu pai. A gente gostava muito dele, nós todos. Ele era um bom homem. Pena que tenha nos deixado.

2.

I

Ele foi um filho muito desejado, e quando finalmente chegou foi como se um milagre tivesse acontecido. Um menino saudável. Foi o único que tiveram, e assim ele não precisou dividir o amor dos pais com mais ninguém. Era muito solitário e gostava de ficar sentado na mesa da cozinha desenhando enquanto Alma preparava a comida. Aprendeu a ler cedo. Antes de entrar para a escola já tinha lido vários livros da biblioteca pública que ficava no segundo andar da prefeitura. Costumava ir até lá de bicicleta, e voltava para casa com uma sacola cheia em cima do guidom. Mais tarde era ele quem melhor lia na turma, e também quem melhor escrevia. Ele escrevia longas histórias, todas com um final violento e muitas vezes sangrento. As histórias dramáticas e terríveis não combinavam com o menino. Ele era quieto e bastante tímido. E extremamente gentil. Isso para não falar no quanto era cortês. Ninguém fazia mesuras tão profundas ou agradecimentos tão enfáticos quanto ele. Ninguém era tão prestativo ou tão solícito quanto ele. Se alguém pedia alguma coisa, a resposta nunca era não. Ele costumava ajudar os mais velhos a limpar a neve, carregar a lenha e pintar a casa. Ingemann e Alma ficavam radiantes quando se falava a respeito de Dag. De vez em quando alguém perguntava o que tinham feito para ter um filho tão gentil. Eles não sabiam o que responder, mas ficavam radiantes. Era como se todo o amor que haviam dado a ele desde bebê realmente tivesse florescido no menino, e ele o compartilhasse com todas as pessoas que encontrava. Talvez a explicação fosse essa, o amor em profusão. Ele era amado por todos. E ele sabia disso, ele olhava para baixo quando alguém falava com ele.

Por duas vezes tinha visto uma casa queimar. Antes de completar dez anos. Nas duas vezes, permaneceu em absoluto silêncio e não fez nenhum comentário mais tarde.

O alarme não costumava soar com frequência, mas quando soava ele tinha permissão para ir com Ingemann no caminhão de bombeiros.

Tudo começou quando o telefone tocou no corredor. Ingemann atendeu. *Alô?*, disse. Alma apareceu na porta da cozinha e secou as mãos no avental. Por alguns instantes fez-se silêncio. Logo a voz de Ingemann: *Um incêndio*. Foi como uma fórmula mágica. Todo o resto ficou de lado. O que importava era o incêndio. Ingemann, em geral era um homem tranquilo e contido, foi tomado por uma agitação repentina. Mesmo assim, sempre lembrava de Dag em meio à confusão que se instalava. Dag o seguiu porta afora até o poste em frente à oficina. Lá o pai ergueu-o até a grande chave preta que era o alarme de incêndio. Ele mal conseguia alcançar a chave. Mas deu certo. Logo o alarme soou como uma cascata celeste. Ele seguiu o pai até a oficina e ficou olhando enquanto Ingemann vestia a roupa de incêndio, e depois o seguiu pela curva fechada até a estação de incêndio com os ouvidos tapados. E assim foi. Ele precisou tapar os ouvidos até que chegassem à estação de incêndio. Lá ele subiu no caminhão de bombeiros, fechou a porta e então os dois partiram. Avançaram um pouco, o pai ligou a sirene e então foi como se o sangue endurecesse nas veias, primeiro endureceu, a seguir palpitou com raiva, e por fim Dag olhou para o pai e sentiu como ele estava orgulhoso do filho. Ele precisou se segurar e, enquanto os dois se aproximavam, recebeu ordens para se manter longe das chamas, ficar para trás, não mexer em nada, não andar na estrada, não interferir. Simplesmente olhar. E foi o que ele fez. Ficou simplesmente olhando a casa se transformar. Primeiro ela soltou fumaça pelas janelas e por entre as telhas. Toda a casa estalava como se estivesse sob um peso tremendo.

Depois as chamas apareceram no telhado e uma coluna de fumaça preta se ergueu em direção ao céu. A fumaça subiu em linha reta pelo ar. Depois se acalmou, deslizou pelo céu como tinta e aos poucos foi levada pelo vento. Em seguida veio o gemido, ou o som, ou a música, ou como se queira chamar aquilo. Um som alto, claro e cantante que não existia em nenhum outro lugar a não ser no meio de uma casa em chamas. Ele perguntou ao pai o que era aquilo, mas Ingemann simplesmente encarou o filho com um olhar estranho sem entender o que estava acontecendo. Mesmo assim, ele conhecia o som. Já o tinha escutado antes. O gemido. A música. A primeira vez foi aos sete anos. Foi a vez com o cachorro. Ele tinha subido em uma árvore meio afastada do caminhão de bombeiros e da casa e das chamas. Ficou lá em cima, quieto como um rato, olhando. Foi o único a ouvir os latidos e ganidos desesperados que vinham da cozinha tomada pela fumaça, mas não desceu da árvore e continuou olhando. Ficou sentado, imóvel e tranquilo, como o pai havia ensinado. Ficou sentado olhando para baixo, em direção aos homens que desenrolavam as mangueiras e corriam de um lado para o outro no pátio. Sentiu o calor violento que batia na árvore em grandes ondas geladas. Viu as colunas d'água que se erguiam e ganhavam força e eram por assim dizer engolidas pela fumaça. Os vidros se estilhaçavam e toda a casa rangia e estalava como se fosse um navio fazendo-se ao mar. De repente as chamas quebraram uma janela do sótão e lamberam a parede. Foi como se finalmente estivessem livres. Nesse ponto havia apenas silêncio no interior da cozinha.

 Em seguida ele desceu da árvore e foi com toda a tranquilidade até o pai. Ficou parado até que Ingemann o tomasse nos braços, e continuou nos braços do pai enquanto a casa desabava.

 Ele nunca tinha falado a respeito, mas o assunto veio à tona no julgamento. Disse que na prisão tinha começado a sonhar com o cachorro. Que às vezes acordava sobressaltado à noite sem saber onde estava, permanecia imóvel sob as cobertas, gelado de medo, e sentia o peso do cachorro em cima dos pés.

Ele foi um filho muito desejado. E quando enfim chegou, foi muito amado. Ele cresceu e foi estimado por todos. Mas olhava para baixo ao falar com as pessoas.

Ingemann o ensinou a usar a espingarda. Primeiro a espingarda de salão, depois o rifle. Os dois costumavam pendurar um alvo no outro lado do terreno – um disco branco com um único círculo preto no meio – e ficavam um do lado do outro, deitados em cima das mochilas, faziam a mira e puxavam o gatilho. Depois, quando os estampidos paravam, os dois se levantavam e atravessavam o terreno em silêncio para examinar os alvos. Ficou claro que ele tinha talento. As séries ficavam cada vez mais compactas dentro do círculo preto. O pai o levava aos eventos de tiro em Finsland e nos vilarejos próximos. Os dois colocavam a espingarda no banco de trás e saíam rodando pela estrada enquanto Alma ficava na cozinha, preparando o jantar para quando voltassem. Ele ganhou vários troféus, via de regra tirava o primeiro lugar. Nas poucas vezes em que era derrotado, havia sempre uma desculpa: ou o vento havia mudado de repente, ou o alvo estava mal colocado, ou a superfície de apoio era lisa demais, ou ele estava cansado demais, ou havia comido demais ou de menos antes de sair de casa. Sempre havia uma explicação, a não ser quando ele ganhava, nesses casos não havia o que explicar, era uma coisa natural. Ele era o melhor. Levava os troféus para casa e deixava-os na mesa da sala, onde ficavam por um ou dois dias para que Alma e Ingemann pudessem admirá-los, e depois eram colocados na prateleira acima do piano. Mais ou menos de duas em duas semanas Alma tirava-os da prateleira, deixava-os em cima da mesa enquanto tirava o pó e depois os recolocava no lugar. Os troféus eram como uma vitória coletiva dos três.

Era isso mesmo o que pareciam: uma vitória coletiva dos três.

Todos os dias ele pedalava até o cruzamento junto à loja desativada e de lá tomava o caminho da escola em Lauvslandsmoen. Ele gostava de lá. A escola era como uma brincadeira. Em que matéria se saía melhor? Norueguês? História? Matemática? Ele era igualmente bom em todas. Era o melhor da classe. Ninguém podia competir com ele, era quase como no tiro; estava nas alturas, sozinho lá no alto. Sozinho como desejava estar. E então começou a buscar esses momentos. Era uma necessidade. Como não seria vencido por ninguém, passou a competir consigo mesmo. Mesmo assim, aconteceu que ele errou. Não se saiu tão bem quanto imaginava em uma prova. Cometeu pequenos erros por distração, ou pequenos erros mais relevantes, ou simplesmente um grande erro. Perdeu o controle da situação. Aconteceu que ele tirou apenas um Muito Bom, e ainda por cima um Muito Bom fraco. Então ficou quieto e taciturno e lançou um olhar acusatório em direção ao professor Reinert Sløgedal, que era professor no vilarejo desde antes da guerra. Passou um bom tempo sentado, olhando, e se alguém perguntasse como tinha se saído na prova, surgiam coisas incompreensíveis nos olhos dele, coisas estranhas, coisas duras e frias e implacáveis como o gelo. Era como se nunca mais ninguém devesse perguntar sobre aquela nota, e assim o deixaram em paz até que a estranheza fosse embora, e nunca mais voltaram a perguntar, pois todos queriam apenas que Dag fosse ele mesmo.

Houve um inverno em que foi conversar com o pastor. Foi em 1971. Ele se ajoelhou diante do retábulo com os outros, e assim foram feitas preces para cada um deles.

Mais tarde veio o ginásio em Kristiansand. Foi em 1973, na Katedralskolen. Ele precisava acordar cedo para não perder o ônibus, que parava em frente à capela de Brandsvoll. Sentia-se bem na cidade, porém mesmo assim era sempre bom voltar para casa. No inverno ele saía ainda no escuro, e quando voltava para casa a noite já tinha caído. Alma o esperava com o jantar pronto. Ela e Ingemann deixavam tudo a postos para esperá-lo, colocavam mais lenha no fogão e viam as luzes do ônibus que cruzava a planície, e quando ele finalmente entrava pela porta ainda tinha as bochechas vermelhas e flocos de neve nos cabelos loiros e os olhos cheios de tudo o que tinha visto e vivido naquele dia. Ele pendurava a jaqueta no cabide do corredor, lavava as mãos enquanto Alma escorria as batatas e logo os três sentavam-se à mesa.

Ele sentia como era bom estar em casa outra vez.

Ele deixou de ser o melhor aluno da classe e passou a figurar em segundo plano. Em outras palavras, continuava tendo notas boas, e até mesmo excelentes, mas já não era mais o melhor. Ele ficou mais anônimo. Mas parecia lidar bem com a mudança. Os novos colegas da cidade logo aprenderam a deixá-lo em paz quando recebiam as correções das provas e de outros trabalhos. Também perceberam os olhos frios como o gelo e o rosto impassível. E também quiseram apenas que Dag fosse ele mesmo. Todos queriam apenas que Dag fosse ele mesmo.

Tudo estaria bem desde que o deixassem em paz.

Ele começou o último ano do segundo grau. Foi na primavera de 1976. As folhas das bétulas começavam a nascer. Era uma explosão de verde. O jornal de formatura dizia: *Além da escola e do tiro, demonstra interesse pela brigada de incêndio local. Quem brinca com fogo acaba por se queimar, mas isso não vale para Dag. Com o passar dos anos ele salvou coisas valiosas das chamas, porque adora dirigir o caminhão de bombeiros.*

Era verdade. Ele adorava dirigir o caminhão de bombeiros, mas as ocorrências eram muito raras.

No fim de maio ele fez a prova de norueguês e redação. Um dos temas era o seguinte: *O que significa ser adulto de acordo com as regras da sociedade em que vivemos? Faça uma avaliação dessas regras e exponha a sua opinião sobre o que caracteriza uma pessoa adulta. Título: A idade adulta.*

Foi o tema que ele escolheu. Escreveu sobre as características de uma pessoa adulta e recebeu o conceito Muito Bom. Passou no exame com louvor. Média geral: Muito Bom. Tudo havia dado certo. Nenhuma nota excelente, mas tudo bem. Conseguiu a vaga. Ninguém na família tinha ido tão longe. Alma se encheu de orgulho e Ingemann ficou andando de um lado para o outro e assoviando sozinho na oficina. Naquele instante começava uma longa caminhada. Ele já era adulto, mas continuava gentil, tinha uma vida e um futuro pela frente e havia aprendido que não precisava ficar sozinho nas alturas.

Em pleno verão foi chamado para prestar o serviço militar. Escolheu servir na infantaria e foi estacionado na guarnição em Porsanger. Era uma viagem de mais de dois mil quilômetros. Justo ele, que nunca tinha ido além de Hirtshals, no norte da Dinamarca.

Antes que fosse embora, Alma desceu a escada e atravessou o pátio correndo. Tinha esquecido de entregar uma coisa, um pequeno envelope que ele prometeu não abrir enquanto não estivesse sentado no trem em direção ao aeroporto Fornebu. Ela o abraçou, e o gesto de repente pareceu estranho e artificial. Ele estreitou o corpo magro da mãe enquanto olhava pela planície em direção a Breivollen e percebia que não queria ir. Depois Alma entrou na casa com as mãos crispadas nos bolsos do avental enquanto Ingemann acompanhava o filho até o cruzamento junto à loja e ajudava-o a colocar a bagagem no ônibus. Já havia passageiros sentados, então a despedida foi curta e corriqueira e, quando o ônibus partiu, Ingemann ficou parado no cruzamento sem saber direito para onde ir.

Dag estava na estrada, a longa viagem havia começado. Ele quebrou a promessa e abriu o pequeno envelope assim que o ônibus passou pela loja de Kaddeberg. No envelope havia quinhentas coroas, e um bilhete onde a mãe havia escrito: *Imagine, o nosso menino agora está solto nesse mundo enorme! Não esqueça da mamãe e do papai.*

II

Todo dia passo algumas horas sentado escrevendo. O outono está vindo do sudoeste. O céu se abre e a chuva faz todo o Livannet cintilar. Depois de uma noite com fortes rajadas, todas árvores estão com as folhas arrancadas. Então os dias longos e silenciosos retornam. A temperatura está caindo. Um dia amanhece com geada na grama. A água é como vidro líquido e reflete o céu como um espelho. Em dias assim não consigo escrever. Me levanto, vou até a janela, apoio a mão no vidro e me inclino para frente em direção ao meu rosto. Nenhum pássaro à vista.

Algum tempo depois da visita a Alfred liguei para Karin. Conheço Karin desde sempre. Eu me lembro dela por causa da biblioteca. Era com ela que eu retirava os livros, ela ficava atrás do balcão e carimbava primeiro atrás do livro, depois em uma ficha marrom que ela olhava e colocava de volta no fichário. Era assim que funcionava. Dois carimbos e eu podia levar o livro comigo para casa. A biblioteca abriu em novos locais quando eu tinha quatro anos. Lembro de estar junto com papai na espaçosa sala no segundo andar da prefeitura, mas desde 1982 ela fica no mesmo lugar, bem no meio de Lauvslandsmoen, perto do cruzamento onde a estrada se divide em quatro: o primeiro caminho vai para Dynestøl, o segundo continua em direção ao norte até a igreja, o terceiro vai até Brandsvoll e Kilen e o último segue em direção ao oeste e passa pela casa em Kleveland. Eu pedalava até a biblioteca no fim da tarde e voltava para casa com os livros gelados depois do passeio. Quando o vento soprava do nordeste, a porta da biblioteca costumava abrir sozinha. A força do vento empurrava a porta, e isso aconteceu várias vezes quando eu estava lá dentro caminhando sozinho entre as prateleiras. Eu me lembro do estranho barulho na fresta da porta, o vento uivava e gemia, e eu nunca esqueci aquilo. Quando venta, eu penso em livros.

Karin era filha de Teresa, ela que era tão cheia de música, ela que tocava o velho harmônio da igreja e que deu um concerto com Bjarne Sløgedal na véspera do Natal de 1945, quando ele tinha apenas dezoito anos. Encontrei o programa do concerto no sótão da escola em Lauvslandsmoen e fiquei surpreso ao descobrir o que os dois tinham preparado. As chamas ardiam nos fogões enquanto tocavam *Weihnachten* de Wenxel, a *Abendlied* de Schumann e por último a *Ave Maria* de Gounod, antes que todos ajustassem as roupas mais uma vez junto do corpo e saíssem rumo à noite de inverno.

Enfim.

Teresa era a vizinha mais próxima de Alma e de Ingemann. Por pouco não estava dentro do círculo mágico. As únicas coisas que a separavam eram a estrada e o riacho que corria límpido e tranquilo em meio à terra. Mesmo assim Teresa esteve presente na minha vida. Por todo um inverno Teresa foi a minha professora de piano. Na época ela devia ter quase oitenta anos. Era ela que ficava atrás de mim e acompanhava os meus dedos, eu me lembro da respiração suave acima e atrás de mim. Dos pigarros e da leve inquietude quando eu tocava errado. Ela dava aulas para crianças e adultos do vilarejo, para todos que quisessem aprender um instrumento. Foi o que fez durante a vida inteira. Eu me sentava no banquinho daquela sala quente e agradável enquanto ela ficava atrás de mim observando cada movimento. Eu ia até a casa dela toda quinta-feira, com os dedos gelados, e tocava sempre a mesma parte de *Av nåd*. Precisei de muita repetição até conseguir tocar direito. Eu não me lembro de nenhuma outra melodia, mas por outro lado ainda consigo tocar *Av nåd* com razoável desenvoltura. Não sei se fui um bom aluno, mas pelo menos eu fazia o que ela pedia. Isso eu fazia sempre. Lembro que ela disse que eu precisava relaxar os dedos, que os dedos tinham que repousar nas teclas e praticamente tocar sozinhos. E eu fiz como ela pediu, deixei os dedos repousarem nas teclas e tentei fazer com que tocassem sozinhos.

  Encontrei Karin numa tarde de sexta-feira, no fim de setembro, e quando entrei na sala dela pude ver a casa onde Alma, Dag e Ingemann haviam morado. Tinham pintado a casa de marrom desde aquela época, mas na minha infância ela foi sempre branca. Não havia outras grandes mudanças, a oficina continuava de pé e entre as árvores eu vi a garagem onde o caminhão de bombeiros continuava guardado.

  Sentamos e conversamos um pouco sobre isso e aquilo antes de falar sobre os incêndios.

  Descobri que Teresa havia recebido duas cartas enviadas da prisão. Além do mais, ela escrevia observações diárias no almanaque. Karin tinha encontrado tudo em uma gaveta depois que Teresa morreu. Ela me entregou as cartas e eu as li com os mesmos sentimentos conflitantes que tive na casa de Alfred. Uma das cartas dava a entender que ela tinha dado um violão para ele. Mas não ficava claro se ela tinha mandado o violão pelo correio ou se tinha comparecido ao Fórum em Kristiansand para entregá-lo pessoalmente. De um jeito ou de outro, ele escreveu para ela, agradeceu as aulas de piano quando era menino e ao mesmo tempo disse que já tinha aprendido a tocar o violão. Que a música era cada vez mais importante para ele.

Então ele tinha ido à casa dela para aprender um instrumento. Ele também.

A segunda carta era muito desconexa, alguma coisa sobre Nosso Senhor e muitos nomes de pessoas do vilarejo. É difícil reproduzir. No geral o texto era muito incoerente.

Então eram três cartas, contando a carta para Alfred. E havia também os almanaques de Teresa. Uma caixa inteira de almanaques; todo ano os mesmos, pequenos e verdes, enviados pela Associação Agrária da Noruega. Eram pequenas observações sobre o tempo, sobre os alunos que a haviam visitado. Folheei um deles às pressas. Pelo que pude ver, o meu nome não aparecia. Por outro lado, havia várias menções a Dag, em especial por volta da época dos incêndios. As últimas páginas, que vinham em branco com o título *minhas observações*, estavam cobertas pela caligrafia levemente inclinada de Teresa. Essas últimas páginas eram uma espécie de carta, mas acho que ela nunca teve a intenção de enviar aquilo. Caso eu esteja errado, cabe perguntar: uma carta para quem?

Havia motivo para supor que existissem várias outras cartas. Mais tarde descobri que no início uma verdadeira enxurrada de cartas saiu da prisão. Isso também foi mencionado no julgamento, falaram sobre uma *enorme correspondência*. Foi nas semanas logo após a prisão, quando ele ficou sozinho e começou a sonhar com o cachorro. Então começou a escrever. Foi como se algo tivesse explodido e precisasse sair. Todas as cartas tinham o carimbo do Fórum, caixa postal 1D.

Ele escreveu para todas as vítimas, mas eu não sei quantos responderam. Tentei descobrir quem as recebeu, o que estava escrito e quem respondeu. Mas foi impossível. Em geral a resposta era a mesma: *Não lembro. Joguei fora. Ele era louco.*

III

Ela ficou muito alegre quando tornou a vê-lo. Ao longo de todo o outono ele tinha escrito para casa. Toda semana ela se alegrava ao receber o pequeno envelope pardo com o carimbo da guarnição de Porsanger e o brasão do reino estampado no meio. No começo eram cartas longas e detalhadas, que Ingemann lia em voz alta na mesa da cozinha. Mais tarde, quando ficava sozinha, ela as relia em silêncio, e era nesses momentos que Dag parecia estar ainda mais próximo. Ele falava sobre a vida na guarnição, sobre os soldados excêntricos, trabalhadores ou amigáveis que vinham de todos os cantos do país; escrevia sobre a comida sempre igual que não chegava aos pés da que Alma fazia em casa e sobre os treinamentos próximos à fronteira com a Rússia. Ela tentava imaginar tudo aquilo, aquele mundo estranho e gelado onde Dag se encontrava.

Em dezembro ela recebeu uma carta avisando que ele não tinha conseguido licença para o Natal. Alguns soldados precisavam ficar no acampamento, fizeram um sorteio e ele foi um dos escolhidos. Eles se resignaram. Na manhã da véspera de Natal ele ligou. Foi uma conversa curta, porque as moedas duravam pouco no aparelho. Primeiro falou com Ingemann, depois trocou algumas palavras com Alma. Ela achou a voz estranha, o que não chegava a ser nenhuma surpresa, afinal ele estava a mais de dois mil quilômetros de distância.

Depois do Ano-Novo as cartas começaram a demorar mais para chegar. Em fevereiro veio um cartão postal. Mostrava uma torre de vigia na fronteira entre a Noruega e a União Soviética. No outro lado estava escrito: *O soldado na torre sou eu*. Primeiro eles ficaram muito alegres. Imagine só! Pouquíssimos casais tinham o filho estampado em um cartão-postal. Depois o entusiasmo diminuiu. Ingemann foi o primeiro a falar – o soldado na foto não podia ser Dag. Não era parecido. Alma também percebeu, mas não disse nada. Quando Ingemann foi para a oficina ela secou as mãos no pano de prato, prendeu o cartão-postal na janela da cozinha e nunca mais tocou no assunto. O cartão ficou pendurado por alguns dias sem que nenhum dos dois falasse a respeito. No fim ela pegou o cartão e o apoiou em um dos troféus na estante acima do piano.

Os dois ficaram sem notícias até março. Um cartão avisando que estava a caminho de casa. Nada mais. Nem ao menos o nome dele. Apenas: *Chego no dia 14*. Ele havia assinado apenas como *o soldado*. Ingemann achou que ele tinha conseguido uma licença. Era bastante comum. Alma não tinha tanta certeza. Havia algo de errado com a assinatura. Dag não faria uma coisa daquelas. Ela não compreendeu. Desejou ter um número de telefone, mas não havia telefone, ou pelo menos foi o que Dag tinha dito em uma das primeiras cartas.

No dia seguinte, enquanto lavava a louça à tarde, Alma percebeu um homem que vinha caminhando pela estrada de Brandsvoll. Caminhava com passos tranquilos e vagarosos e ela percebeu no mesmo instante que o rosto era familiar. Passaram-se alguns instantes. Até que de repente:

É ele.

De repente ele estava no pátio de casa, era dia 13, um dia antes da chegada prevista. Estava usando um uniforme de licença, os longos cabelos loiros haviam desaparecido, agora dava para ver a pele da cabeça.

– É você? – perguntou ela. Ele simplesmente ficou parado com o sol de março nas costas e sorriu. Ela se aproximou devagar e o abraçou.

– Você passou tanto tempo longe! – disse ela.

– Mas agora eu voltei, mãe – disse ele. – Nunca mais vou sair daqui.

A voz era decidida. Aquilo soou meio estranho, mas Alma não prestou atenção, ela estava apenas feliz de ver o filho. Feliz e surpresa e um pouco apreensiva.

– Como foi? – perguntou ela.

– Legal – respondeu ele.

– Que bom – disse ela. Os dois ficaram no pátio por alguns instantes enquanto os telhados pingavam. Escutaram a porta da oficina se abrir e logo Ingemann apareceu.

– É você? – perguntou.

– É o que parece – respondeu Dag.

Ingemann limpou as mãos em um trapo sujo e se aproximou para apertar a mão do filho.

– Quase não te reconheci – disse enquanto sorria meio sem jeito. Os três ficaram no pátio, iluminados pelo baixo sol de março. As sombras que projetavam eram longas e magras e se estendiam por todo o caminho até a casa. Ninguém falou sobre o cartão-postal nem sobre a assinatura nem sobre por que de repente ele tinha voltado para casa.

– Vou dormir um pouco – disse ele, o que não era nada estranho depois de uma viagem de quase um dia inteiro.

À noite, Alma ficou muito tempo acordada depois de se deitar. Ficou olhando para o teto enquanto ouvia a respiração suave de Ingemann. Ficou lá deitada, sentindo um estranho vazio, como se tivesse conversado sem parar durante o dia inteiro e agora não tivesse uma única palavra a dizer.

No dia seguinte ele não contou nada. Ainda estava cansado da viagem, disse. Precisava dormir e descansar. O jantar foi acompanhado por um silêncio cristalino, e depois ele subiu até o quarto e se deitou outra vez.

Quase sempre dormia por toda a manhã. Abril chegou. A neve derreteu, a terra ficou escura e desolada, no meio da floresta um vento ameno começou a soprar. Ele passou a primavera inteira em casa. Ficar na cama até tarde virou um hábito. Às vezes só levantava depois do meio-dia, e mesmo assim mal aguentava descer a escada. Tudo parecia pesado demais, de repente os dias pareciam cheios de obstáculos intransponíveis. E claro que nesse caso o melhor era ficar na cama. Alma não disse nada. Apenas preparava as comidas favoritas dele e levava-as até o quarto, deixando o prato no criado-mudo sem dizer uma palavra. A preocupação acumulou-se em uma ruga quase invisível entre os olhos. Como um arranhão.

Depois as coisas melhoraram.

Passadas algumas semanas quase tudo voltou a ser como antes. Ele não passava mais as manhãs inteiras na cama. Levantava, tomava banho e parecia mais feliz do que havia estado em muito tempo. Aquilo havia chegado e ido embora por conta própria. Uma noite ele entrou na cozinha enquanto Alma assava um bolo. Chegou por trás, em silêncio, e cobriu os olhos dela com as mãos. Ela ficou meio confusa, foi a primeira vez que ele fez algo parecido. Foi estranho, mas ao mesmo tempo bom.

– Quem é? – perguntou ela com uma voz brincalhona.

Ele não respondeu.

– Eu sei muito bem quem é – acrescentou ela.
Ele continuou sem responder.
– Agora já chega – disse ela por fim. E então sorriu enquanto tentava se libertar, mas ele continuou a segurá-la. Segurou-a com força enquanto ela se torcia de um lado para o outro. E de repente a soltou.
Tinha voltado a ser ele mesmo, o garoto gentil e bondoso que ela conhecia tão bem. Ela sorriu e disse:
– Agora você tem que deixar o cabelo crescer.
As semanas passaram. Dag e Ingemann costumavam praticar tiro ao alvo nas manhãs de sábado, como nos velhos tempos, enquanto ela ficava sozinha na cozinha assando pão. Cada um disparava uma série de cinco tiros, depois os dois se levantavam e atravessavam o terreno para estudar o círculo preto, primeiro Dag, depois Ingemann, com as mãos no bolso, e em seguida entravam para comer pão ainda quentinho.
O verão chegou. O tempo esquentou. O calor ondulava no fim da planície em direção a Breivoll. Ele fez vinte anos. As andorinhas rodopiavam no céu. À noite ele pegava o carro e ia tomar banho no Homevannet. Ela não sabia que ele ficava sozinho por lá. Que nadava sozinho até a cordilheira submersa que ficava a cerca de trinta metros do balneário.
O cabelo dele cresceu. Logo não dava mais para ver a pele da cabeça. Ela ficou alegre por tê-lo de volta. Sentia nas entranhas toda vez que o via. Não era isso. Ela estava alegre, sorridente, e há muito tempo não se sentia assim. Mesmo assim havia a ruga entre os olhos. Ela não desapareceu.
Dag passou o verão inteiro no quarto. Lá havia um rádio e um velho toca-discos, e à tarde e à noite ouvia-se música no andar de cima. Ele não contou nada sobre a estada na fronteira com a Rússia, apenas disse que uma vez tinha visto um lobo. Nos primeiros dias Alma tentou se animar, e tanto ela como Ingemann perguntavam e queriam saber tudo quanto era possível. Mas a cada pergunta era como se os olhos dele perdessem o brilho, algo acontecia com a expressão do rosto, ele ficava tenso, e um clima estranho e opressivo tomava conta da mesa. Assim as perguntas ficaram cada vez mais raras. E no fim acabaram de vez, nem ela

nem Ingemann perguntavam nada. O melhor era deixar o assunto quieto e continuar tudo como antes. Era o que os dois sentiam. Tudo o que descobriram foi a história do lobo. Era assim:

Certa noite ele estava sentado no alto da torre de vigia, sozinho em um frio de menos quarenta graus. De repente o bicho apareceu correndo pela neve, ele o acompanhou com o binóculo. De vez em quando o lobo parava para escutar e depois continuava. A neve estava dura e a lua brilhava no céu, e o lobo não deixou nenhum rastro. Depois ele atravessou a fronteira.

Essa era a história do lobo, não havia mais nada.

Durante o outono ele começou a escutar música cada vez mais alto. Alma ficava deitada na cama escutando. De vez em quando tinha a impressão de escutar a voz dele, de que estava cantando ou falando. Longos períodos passavam-se em silêncio. Então de repente a música saía como um estouro lá de dentro, e ela tinha a impressão de ouvir alguém rindo.

Em outubro Alma voltou a fazer faxina na casa dos outros, como antes. Principalmente para os vizinhos que moravam perto. Ela não gostava de andar de bicicleta, preferia caminhar. Ia para Omdal, para Breivollen e para Djupesland. Ela limpava o corredor externo e a cozinha na capela de Brandsvoll e fazia faxina para Agnes e Anders Fjeldsgård na grande casa branca que ficava na estrada de Solås.

Em dezembro veio a primeira neve. De manhã o mundo inteiro estava branco e puro. Alma assou sete tipos diferentes de biscoitos, como sempre fazia, e Dag entrou na cozinha e provou alguns enquanto ainda estavam quentes. Ela perguntou com todo cuidado o que ele pretendia fazer depois do Natal. Ele respondeu que não tinha pensado tão longe.

– Mas você pretende fazer alguma coisa? – perguntou ela.

– Claro – respondeu ele. – Vou arranjar alguma coisa para fazer.

– Você bem que podia voltar a estudar.

– Pode ser – disse ele. – Vamos ver.

Depois não se falou mais sobre o futuro. O Natal chegou. Todos os três estavam na igreja na véspera do Natal. Estavam sentados em meio aos vizinhos e conhecidos do vilarejo, todos com um estranho brilho no olhar, que em geral não existia. Lá estavam Alfred e Else e as crianças, lá estavam Anders e Agnes Fjeldsgård, lá estavam Syvert Mæsel e Olga Dynestøl e muitos, muitos outros. Todos estavam lá, e Teresa estava sentada ao órgão espiando pelo espelho enquanto chegava ao fim de *Deilig er jorden*. Papai também estava lá. Estava sentado bem na frente, ao lado da vó e do vô e da mamãe, e ela estava lá sentada com uma criança na barriga, e essa criança era eu. Havia algo de especial em sentar-se todo empertigado e solene em meio às pessoas que você conhecia tão bem, era como se todos mostrassem um lado novo e desconhecido de si mesmos, e Alma sentiu a alegria de Natal tomar conta dela e ficou quase tranquila.

Então veio o Ano-Novo. O ano era 1978.

Janeiro chegou com dias curtos e gelados. Dag passou algum tempo com Ingemann na oficina. Ajudou-o a manter a ordem e a limpar as tralhas que haviam se acumulado ao longo do outono. Varreu o chão, queimou o lixo velho, buscou um pouco de diesel e derramou por cima para que tudo queimasse. Logo não havia mais o que fazer. Ele voltou a ficar na cama até tarde. Pegou os velhos gibis. Pato Donald e Flecha de Prata e Fantasma. À noite ele saía com o carro. Era o carro que Ingemann tinha comprado barato e reformado para que estivesse pronto até o aniversário de dezoito anos, no verão de quase três anos atrás. Às vezes ele demorava horas até voltar. Alma não sabia por onde andava. Ela costumava ficar acordada no escuro sem saber se ele tinha voltado. Que horas seriam? Uma? Três? Seis? Ela ficava deitada com o corpo duro e frio à escuta. Mas no fim ele sempre voltava para casa. Não tinha acontecido nada.

Fevereiro chegou. Havia um metro de neve. A luz caía e voltava. Em maio um vento ameno soprou do sudoeste, desceu das árvores e correu pelos telhados, as estradas ficaram escorregadias que nem sabão. Depois voltou a soprar do sudeste e o inverno retornou com tudo. Por três dias a neve caiu, e quando enfim foi embora vieram os longos e amenos dias de sol em que o mundo por assim dizer parava. A primavera chegou aos poucos. Nas florestas as motosserras rosnavam. A neve desabava. Abril chegou com dias longos e claros. O riacho tranquilo se revelou.

O gelo se foi, a água reluzia. À noite vinha o cheiro de terra molhada. O cabelo dele estava quase tão comprido como antes do serviço militar.

Uma noite em que ele ia sair com o carro, Alma perguntou aonde pretendia ir.

– Sair – respondeu sem dizer mais nada.
– Para onde? – perguntou ela.
– Por acaso é da sua conta? – retrucou ele, bateu a porta com força e saiu. Ela fez como se nada tivesse acontecido, mas não conseguia tirar aquelas palavras da cabeça. Elas calaram fundo e continuaram a incomodar e a machucar. Ela ficou acordada na noite amena de abril enquanto Ingemann dormia um sono profundo logo ao lado. *Por acaso é da sua conta? Por acaso é da sua conta?* Ela ouvia a voz dele. Era Dag, mas ao mesmo tempo ela não tinha certeza. O gentil e bondoso Dag. Ela teve a impressão de ouvir a risada dele. Em seguida cochilou, mas logo acordou outra vez com um sobressalto. Tinha sonhado que estava junto do berço, que ele ainda era um bebê, mas que não estava lá. O berço estava vazio, mas ainda balançava. Alma se levantou e caminhou descalça até a porta do quarto dele. Bateu e abriu uma fresta na porta. Ele estava deitado em cima das cobertas, vestido e com um gibi do Pato Donald aberto em cima da barriga. No início pareceu assustado, como se por alguns segundos acreditasse que algo terrível havia acontecido. Depois ficou tranquilo. Depois sorriu.

– Mamãe – sussurrou –, é você?

IV

6 de maio de 1978. As chamas sugiram perto da estrada, pegaram na grama, no urzal, nos pés de zimbro, e assim o incêndio se espalhou depressa pela floresta. O verão tinha sido seco, muito seco. Tudo o que faltava era uma pequena fagulha. Um cigarro jogado pela janela, um descuido momentâneo. O alarme soou.

Uivou por alguns instantes pelo vilarejo até que as pessoas entendessem o que era aquilo. Mal tinham ouvido aquele som antes. As pessoas se detiveram e olharam umas para as outras por alguns segundos.

    Não era o alarme de incêndio? Logo o caminhão de bombeiros saiu da estação com a sirene aberta. Desceu a curva fechada, passou pela casa, atravessou a pequena ponte. Fez uma curva à esquerda, ganhou velocidade e passou em frente à cooperativa desativada com a sacada e o mastro que se debruçava por cima da estrada. Continuou morro abaixo, passou pela capela e pela prefeitura e seguiu em direção a Kilen.

    Era Dag quem estava no volante, enquanto Ingemann vinha sentado ao lado se agarrando ao pegador acima da porta.

    O caminhão de bombeiros era bastante novo, tinha apenas cinco anos de uso. Era um International com espaço para mil litros d'água no tanque e equipado com uma bomba hidráulica de 25 quilos na dianteira. O caminhão estava a caminho, e Dag dirigia depressa e bem. Eles encontraram alguns carros que diminuíram a velocidade, saíram para o acostamento ou deram passagem. Em Kilen as pessoas ouviram a sirene cada vez mais perto, e havia um grande número de pessoas em frente à loja de Kaddeberg curiosas para ver o que estava acontecendo. Bem em frente à loja ele precisou frear com força e virar o caminhão para a esquerda, para pegar a estrada em direção a Øvland, e a água no tanque balançou e fez com que o caminhão inteiro jogasse de um lado para o outro.

    Eles foram os primeiros a chegar ao local do incêndio. Porém logo depois um homem saiu correndo da floresta, era o proprietário, Sjur Lunde. Ele que tinha telefonado. No meio-tempo havia tentado vencer as chamas sozinho.

    Depois de quinze minutos todo o corpo de bombeiros havia chegado. Estacionaram os carros em fila atrás do caminhão de bombeiros. Alfred estava lá. Jens estava lá. Arnold. Salve. Knut. Peder. Todos estavam lá. De longe a fila de carros parecia um trem, o caminhão de bombeiros vermelho era a grande locomotiva que puxava os vagões brancos, azuis e marrons atrás de si. O incêndio estava em uma região mais ou menos limitada. Nenhum vento soprava. E havia um pequeno lago nas proximidades. Era um incêndio corriqueiro. A bomba hidráulica foi retirada do caminhão, eram necessários quatro homens para aguentar o peso, mas em compensação ela bombeava a água a uma velocidade considerável. Ingemann estava junto e também ajudou, mas logo os outros se encarregaram do serviço e ele ficou de pé um pouco mais afastado, olhando. De vez em quando sentia pequenas pontadas no peito, parecia que no coração, mas as pontadas sumiram assim que se acalmou. Dag estava segurando a mangueira quando a água veio. A pressão estava boa e ele apontou o jato direto para as chamas. Por um bom tempo ficou ajoelhado, fazendo a água jorrar enquanto os outros ficavam apenas olhando logo atrás. Então se virou e perguntou em um grito se alguém poderia assumir o posto. Logo veio um bombeiro que tirou a mangueira das mãos dele, e Dag caminhou devagar até o caminhão de bombeiros e se postou ao lado do pai. Estava com o rosto vermelho e tinha um pequeno corte ensanguentado na mão. Estava sem fôlego, porém mesmo assim tranquilo e determinado. Parecia feliz.

– Você se saiu bem – disse Ingemann com a voz tão baixa que ninguém mais o escutou.

V

Maio de 1978. Nos primeiros tempos eu ficava na cama até tarde, depois mamãe passou a me levar e me buscar na escola em Lauvslandsmoen. A distância mal dava um quilômetro, e eu dormia no caminho.

Ninguém fala sobre um incêndio acidental. Logo ele é esquecido. Logo passa.

Mas dois?

Aconteceu apenas dez dias depois do primeiro. Foi o antigo celeiro de Tønnes, que ficava no fundo de Leipslandskleiva, a poucas centenas de metros da casa da vó. Eu me lembro dos quatro alicerces que formaram um quadrado perfeito durante toda a minha infância, mas nem a vó nem o vô nem qualquer outra pessoa falava sobre o que tinha acontecido lá.

O celeiro estava em chamas quando o caminhão de bombeiros chegou, dava para ver a estrutura de madeira como uma teia incandescente bem no meio do incêndio. Logo a água começou a jorrar das mangueiras, mas não havia mais nada que se pudesse salvar. O alarme tinha soado tarde demais. O incêndio foi controlado.

Passado algum tempo um grupo de pessoas se reuniu, e todos ficaram voltados para as chamas violentas. A notícia se espalhou mesmo na calada da noite. Cada vez mais carros paravam na beira da estrada. As pessoas desciam e se aproximavam em silêncio. Estavam tão próximas que o calor crestava os rostos, quase ninguém dizia nada, todos ficavam apenas olhando. Ainda estava bastante escuro e aquela visão era ao mesmo tempo apavorante e quase encantadora. Depois de vinte minutos a estrutura desabou, a chuva de chispas se espalhou como uma revoada de moscas de fogo e as chamas ganharam um ímpeto renovado e violento. Alguém riu. Estava escuro e era impossível ver quem.

Dois incêndios em dez dias. O que se poderia dizer?

O dia seguinte foi 17 de maio. Começou com a igreja, lotada como sempre nesse dia. O sol atravessava as janelas por cima do retábulo com a última ceia e fazia a poeira cintilar. Dois ramos de bétula estavam amarrados ao arco romano, e as folhas recém-nascidas coroavam o púlpito. Omland estava presidindo o culto. Trajava a batina preta e falava sobre o tronco no riacho com a marca do fazendeiro e do dono. Mesmo nos casos em que não chega até o destino, o tronco continua levando consigo a marca, e assim pode voltar ao caminho correto e tornar-se aquilo que estava determinado a princípio.

Nada sobre os incêndios. Obviamente nada. Foi antes que alguém suspeitasse de qualquer coisa.

Depois foi servida uma refeição para todos no apertado porão da prefeitura, o teto era tão baixo que quase todos precisavam se inclinar ao atravessar a porta. Depois o desfile saiu de Brandsvoll e percorreu três quilômetros, passando pela casa de Knut Frigstad, pelo antigo consultório médico no meio da curva, pela casa de Anders e Agnes Fjeldsgård, e logo seguiu ao longo do cintilante Bordvannet, onde as bétulas estavam quase sem folhas, e de lá até a escola em Lauvslandsmoen onde a bandeira estava hasteada e todos os velhos sentaram-se ao sol e esperaram.

Os meus avós também estavam lá, e eu fiquei dormindo no fundo do carrinho. A procissão se aproximou da planície de Lauvslandsmoen, primeiro os porta-estandartes, depois a banda com os uniformes vermelhos e chapéus em forma de cilindro, e quando eu acordei mamãe me levantou para que eu visse de onde vinha a música.

À noite teve uma festa na prefeitura de Brandsvoll. A vó e o vô ficaram sentados no salão. Ingemann e Alma fizeram a mesma coisa. Aasta estava junto com o marido Sigurd. E Olga Dynestøl estava sozinha, bem no fundo, ao lado do fogão. Mesmo assim, os meus pais não estavam lá. Eles precisavam dormir, e todo mundo compreende uma coisa dessas quando se tem um bebê de dois meses em casa.

Syvert Mæsel leu o prólogo com a voz firme, como sempre fazia. Ficou postado no pequeno pódio com a tapeçaria pendurada às costas. Todos ficaram em silêncio e com a respiração suspensa, pois o que dizia sempre tinha muito peso e calava fundo. Talvez as pessoas estivessem pensando em tudo o que ele tinha visto e ouvido durante três anos em Sachsenhausen. Depois cantaram

> *Finsland – mi heimbygd.*
> *Snart skin det sol over snøkvite fjell,*
> *kveldssola logar i skyer som eld.*
> *Bygda ho søv under vinterens feld,*
> *ligg der så frosen og hard.* *

Cinco versos. Teresa estava sentada ao piano, logo abaixo do pódio.

Durante o intervalo muitas pessoas foram até Ingemann fazer perguntas sobre o incêndio. Dois incêndios em tão pouco tempo. O que era aquilo? Ingemann deu de ombros. As pessoas olhavam para ele e ele as olhava de volta com uma expressão indefinível. Não tinha nenhuma resposta. Apenas olhava para baixo.

---

* Finsland – minha terra. / Logo o sol há de brilhar sobre as montanhas nevadas; / O sol poente resplandece como fogo entre as nuvens. / O vilarejo dorme sob o manto do inverno, / Onde jaz duro e frio.

Então vieram a refeição e o café e as atrações, e antes de ir para casa todos se levantaram e cantaram o hino nacional.
A noite estava tranquila.

O novo caminhão de bombeiros tinha mesmo saído às ruas. Depois de cada ocorrência o equipamento precisava ser arrumado mais uma vez. As mangueiras precisavam ser estendidas ao sol para secar e depois enroladas e presas ao caminhão. As bombas precisavam ser lubrificadas e inspecionadas e receber mais uma aplicação da pistola de graxa. Tudo isso era feito por Ingemann. Ele estendia as mangueiras na estrada em frente à estação de incêndio e deixava-as lá por algumas horas antes de voltar a enrolá-las com todo cuidado. O trabalho ocupava uma manhã inteira e ele não podia se esforçar muito, senão sentia a pontada no peito. Quando deu meio-dia ele entrou em casa para comer. Dag ainda estava dormindo no quarto, então Ingemann e Alma comeram sozinhos e em silêncio.

Quando terminaram, Alma tirou a mesa enquanto Ingemann ficou deitado no sofá da sala com o jornal aberto no peito. Depois de um breve cochilo ele foi mais uma vez até a estação de incêndio continuar o trabalho.

Ele tinha pintado alguns equipamentos de branco. Era fácil perder as coisas no escuro. Por conta disso, tinha pintado todos os galões de gasolina que pertenciam à brigada de incêndio. Eram as famosas *jerrycans* desenvolvidas pelos alemães durante a Primeira Guerra Mundial. Daí o nome. O destaque eram as alças, para que fossem carregadas por dois homens. Assim o transporte era mais rápido e o galão não ficava tão pesado, e essa combinação era perfeita para a brigada de incêndio. Logo ele tratou de pegar o balde de tinta e de remexer uma caixa. Dispôs os galões em fila do lado de fora da estação de incêndio e em seguida se ajoelhou e marcou-as com as letras *BF* usando um pincel fino e escuro.

Foi enquanto se ocupava com essa tarefa que ouviu os passos no cascalho. Era Dag, que subiu a estrada a pé e tapou o sol quando parou na frente de Ingemann.

– Até que enfim o dorminhoco apareceu – disse Ingemann e deu uma risada cristalina. Dag não respondeu, apenas olhou para a mão do pai e para o pincel que pintava aquelas letras pretas com tranquilidade e esmero. Quando ele terminou, Dag ajudou-o a carregar os galões de volta para o lugar, e depois o caminhão ainda precisou ser guardado na garagem. Naquele dia foi Dag quem deu ré enquanto o pai ficou no chão cuidando para que o caminhão entrasse direito. Ficou no escuro, no fundo da garagem, enquanto aos poucos o caminhão deslizava em direção a ele. O lugar era tão apertado que ele seria esmagado contra a parede se o caminhão não parasse a tempo. Ele permaneceu tranquilo enquanto o caminhão chegava mais perto e a garagem se enchia de fumaça. Então o caminhão parou a cerca de um metro da parede.

– Perfeito! – gritou Ingemann. Em seguida os dois percorreram o curto caminho até em casa enquanto conversavam em voz baixa. Também haviam ficado mais serenos.

– Vamos torcer para que esse tenha sido o último incêndio – disse Ingemann.

– Com certeza – respondeu Dag.

– Estou ficando velho demais para apagar incêndios – disse Ingemann.

– Velho demais? – Dag parou e encarou o pai. – Você não está velho demais. E você precisa estar junto na próxima vez.

Ingemann ficou surpreso com esse último comentário, mas não disse nada. Apenas balançou a cabeça e sorriu para o filho; os dois chegaram em casa e, quando entraram no corredor, sentiram o cheiro das almôndegas de Alma e esqueceram todo o resto.

A noite seguinte foi calma.

As pessoas conseguiram descansar. Apagaram as luzes, trancaram as portas e deitaram-se nas camas frias.

Apenas as luzes externas ardiam. As lâmpadas brancas e as mariposas e todos os insetos sem nome que voavam em torno da luz.

VI

Tempo mais claro e mais definido. Apenas três graus. Os pássaros parecem confusos e voam de um lado para outro pelo céu, como se não soubessem mais onde fica o norte e onde fica o sul. A água escura e lisa, como óleo. As casas mais próximas se espelham com perfeição na água. De vez em quando desejo que eu nunca tivesse saído daqui. Eu nunca devia ter viajado para Oslo, nunca devia ter começado a estudar, nunca devia ter começado a escrever. Eu devia ter ficado aqui, bem aqui, no meio da paisagem tranquila, nas florestas serenas com águas e lagos reluzentes, em meio às casas brancas e galpões pintados de vermelho, e às vacas tranquilas no verão. Eu nunca devia ter deixado para trás tudo o que no fundo eu tanto amava. Eu devia ter ficado aqui e vivido uma outra vida. De vez em quando tenho esse sentimento de que levo duas vidas paralelas. Uma é agradável, simples, sem muitas palavras. A outra é a minha vida aparentemente real, aquela em que estou, em que todo dia me sento e escrevo. A primeira vida às vezes se ausenta por longos períodos, mas de vez em quando aparece, como se eu de repente estivesse perto e prestes a adentrá-la, eu estou perto e sinto que a qualquer momento posso descobrir aquele que talvez seja o meu verdadeiro eu. E assim foi.

 Depois de algum tempo fica frio demais para que eu continue sentado perto da janela. Aumentei a calefação, mas não adianta. No fim me levanto e pego a jaqueta e a ajusto bem junto do corpo. Da janela consigo ver a casa de Olav e de Johanna, e um pouco mais abaixo, perto do antigo correio, fica a casa que os dois alugaram durante os últimos meses antes que ela adoecesse de vez e ele fosse para a casa de repouso em Nodeland. O incêndio deve ter se espelhado na água. Deve ter sido uma visão e tanto.

 Leio a carta de Dag várias vezes, devagar, com atenção, como se eu pudesse me aproximar dele apenas lendo com cuidado. Como se o mistério em torno dele estivesse nas palavras.

 Faço uma anotação no caderno:
Quem vemos quando vemos a nós mesmos?
Eis a questão.

 Lembro de um episódio. Deve ter sido na época da primeira série, e nesse caso eu tinha sete ou oito anos. Eu fiquei de pé na frente da turma e contei uma história. Não me lembro do que a história tratava, mas era alguma coisa muito emocionante, porque eu e todos os meus colegas ficamos vidrados. Me lembro de ter pensado: Agora você precisa se segurar, agora você não pode exagerar, agora você não pode mais mentir, logo vai ficar demais, logo não vão mais acreditar em você, logo vão perceber, logo vão ver que você está mentindo, logo vão todos ir embora juntos e você vai ficar sozinho.

Mas acreditaram em mim. Deu certo. Ninguém me desmascarou. Todos ficaram quietos como ratos até o fim da história e por alguns instantes depois. E então: *Conte mais uma!*

Mesmo assim, o mais importante foi o que aconteceu depois. Quando o sinal tocou e todos saíram da sala, a nossa professora pediu para falar comigo. Era Ruth, de quem eu tanto gostava.

Ela se agachou na minha frente com uma mão em cada ombro, como se eu tivesse batido o rosto ou feito algo de errado. Me lembro do rosto, dos olhos, do olhar. *De onde você tirou essa história?*, ela perguntou. Parecia apreensiva, e para não deixá-la ainda mais preocupada eu dei de ombros e olhei para baixo. Eu não aguentaria dizer que era tudo invenção minha. Que tudo havia surgido no calor do momento, que era tudo mentira do início ao fim. Eu queria me livrar das mãos dela, mas não sabia o que dizer. Ela continuou a me encarar com aquele olhar preocupado e eu prometi a mim mesmo que nunca mais contaria uma história como aquela. Pela primeira vez eu tinha cometido uma ilegalidade. Eu, que sempre era tão gentil, que sempre fazia o certo. Naquele instante eu não sabia o que me esperava. *Você é um poeta, um poeta*, disse Ruth enquanto me olhava com um estranho sorriso. *Eu nunca mais vou fazer isso*, balbuciei, e senti uma vergonha indefinível subir desde a barriga até o meu peito e o meu rosto. Então ela me soltou e eu saí correndo para me juntar aos meus colegas, mas aquelas palavras nunca me deixaram, era impossível fugir delas. Ruth as tinha plantado em mim, e aos poucos, aos poucos elas começaram a crescer. Eu não era como os outros. Eu era um poeta. Senti que os outros percebiam. Que vinha estampado no meu rosto, ou nos meus olhos ou na minha testa. Eu prometi nunca mais poetar, eu só queria ser gentil e fazer o certo, e desejei que um dia tudo aquilo passasse.

VII

Pouco depois da uma hora ela se vestiu e desceu até a cozinha. Pôs uma chaleira no fogo e esperou a água ferver. Quando o café ficou pronto ela pegou uma xícara limpa no armário e sentou-se junto à mesa da cozinha no lugar de Dag, de onde se via a planície em direção a Breivollen. Sentia dentro de si algo leve, algo sem nenhum peso que no entanto não dava trégua, que não a deixava dormir. Era assim quase toda noite; ela ficava deitada ao lado de Ingemann, olhando para o teto. Ouvia a música dentro do quarto de Dag e apurava o ouvido sempre que o silêncio voltava. Escutava-o levantar da cama e balbuciar alguma coisa, mas não conseguia distinguir as palavras. Por volta da meia-noite, cochilava e dormia por duas ou três horas. O sono era leve, como se ela flutuasse logo abaixo da superfície. Fragmentos de sonho despontavam, mas pareciam distorcidos e irreconhecíveis, como se pertencessem a outra pessoa.

Então ela acordava sobressaltada com os passos nos degraus. O rumor do chaveiro enquanto ele vestia a jaqueta. O clique da fechadura. O silêncio na casa depois que o carro se afastava.

Depois de algum tempo ela também se levantava.

Ficava sentada escutando o tique-taque intermitente do relógio acima da geladeira. O vapor se erguia da xícara, como bandeiras compridas e esfarrapadas que tremulassem ao vento para em seguida desaparecer.

Passado um longo tempo ela via um carro cruzar a planície a grande velocidade. Ainda estava escuro como breu. Os faróis balançavam e tremiam. O carro reduzia a marcha e chegava ao cruzamento, fazia a curva à esquerda e os faróis cortavam como uma faca a névoa branca e translúcida que pairava sobre a terra.

Era ele.

O carro parava junto da casa. Ela escutava o rádio, que continuava ligado por alguns segundos antes que o silêncio voltasse, a porta que se abria, os passos no cascalho. Ela o ouvia conversar sozinho no pátio. Estava quase acostumada. De repente ele fazia uma pergunta a si mesmo. Ou então uma reprimenda. Ela tinha escutado aquilo muitas vezes, mas nunca havia falado nada para

Ingemann. No início só acontecia enquanto a música estava ligada, mas depois também quando tudo estava em silêncio. Na primeira vez ela sentiu medo. Ficou sozinha na sala com um trabalho manual e de repente escutou a voz de Dag conversando com alguém no sótão. Teve a impressão de que havia alguém junto com ele. Um outro. Algum colega da antiga classe? Ela subiu e bateu na porta, e quando ele abriu estava sozinho lá dentro. O rosto estava fixo em uma estranha careta, e na verdade foi essa careta que a deixou com medo. Mas logo ele relaxou o rosto, tudo se derreteu, aquele rosto estranhamente tenso por assim dizer se desfez e ela viu que era ele.

Ela se levantou, foi até a porta e ficou parada com a xícara fumegante na mão enquanto escutava. O pátio estava em silêncio. De repente ele entrou.

– Você ainda está de pé? – perguntou.

– Quer um café?

– Café a essa hora? – disse ele.

– Por que não? Ela encheu a grande xícara branca e colocou-a no outro lado da mesa, no lugar de Ingemann.

– Quer comer alguma coisa? – ofereceu ela. – Tem pão novo. Ele sentou-se à mesa enquanto ela buscou o pão no armário e cortou três fatias brancas que caíram de lado uma atrás da outra. Ele não disse nada. Cheirava a noite de primavera e a fumaça.

– Andou passeando por aí? – perguntou ela.

– Digamos que sim – respondeu ele.

Ela serviu uma geleia que estava congelada desde o verão anterior e um pouco de queijo com especiarias e *prim*. Dispôs tudo ao redor dele em um semicírculo. Também serviu leite em um copo.

– Coma – disse.

– Você não precisa ficar acordada me esperando – disse ele de repente enquanto a encarava.

– Eu não consigo dormir – respondeu ela e abriu um discreto sorriso, afastando os cabelos da testa.

– Não consegue dormir?

– Não, estou igualzinha a você – respondeu. – Afinal, você também não dorme.

Ele não respondeu nada, simplesmente a encarou e sorriu. Por um longo tempo os dois permaneceram em silêncio. Foi bom. Ainda faltava bastante para o amanhecer, para que Ingemann se levantasse e o dia raiasse. Os dois ficaram a sós. Foi bom, e um pouco estranho, e cristalino, e ela desejou apenas que aquele instante durasse. Ele comeu com vontade, ela cortou várias fatias e colocou-as no canto do prato enquanto tentava sorrir. Era bom vê-lo comer. Sempre tinha sido assim; quanto mais ele comia, melhor ela se sentia.

– A noite está fria lá fora – disse ele enquanto mastigava e olhava pensativo para fora da janela.

– Você está com frio? – perguntou ela. – Quer que eu traga uma blusa?

Ele balançou a cabeça, bebeu todo o copo de leite e se levantou para ir embora. Ela soube no mesmo instante que havia acabado.

– Fazia muito frio lá em Porsanger? – perguntou de repente.

– Quarenta graus abaixo de zero – respondeu ele sem olhar para ela. Ela se levantou.

– Dag, você não pode me contar um pouco? – disse ela enquanto sentia o rosto esquentar e enrubescer. – Bem que você podia contar um pouco... eu e o papai não sabemos praticamente nada.

Dag ficou tranquilo no mesmo instante, com movimentos quase vagarosos.

– O que você quer que eu conte? – perguntou.

– O que aconteceu de verdade.

Ele a encarou por um longo tempo e por fim balançou a cabeça de maneira quase imperceptível.

– O que aconteceu de verdade?

– É – disse ela em tom calmo. – O que aconteceu com você.

– Comigo? Como assim?

Ela se aproximou enquanto Dag permanecia como que congelado. Chegou mais perto e sentiu que ele cheirava a fumaça.

– Você está tão... você ficou... você não quer me contar, Dag? Por favor. Conte tudo para mim.

Os dois estavam de pé no meio da cozinha, a lâmpada do teto mergulhava-os na luz e fazia o cabelo dele reluzir com um brilho oleoso. Ela o encarou com um olhar suplicante e em seguida olhou para baixo, viu a camisa aberta, as mãos, a calça de veludo marrom, as meias.

– Mãe, você está chorando? Ela não respondeu. Estava bem perto dele, com os olhos fechados.

– Você quer que eu conte? – ele tornou a perguntar com a voz tranquila.

– Quero, Dag, eu ficaria muito feliz.

Ela percebeu que ele tomou um fôlego profundo. Engoliu a seco e de repente sentiu o coração palpitar com força. Encarou o filho que naquele instante tinha a mesma expressão impassível avistada na primeira vez em que bateu na porta do quarto. E ficou gelada de medo.

– Dag – sussurrou ela.

– Mãe – respondeu ele em um tom suave, com a voz rouca.

– Você não quer?

– É que... é que... mãe...

Ele balançou de leve a cabeça.

– Venha, Dag – disse ela de repente. – Vamos sentar na sala. Ela foi na frente e ele seguiu hesitante mais atrás e se deteve na porta.

– Você não quer? – disse ela.

– Mãe, eu...

– Você não pode tocar um pouquinho antes? – perguntou ela de repente.

– Agora?

– Você pode tocar baixinho. Depois a gente pode conversar.

Ele ficou parado por um bom tempo, mas depois sorriu e ela foi invadida por uma onda de ternura.

Haviam comprado o piano por causa dele. Foi depois que começou a tomar as aulas com Teresa. Afinal de contas, ele precisava treinar em casa. E assim foi. Ingemann o havia comprado de um inventário, ele o amarrou em cima do pequeno reboque

que acompanhava o caminhão de bombeiros e levou-o para casa com Dag. Levaram o piano para dentro de casa com a ajuda de Alfred e de vários outros vizinhos. Ela lembrava daquele dia como se fosse ontem. Mais tarde diziam que aquele era o dia em que *o piano tinha chegado*, como se falassem de uma criança. Foi só quando viu carregarem o piano para dentro da casa que ela sentiu como era pesado, e quando finalmente o colocaram perto da janela ela disse para que todos ouvissem que o piano nunca mais sairia de lá.

Ele sentou no banquinho enquanto olhava atentamente para ela.

– O que você quer que eu toque?
– Você é quem sabe – respondeu ela. – Qualquer coisa.
– Qualquer coisa?

Ele estalou os dedos como um pianista de concerto. E então tocou. Bem baixinho, para que só os dois ouvissem. Ela notou que ele não praticava há tempo, de vez em quando cometia um errinho, mas tudo bem. Aos poucos tudo foi voltando. Ele tocou. Ela ficou de pé atrás dele, olhou para as costas, a nuca, a parte de trás da cabeça, o cabelo já um tanto comprido, quase como antes. Olhou para o cartão-postal que continuava de pé em meio aos troféus, olhou para a foto do soldado na torre de vigia, olhou para a interminável planície coberta pela neve e para a fronteira russa como uma rua branca e despida de árvores que avançava para além da torre e se perdia na infinitude mais atrás.

Quando terminou de tocar ele ficou sentado com a cabeça baixa, olhando para as teclas.

– Muito bem – sussurrou ela.
– Quer que eu toque mais? – perguntou ele.

Ela acenou com a cabeça.

Então ele tocou *Nærmere deg, min Gud*, pois sabia que era isso o que ela queria ouvir. Ela se apoiou no canto da mesa e fechou os olhos. De repente as lágrimas começaram a correr, ela não pôde contê-las, foi como uma avalanche, e ele continuou tocando de maneira clara e simples, sem nenhum erro. Ela continuava na mesma posição quando de repente ele se levantou e fechou a tampa do piano com uma dissonância sombria.

– Agora você pode contar – sussurrou ela.
– Posso – disse ele.
– Me conte tudo, Dag – disse ela antes de se levantar também.
Nesse instante o telefone tocou.
Ela o encarou assustada por um instante, mas não teve tempo para mais nada, pois ele já estava no corredor, com o fone na mão, falando em voz baixa. Foi até a porta e viu que ele estava tomando notas em um bloco.
A seguir gritou por Ingemann.
Um incêndio! Um incêndio!
Às pressas ela conseguiu preparar dois lanches para levar, cortar mais umas fatias de pão, de queijo e de *prim* e pôr o resto do café em uma térmica, e nesse exato instante o alarme soou na penumbra. Dag tinha saído para ligar o alarme, provavelmente na corrida, porque em seguida voltou suado e resfolegante. O alarme ululava com tanta força que os cristais tilintavam no armário. Ingemann desceu os degraus enquanto fechava os últimos botões da camisa. Estava grogue de sono, os olhos estavam perdidos, o cabelo estava todo desgrenhado, mas não havia outra coisa a fazer. Uma casa estava pegando fogo, e ele era o chefe dos bombeiros. Não havia tempo a perder. Tirar o caminhão da garagem, ligar a sirene, ligar a luz azul. Acelerar o caminhão. Chegar. Averiguar a situação. Dag já estava pronto, tinha abotoado a camisa até o pescoço e avançava pelo corredor.
– Você não vai pôr mais um agasalho? – perguntou Alma.
– Mãe, é um incêndio, não dá tempo – respondeu ele sem olhar para ela.
– Mas você está só de camisa, Dag.
Mais ela não conseguiu dizer, ele já estava do outro lado da porta, correndo em meio à penumbra até a estação de incêndio. Pouco tempo depois ela escutou a sirene misturar-se aos uivos lamentosos do alarme. Às pressas ela conseguiu pôr os lanches em uma bolsa que Ingemann tinha na mão antes que ele também sumisse pela porta em direção ao caminhão de bombeiros e a Dag, que já esperava atrás do volante.

VIII

O *Fædrelandsvennen* publicou uma longa entrevista com Olav e Johanna Vatneli no dia 7 de junho de 1978. Pouco mais de 48 horas após o incêndio. É a mesma entrevista que eu recordei junto do túmulo, aquela em que Olav se descreve como sensível e a Johanna como tranquila.

Os dois estão sentados no porão de Knut Karlsen. Olav na beira da cama, com uma camisa xadrez e suspensórios folgados, olhando com uma expressão apática para o nada. Johanna em uma cadeira ao lado, com as mãos caídas em cima do colo e um sorriso débil nos lábios, como se aquilo tudo não dissesse respeito a ela. Atrás, uma luminária com a tomada suspensa no ar.

No dia anterior os dois tinham ido à cidade para comprar roupas. Dois vestidos de verão, um par de calças, camisas, roupas de baixo. Dois pares de sapato. Além do mais, os dois haviam feito moldes para os dentes novos.

Privados de tudo, Olav e Johanna Vatneli estão no porão do vizinho sem saber o que os espera de agora em diante.

Johanna fala mais uma vez sobre o incêndio, o estalo na cozinha, o mar de fogo, a sombra no outro lado da janela e tudo o que se passou desde então. No mesmo dia os dois tinham recebido a visita de Alma e Ingemann. Isso aparece em uma frase jamais mencionada, que mesmo assim está lá e dá a impressão de brilhar.

Mais para o fim da entrevista eles falam a respeito de Kåre. Sem dúvida era natural que falassem a respeito dele, afinal tinham perdido todo o resto. Lá, no porão de Knut Karlsen, fazia dezenove anos que ele tinha morrido. O único filho do casal. Depois de Kåre não restou mais nada, e depois que a casa se foi com tudo que havia dentro Kåre voltou, por assim dizer.

A situação era essa.

Tudo parece inacreditável. Não dá para entender. Olav já se pôs de pé mais uma vez, mas ainda não tem forças suficientes para ir ver o local do incêndio. Quer esperar mais alguns dias antes de ir até lá, e mesmo assim pretende ir sozinho. O galpão foi salvo, e lá dentro tem muita lenha de carvalho guardada, diz. Ele acha que o carvalho vai ser útil nas circunstâncias. O problema é que não existe nenhum fogão onde queimar a lenha, e nenhuma casa a aquecer. No galpão, além da lenha tem uma bicicleta. Eu não tenho certeza, mas pode ser a bicicleta de Kåre. No fim Kåre aprendeu a andar de bicicleta.

Os dois têm 73 e 83 anos e precisam recomeçar a vida. Têm um pouco de lenha, algumas notas de mil e uma bicicleta velha. Nada mais.

A visita de Else e Alfred me fez pensar mais uma vez em Aasta. Eu queria saber mais a respeito de Johanna e de Olav, e também de Kåre. De repente pareceu importante. Aasta tinha 48 anos em 1978, era cunhada de Johanna Vatneli e portanto tia de Kåre e hoje, mais de cinquenta anos depois da morte do sobrinho, era uma das poucas que ainda lembrava dele.

Em uma das primeiras noites de novembro eu saí de casa e andei quase um quilômetro até a casa amarela onde Aasta morava. Ela me conhece desde sempre e foi uma das pessoas que visitou mamãe enquanto ela ainda estava na maternidade da Kongens Gate, quando eu tinha apenas alguns dias de vida.

Passamos horas juntos. Falamos sobre o incêndio e sobre o incendiário. Fiz perguntas a respeito de Olav e de Johanna. E de Kåre. Tomei notas.

A história de Kåre era assim: Ele machucou o osso da perna quando caiu depois de um salto de esqui no Slottebakken, o morro que tem uma rampa muito elaborada e uma pista mais íngreme do que o normal. A descida era quase vertical. Descobri que papai também tinha histórias sobre o Slottebakken e que tinha dado vários saltos por lá. Ele era um dos melhores esquiadores, ou pelo menos foi o que me disse, e é possível que estivesse lá naquele entardecer da década de 50 quando Kåre gritou no escuro, se inclinou para frente e saltou.

Kåre conseguiu um impulso muito forte e desceu planando. Todos os que estavam assistindo ficaram apreensivos. Nunca alguém tinha saltado tão longe. Ele continuou planando, o macacão se abriu como uma vela enfunada nas costas, todos prenderam a respiração e enfim os esquis tocaram a zona de aterrissagem, e no mesmo instante um júbilo frágil se espalhou pelo entardecer gelado. Ele conseguiu tocar o chão ainda inteiro, mas caiu logo em seguida. A queda não foi violenta, mas bastou para que encerrasse os saltos do dia. Ele ficou sentado em um monte de neve com a mão na perna.

No dia seguinte faltou à escola. Era sexta-feira. Quando a segunda chegou ele ainda não tinha melhorado. Pelo contrário, estava com uma febre alta. Alguns dias depois Johanna levou-o ao médico, que atendia das onze às quatro na curva bem em frente à casa de Knut Frigstad em Brandsvoll. Era o doutor Rosenvold, que tinha um olhar suave mas fugidio, impossível de ver direito por trás dos óculos. O doutor constatou que a ferida de Kåre não queria sarar. Da ferida saía um líquido claro e malcheiroso, e naquele momento não havia o que fazer. Era preciso esperar e ver. Johanna rasgou tiras de tecido e mergulhou-as em uma mistura especial de vinagre para fazer o curativo. Era o que se costumava chamar de *trinca no osso*. Algum tempo depois ficou claro que se tratava de alguma coisa mais séria, mas ninguém se atrevia a comentar. Na época ele tinha catorze anos e estava prestes a começar o ginásio, e ninguém se atrevia a comentar. Rosenvold fez uma visita à casa de Olav e de Johanna, à casa branca na beira da estrada. O verão estava chegando ao fim, a cerejeira no jardim estava carregada de frutos vermelho-escuros e o carro preto estacionou no pátio entre a casa e o galpão. Rosenvold subiu os degraus com tranquilidade e entrou no quarto onde o garoto estava de cama. Fechou a porta atrás de si e passou um bom tempo lá dentro. Quando desceu, tinha o olhar ainda suave, mas um pouco menos fugidio.

Alguns dias mais tarde foi decidido que a perna seria amputada, logo acima do joelho. A perna esquerda. Era tarde demais.

Enfim.

Tiraram a perna, como se costuma dizer, e algumas semanas depois Kåre manquejava pelo pátio, pela escada e pela cozinha.

Ele precisou aprender a andar com as muletas. Precisou reaprender tudo, e assim perdeu um ano. Pelo resto da vida ele teria um ano inteiro a recuperar, mas era como se essa queda desse forças para que aprendesse coisas que os outros julgavam impossíveis. Ele reaprendeu a caminhar, aprendeu a andar de bicicleta com uma perna só, aprendeu até a andar de *moped*. Era como se nada mais fosse impossível. Aasta disse que Kåre morou com ela e com o marido Sigurd por um breve período enquanto frequentava o ginásio em Lauvslandsmoen. Afinal, ele precisava ir à escola como todos os outros. Deve ter sido no inverno de 1958. Foi depois que tiraram a perna, e era mais fácil morar lá do que em casa em Vatneli. A distância era de mais de sete quilômetros. Olav e Johanna não tinham carro, e da casa de Aasta eram poucas centenas de metros até a escola. Ela me contou que Kåre dormia no sótão, no quarto que dava para o oeste, e eles colocavam lenha no fogão para que ficasse quentinho e agradável lá dentro. O rosto dela se iluminou quando todas essas vagas memórias voltaram. Ela lembrou de coisas que há tempos imaginava ter esquecido, pequenos detalhes e ninharias que, segundo achava, não me interessariam. O olhar dela ficou distante, como se os cinquenta anos se deixassem entrever como um filme diáfano e cintilante em frente aos olhos dela. Ela contou que sentia medo toda vez que ele descia a escada íngreme com as muletas. A escada íngreme sem corrimão, e Kåre cambaleando um degrau por vez. Mesmo assim, sempre dava certo, e no fim ele aprendeu a andar de muleta como um mestre. Cambaleava nas muletas cantando, disse ela. Ao entardecer ele saía do sótão e, enquanto descia a escada, cantava de um jeito que fazia a casa toda reverberar. Ela achava que era uma canção de amor. Isso mesmo, uma canção de amor. Ela não lembrava qual, era em inglês, ela só lembrava da palavra *darling*.

– Ele era radiante – disse ela, como se o filme logo à frente de repente tivesse parado.

– Como assim? – perguntei.

– Radiante, despreocupado. Como posso explicar? Não me ocorre outra palavra. Ele era radiante, radiante.

Depois falamos sobre Johanna. Ela, que tinha virado uma mulher que não ria nunca, mas que tampouco chorava. Uma enorme sombra negra pairava acima dela. Ou ela mesma havia se transformado em sombra. Até os pássaros davam a impressão de ficar em silêncio quando ela chegava. Sete anos após a morte de Kåre, Aasta perguntou a ela se estava mais fácil depois de tanto tempo.

A resposta foi não.

Ela continuava de um lado para o outro, juntando os pedaços.

Johanna queria muito ter um retrato de família. Foi depois que ela e Olav ficaram sozinhos, e o que mais desejava era ter um retrato com os três juntos. Ela e Olav, e Kåre no meio. Então pediu ajuda a Aasta e Sigurd. Sem dúvida haveria um jeito de fazer algo assim. Isso foi na década de 60. O único jeito era cortar a antiga foto do casamento ao meio e colocar a foto da confirmação de Kåre entre as duas metades. Depois era só tirar uma nova foto das duas originais. Caso essas duas outras fossem destruídas, o resultado seria uma foto nova. Mas não dava para fazer uma coisa dessas. Como era algo que não podia ser feito, Johanna tirou a ideia do retrato de família da cabeça; se Kåre não estivesse junto, todo o resto poderia continuar como estava. Ele no meio ou nada.

Essa era a história de Johanna. Ela estava sempre tranquila. Tudo o que se dispunha a fazer era feito com gestos tranquilos. Ela tinha uma velha roca que usava para fazer peças de artesanato. O fio corria sem parar por entre os dedos.

Mais para o fim – depois que os dois perderam a casa – Aasta lavava as roupas dela. Johanna não aguentava mais. Tinha arranjado uma roca nova, que no entanto ficava boa parte do tempo parada em um canto. Nos últimos tempos ela simplesmente ficava sentada olhando para a roca. Foi por volta dessa época – quando lavava as roupas – que Aasta descobriu o sangue. Foi alguns meses depois do incêndio. Devia ser o útero.

Aasta foi até a porta. Estava escuro lá fora, uma névoa branca pairava sobre a terra e no céu ao norte dava para perceber o brilho da igreja iluminada pelos refletores. Eu estava impregnado pela história de Kåre, por aquela vida curta mas aparentemente despreocupada. Perguntei se ela sabia de mais alguma coisa que pudesse contar. Ela pensou um pouco. No fim, balançou a cabeça. Aasta era a pessoa mais próxima. Ela disse:

– Todos estão mortos.

Depois que Olav e Johanna faleceram ela passou a limpar o túmulo de Kåre todos os anos, até que ele foi esvaziado. Foi na década de 90. Foi ela quem autorizou a remoção. É compreensível. Afinal, todos se foram. Toda a pequena família. Não restou nada.

A não ser talvez uma coisa: a roca de Johanna.

Antes de ir embora eu dei um abraço em Aasta, por alguns instantes nós ficamos parados no escuro com os braços em volta um do outro. Depois percorri sozinho o curto caminho até em casa. Estava muito escuro e bastante frio. A primeira geada não podia estar longe. Pensei em todas as vezes que eu tinha percorrido exatamente aquele caminho ainda menino. Depois que passei a casa de Aasta e de Sigurd o caminho ficou escuro como breu até as caixas de correio. Era um trecho com cerca de meio quilômetro, e sempre que eu passava por lá o coração me subia à boca. No início o caminho atravessava a floresta de pinheiros em Vollan, mas depois se abria. Quando eu era menino eu costumava atravessar a floresta cantando para ir até o riacho que corria por baixo da estrada e se batia nas pedras do outro lado. Eu estava voltando de um encontro do Grêmio Infantil Von, ou do Grêmio Juvenil, onde tínhamos aprendido sobre os efeitos nocivos do álcool, mas naquele instante, sozinho no escuro, esqueci que eu poderia ter dores de barriga e ficar com o rosto verde e ser abandonado por toda a minha família, naquele momento me senti apenas invadido por um temor gelado e desejei que o meu cantar afastasse aquele que de repente eu temi que pudesse surgir à minha frente no escuro. Eu cantei e cantei dentro de mim, era uma mistura alegre de canções do coro infantil com Samantha Fox ou Michael Jackson. Era *Hvilken mektig Gud vi har*, *Bad* e *Nothing's Gonna Stop me Now* uma atrás da outra. O importante era cantar. Não deixar o silêncio tomar conta. E continuar caminhando até a cachoeira. Havia por assim dizer um antes e um depois da cachoeira. Se eu chegasse do outro lado, estava salvo. E assim foi também naquela noite, enquanto eu andava sozinho no escuro, com a conversa sobre Kåre e Johanna ainda rodando na minha cabeça. Tudo começou outra vez; eu não podia ficar em silêncio enquanto não tivesse atravessado a fronteira invisível. O outro lado, o outro lado, se ao menos eu chegasse ao outro lado eu estaria salvo.

3.

I

Na noite de 20 de maio de 1978 aconteceu outra vez. Um celeiro na floresta em Hæråsen, bem ao norte do vilarejo, longe das pessoas. Era o incêndio número três. Oito toneladas de adubo, uma velha charrete, um carroção, oito, dez rodas, dois trenós, um barril, uma talha de corrente, várias telhas e estacas.
Tudo junto.
O mar de fogo era visível a quilômetros de distância. Ondulava vermelho e laranja pelo céu, e a visão fazia o sangue gelar nas veias.
Dessa vez também chegaram tarde demais.
A água foi direcionada às árvores, às copas dos pinheiros iluminados pelo calor. A floresta estalava e crepitava. De vez em quando era como se alguma coisa quebrasse. Alguma coisa se despedaçava, caía de lado e começava a gemer.
Foi a partir dessa noite que as pessoas notaram que alguma coisa séria estava acontecendo.
Todo o corpo de bombeiros estava lá. Os carros estavam enfileirados atrás do caminhão de bombeiros, exatamente como nos outros incêndios. Dag segurou a mangueira, a bomba hidráulica rangeu atrás dele no escuro, a água jorrou com uma pressão violenta. Ele apontou o jato para o centro, onde as chamas eram alaranjadas, quase vermelhas, e quase imóveis. O fogo rosnava como um dragão ferido quando a água o atingia. Por um instante as chamas eram vencidas, mas logo voltavam com forças

renovadas e erguiam-se mais altas do que nunca. Depois de alguns minutos o calor ficou intenso demais e outro bombeiro precisou assumir o posto. Dag ficou de pé em um canto refrescando o corpo enquanto observava. Ele viu os outros correrem ao redor, escutou gritos e vozes e o rangido constante da bomba hidráulica, e ao longe ouviu os estalos e as crepitações que eram o próprio incêndio. Ficou lá à espera de Ingemann. O chefe dos bombeiros ainda não havia chegado, e portanto Alfred tinha assumido o comando. Depois de algum tempo Dag começou a ficar irrequieto. O pai tinha dito que chegaria no próprio carro. Foi o combinado. Mas ele não apareceu. Foi a primeira ocorrência sem Ingemann. Dag teve de fazer tudo sozinho, ele ligou o alarme, voltou para a casa em Skinnsnes e gritou em direção à janela do sótão, mas quando Ingemann finalmente apareceu ele trazia a mão no peito e disse que não estava se sentindo bem. Foi até a sala e se deitou no sofá.

– O que houve? – perguntou Dag.

– Acho que você precisa ir sozinho – respondeu o pai.

– Sozinho?

Ele não havia podido esperar, tinha corrido até a estação de incêndio, dirigido o caminhão, ligado a sirene, feito a curva à direita em direção a Breivollen e acelerado enquanto as luzes azuis rasgavam a escuridão da noite. E tudo havia dado certo, no fim tudo havia dado certo, e no fim ele tinha feito tudo sozinho.

Nesse instante ele estava próximo do incêndio à espera do pai. Tinha uma expressão radiante, era como se todos os traços do rosto houvessem desaparecido. Ou, pelo contrário: Como se houvessem ficado mais aparentes. Ao redor corriam vizinhos e conhecidos que tinham avistado o mar de fogo ou escutado a sirene, mas ele não os percebeu. Continuou à espera. Mas Ingemann não apareceu.

No fim ele tomou uma decisão e resolveu falar com Alfred.

– Vou dar uma volta de reconhecimento – disse.

– Uma o quê?

– Vou dar uma volta para ver se esse maluco não começou incêndios em outros lugares.

Alfred não o contestou. Tampouco perguntou o que ele queria dizer com *um maluco*, porque Dag já tinha corrido até o caminhão, entrado na cabine e dado a partida. As bombas hidráulicas estavam desconectadas e todo o equipamento estava descarregado, então a bem dizer o caminhão não era mais necessário.

Ele fez o retorno no fim da estrada e, quando voltou e passou pela pequena multidão, as chamas haviam se reduzido a uma massa incandescente que coloria a fumaça de laranja. A seguir acelerou. Passou pela igreja e pelo caminho até o estande de tiro um pouco mais abaixo. A fábrica de caixas, as longas planícies em Frigstad, a loja em Breivoll. Não havia nenhum outro carro na estrada. As casas estavam às escuras. Ele acelerou o quanto pôde.

Na casa em Skinnsnes, a luz da cozinha estava acesa. Ele não disse nada para Ingemann e seguiu direto até a autoestrada perto da loja desativada no cruzamento Quando passou pela prefeitura de Brandsvoll, ligou a sirene. Percorreu todo o trajeto até Kilen com a sirene e as luzes azuis e parou em frente ao estabelecimento de Kaddeberg.

Precisou bater por um bom tempo na porta até que uma luz se acendesse no interior da loja e um vulto se aproximasse pelo outro lado do vidro.

– É da brigada de incêndio – gritou ele enquanto a porta se abria e o próprio Kaddeberg aparecia, ainda grogue de sono.
– Me deixe entrar. Precisamos de provisões.

Durante vários minutos ele andou na penumbra em meio às prateleiras enquanto Kaddeberg permanecia horrorizado atrás do caixa. Ele fitou aquele jovem, que estava tão inquieto e entusiasmado que não chegou a pegar nada. No fim, precisou alcançar-lhe uma cesta, e a partir daí a situação melhorou. Ele arrancou as mercadorias das prateleiras. Cinco pacotes de biscoito recheado, batata chips, salsichas, bolos prontos, uma caixa de refrigerantes, um punhado de chocolates. Ele tinha um cheiro forte de fumaça, a camisa esvoaçava ao redor do corpo e em pouco tempo a loja inteira fedia a incêndio.

– Anote na conta da brigada de incêndio – disse enquanto colocava as compras nos pacotes.
– Em nome de quem? – perguntou Kaddeberg.

– Do chefe de bombeiros.
– Ingemann?
– É – respondeu Dag. – Ele é o meu pai.

Então saiu correndo da loja e subiu no caminhão. Todo esse tempo o caminhão havia ficado lá fora com as luzes piscando.

Dag fez o caminho de volta mascando chocolates e batatas chips e aos poucos recuperou um pouco do humor. Quando chegou a Brandsvoll, desligou a sirene. A luz na janela da cozinha de casa ainda estava acesa, e ao passar ele tocou a buzina. Buzinou três vezes, depois tornou a ligar a sirene e abriu o pacote de mais um chocolate. Acelerou tudo que o caminhão aguentava. O volante balançava e estremecia. Era como se ele sentisse o sangue na ponta dos dedos. Atirou o chocolate meio comido pela janela, em frente à loja em Breivoll o caminhão jogou com força para o lado, pouco depois veio um carro no sentido contrário e ele abriu a tal ponto no acostamento que a areia e o cascalho voaram na escuridão. Ele deu uma risada clara e cristalina que ninguém ouviu. Logo passou pela igreja, desligou a sirene e reduziu a marcha. Se aproximou. O mar de fogo havia parado de ondular no céu. Em vez disso, o dia começava a raiar. Quando ele chegou, ainda mais pessoas haviam se reunido no local do incêndio. Os carros ao longo da estrada o impediam de avançar, e assim ele precisou ligar a sirene para que fossem tirá-los do lugar. Havia cerca de vinte, talvez trinta pessoas. Estavam um pouco afastadas com as jaquetas e os casacos bem ajustados ao redor do corpo. Uma tensão pairava no ar, mas ao mesmo tempo os rostos pareciam estranhamente límpidos e tranquilos.

Ingemann ainda não havia chegado. Dag o chamou assim que abriu a porta e desceu, mas ninguém respondeu.

Ao fim de uma hora tudo havia acabado. O incêndio estava apagado. Restava apenas uma fumaça acre que parecia a névoa matinal. A copa das árvores pingava como depois de uma chuva forte. As mangueiras foram enroladas com todo cuidado. As garrafas de refrigerante foram recolhidas do chão. Embalagens de chocolate estavam jogadas no urzal e no acostamento. Dois vizinhos permaneceram lá para vigiar as ruínas fumegantes do galpão. Sentaram-se juntos embaixo de uma árvore no escuro com várias garrafas cheias d'água entre si. Aos poucos a multidão se desfez. Os que tinham dirigido entraram nos carros, deram a partida, dirigiram até o fim da estrada, fizeram o retorno e voltaram em uma longa fila iluminada. Os que ficaram para trás moravam a poucos metros de distância. Foram eles os primeiros a perceber o incêndio e a ligar para Ingemann em Skinnsnes. Logo todos deram a volta e foram para casa. Voltaram para as casas vazias e encontraram a porta da rua destrancada e sentaram por um tempo até se acalmarem um pouco. Então foram para a cama, apagaram a luz. Suspiraram fundo. Fecharam os olhos.

Um incêndio não começa sozinho.

Um celeiro no meio da floresta em plena madrugada. Aqui. No nosso vilarejo. Não pode ser.

Quando Dag enfim chegou em casa com o caminhão de bombeiros o dia já estava claro, e Ingemann estava no pátio, junto do poste com o alarme de incêndio. Dag fez de conta que não viu o pai, passou reto com o caminhão, subiu pela curva fechada e entrou no posto de bombeiros. Estacionou o caminhão sozinho, mesmo que as mangueiras não estivessem secas nem o equipamento revisado. Ficou sentado atrás do volante, olhando para frente. E assim permaneceu até que Ingemann enfim se aproximasse.

– Por que você não apareceu? – perguntou Dag em voz baixa. Ele agarrava-se ao volante como se ainda estivesse acelerando com a sirene aberta e as luzes acesas.

– Por causa do meu coração – respondeu Ingemann.

– De agora em diante acho que você vai ter que se virar sozinho.

– Por causa do seu coração? – repetiu ele sem compreender.

– De agora em diante o chefe de bombeiros é você, Dag – disse o pai, levando a mão ao volante. Ele tentou sorrir, mas Dag não percebeu. Apenas olhou para frente e disse:

– Calma, pai, os incêndios acabaram. Esse foi o último.

O dia já estava claro e o sol brilhava nos morros a oeste. Onde os dois celeiros haviam se erguido restavam apenas cinzas quentes e pegajosas. As cinzas e os quatro alicerces no fundo de Leipslandskleiva. Ao longo do dia chegaram mais curiosos. A notícia se espalhou.

Mais um incêndio? Será possível?

Os carros passavam devagar, quase paravam, os vidros desciam e as pessoas sentiam o cheiro do incêndio recente, e então seguiam viagem. Alguns garotos passaram de bicicleta, encontraram uma garrafa vazia que tinha ficado para trás, quebraram-na contra uma pedra, ficaram com medo e foram embora. As formigas andavam por cima dos cacos. Mosquitos e moscas dançavam em torno das cinzas úmidas. O anoitecer chegou. O sol se pôs atrás do morro. Era um entardecer de maio. Mesmo assim, logo ficou bem escuro. Por volta da meia-noite o vilarejo estava às escuras e em silêncio. Uma névoa branca, quase translúcida pairava sobre a terra. Não havia como saber de onde vinha. Algum bicho permanecia imóvel entre as árvores. Os olhos estavam apontados para frente, em direção à noite. Ainda havia luzes nas janelas. As pessoas haviam se deitado, mas deixavam as velas queimar, fechavam os olhos e enlaçavam as mãos.

E depois?

Ao longe um carro passou. Será que estava se aproximando? Será que vinha por aquela estrada? Não. Estava muito longe. Então veio o silêncio. O silêncio total. Tudo ficou como devia. O que passou, passou. Precisamos esquecer. Não pensar mais a respeito. Apenas dormir.

II

Encontrei a certidão de batizado, estava numa caixa de papelão no sótão em um envelope marrom junto com vários outros papéis da minha infância. Além do mais, no sótão eu vi o moisés azul-escuro em que fiquei sozinho no carro em frente à propriedade queimada de Olga Dynestøl. Deixei o moisés lá em cima, mas desci levando a caixa de papelão com os documentos. Fiquei sentado segurando o envelope com o meu nome escrito à máquina.

Dentro estava a minha certidão de batizado, assinada pelo capelão Trygve Omland, o nome dos meus pais e a data, domingo, 4 de junho de 1978.

Em meio aos outros papéis havia um livrinho verde do inverno em que fui à casa de Teresa aprender a tocar. Eu me lembrava do livrinho, que tinha uma capa xadrez e as palavras *Livro de avaliação* estampadas na capa. Depois de cada aula ela anotava alguma coisa e então fechava o livro com um baque e eu o levava de volta para casa. Não lembro de ter lido o que ela escrevia, apenas de mostrar o livrinho para os meus pais. Todas as observações acabavam com *bom progresso*. Algumas vezes com *precisa praticar mais*. A última aula foi pouco antes do Natal de 1988. Ela escreveu: *toca com desenvoltura, embora de maneira um pouco forçada*. Uma descrição e tanto. Depois acabou. Foi no mesmo outono em que o vô morreu.

No sótão também estavam os diários da vó. Estavam em caixas de plástico transparente ao lado do moisés, que me fizeram pensar naquelas dos aeroportos onde se colocam todos os objetos de valor, chaves, carteiras, cintos, relógios, jaquetas e sapatos antes que tudo deslize para dentro de uma cortina plástica para o raio X. Os diários eu já tinha folheado antes sem nem imaginar que pudessem ser úteis, ou pelo menos não da maneira como foram. Mas no fim a vó tinha escrito sobre os incêndios, e ao mesmo tempo a respeito dela mesma e do vô, e sobre a tristeza que a dilacerou quando ele morreu.

Esse era um assunto frequente no diário. Eu ainda lembro do último entardecer na casa dela, lembro que aquela pupila faiscava como um diamante. O diamante tinha vindo depois da cirurgia de catarata, e acho que ela nem tinha percebido. Será que todo mundo acaba com um diamante no olho depois dessa cirurgia? Ou será que o diamante estava lá desde sempre, sem que eu tivesse percebido até aquela última noite?

Lembro que ela tinha deixado o diário na cozinha, em cima do banco à esquerda do tanque, meio escondido por uma pilha de contas. Se viajava ou saía de férias, ela sempre levava o diário junto. Quando me visitou em Oslo, pouco antes de papai adoecer, estava com ele na bolsa, e depois que nos recolhemos à noite ela escreveu sobre a nossa visita à Galeria Nacional e ao Museu Histórico, ao Museu Munch e à Fortaleza de Akershus, e escreveu também sobre mim e sobre papai, pedindo a Deus que nos ajudasse. Mas em geral ela costumava escrever pela manhã, depois de tirar a mesa e lavar a louça, colocar lenha no fogão e sentar-se à mesa à espera de que as horas e os dias passassem. Na maioria das vezes eram pequenos comentários sobre o tempo, sobre quem tinha feito uma visita e o que ela tinha servido ou sobre os lugares que tinha visitado, o que tinha visto e quem lhe havia feito companhia. De vez em quando no inverno ela escrevia se aparecesse um pássaro raro na casa dos passarinhos. Podia ser assim:

Domingo, 5 de fevereiro de 2003. Um passarinho que eu nunca vi antes. Ele passou um tempo em meio aos outros. Depois foi embora.

Ela adorava pássaros.

Esses diários eram motivo de orgulho para ela, mas ao mesmo tempo eram rodeados de segredos e tabus, e eu não fazia a menor ideia do que continham. Muitas vezes ela disse que pensava em queimar tudo, e que ninguém, em circunstância alguma, poderia ler os diários, ou pelo menos não antes que ela se fosse.

E agora o momento chegou.

Eis o que ela escreveu quando a vizinha Ester morreu:

Domingo, 9 de maio de 1999
Um dia nevoso. Ester está inconsciente no hospital. Que Deus nos ajude a todos.

Quinta-feira, 13 de maio
Dia da ascensão de Jesus. Ensolarado mas frio. Ester faleceu às 13h00. Um dia triste.

Sexta-feira, 14 de maio
Ensolarado e frio. Pintei o teto. O jardim está vazio e silencioso.

Um ano e meio antes, às três e meia da madrugada, logo depois que o pai faleceu:

15 de setembro de 1998
No fim ele levou uma injeção de morfina e a dor melhorou um pouco, mas logo precisou de outra, e aí acabou. Ele dormiu e não acordou mais. A última coisa que disse foi que se sentia no céu.

Após uma visita do pastor da freguesia, oito anos antes:

11 de maio de 1990
Frio. Nuvens. Visita de Austad. Chuva ao entardecer.

Mais dois anos antes, quando o vô caiu morto de repente em frente ao Fórum:

Quinta-feira, 3 de novembro
Acordo de repente, será verdade ou eu sonhei que o pai morreu? Ah, é verdade, a dor é tanta que sinto um aperto no peito. Holskog veio durante o dia e vai se encarregar do enterro. Tudo vai ser o mais simples possível. Perguntaram se eu queria sair para vê-lo no caixão. Respondi que não, quero me lembrar dele como o homem bonito e jovial de quem eu tanto gostava. Anna também veio, tudo parece estar envolto em névoa. Com certeza o sol estava brilhando, mas eu não vi. Tristeza.

Sexta-feira, 4 de novembro
Havia tanta gente por aqui, estou cansada. Foi bom quando a noite veio, aquele comprimido abençoado me deu algumas horas de sono. Por um tempo fiquei longe de toda a dor.

Domingo, 6 de novembro
O dia de hoje parece completamente impossível. Tenho muito a me censurar, e o meu fracasso é grande o suficiente para me prostrar no chão. A noite de sono chegou como uma amiga.

Ela nunca escreveu tanto como no ano em que ele morreu. Era algo que vinha naturalmente, que se acumulava e transbordava. Tudo era impossível a não ser a escrita, que vinha com leveza e naturalidade, e assim ela manteve a cabeça erguida. Ela botou a tristeza para fora escrevendo.

Depois folheei de volta até março de 1978. Dia 13:

Um menino. Ele chegou hoje, pouco antes das seis horas. Tudo correu bem. Amanhã Kristen e eu vamos conhecê-lo.

Era eu.

Ela escreveu algumas palavras sobre a visita no dia seguinte, e depois não há mais nada sobre o recém-nascido. Folheei até abril, depois maio. Maio de 1978 na Noruega, o mês em que todo o país estremeceu com o terrível assassinato de Georg Apenes em Fredrikstad, um crime desvendado apenas 29 anos mais tarde, em abril de 2007, quando um homem de repente confessou. O mês em que o caixão de Charlie Chaplin reapareceu depois de sumir sem deixar rastros do cemitério de Corsier-sur-Vevey na Suíça. O mês dos preparativos para a décima primeira Copa do Mundo de Futebol na Argentina. Em Kristiansand o organista Bjarne Sløgedal preparava a festa anual da igreja, que teria um concerto de abertura com o coro de motetes da catedral e a orquestra de Kristiansand, acompanhados pelo barítono inglês Christopher Keyte. Mais tarde, no dia três de junho, Ingrid Bjoner apresentaria a *Stabat mater* de Pergolesi, e um concerto em que Kjell Bækkelund e Harald Bratlie tocariam *A arte da fuga* de Bach encerraria o evento.

É maio e é primavera na Noruega. A primavera demorou, mas o tempo continua bonito, claro e ensolarado. Então o calor chega para valer. As folhas brotam. Os tratores puxam arados e fazem a terra se abrir. Os morros se enchem de verde, as vacas são soltas nos pastos, as andorinhas voam nas alturas, o verão se aproxima.

III

Quem era o menino que veio ao mundo?

Quando vim para casa, com poucos dias de idade, todo o vilarejo estava coberto por um tapete de neve, e desde as minhas primeiras lembranças sempre tive essa relação especial com a neve; o desejo de que comece a nevar, de que a neve venha à noite enquanto durmo, de que caia sobre as árvores, sobre a casa, sobre a floresta, de que neve dentro dos meus sonhos, de que o branco cubra tudo e, quando eu acordar pela manhã, o mundo esteja renovado.

A neve foi uma das primeiras coisas que vi. Mas depois veio a primavera. E em seguida o verão.

Quem era eu?

Eu tocava de maneira um pouco forçada, segundo Teresa. Mas eu tentava deixar os dedos repousarem nas teclas. Eu fazia o que me pediam. Nunca fui de muita brincadeira. Eu era obediente e nunca respondia. Fazia as lições de casa com esmero, estava sempre pronto e chegava sempre na hora. Toda manhã eu saía de bicicleta para ir até a escola em Lauvslandsmoen pouco antes das oito, mesmo que o trajeto levasse apenas cinco minutos e a aula começasse às oito e meia. Ficava no escuro e esperava que o vigia Knut abrisse o portão, e logo entrava no corredor quentinho, deixava a mochila na sala de aula e esperava pacientemente até que enfim os meus colegas chegassem e mais um dia de aula pudesse começar. Toda segunda eu tinha aula de canto na capela de Brandsvoll. Eu ficava lá com os outros no coro infantil e cantava todas essas músicas que eu ainda recordo, ficava lá sem cutucar ninguém, sem puxar o cabelo das meninas e sem esquecer a letra. A cada duas quintas-feiras eu ia para o Grêmio Infantil Von e sentava no mesmo salão da capela e aprendia sobre a depravação do álcool. Acho que eu tinha oito, nove anos quando me disseram pela primeira vez que as pessoas ficavam com a cara verde se bebessem cerveja, e lá eu aprendi que nunca deveria aceitar cerveja caso um garoto alto e sardento me oferecesse uma (era sempre um garoto alto e sardento), lá eu aprendi que existia uma coisa chamada *lado escuro da vida* e era de lá que vinha a cerveja.

Eu aprendi que precisava evitar o lado escuro da vida a qualquer custo, senão a cerveja tomaria conta de mim, e nesse caso eu seria praticamente obrigado a beber. Eu queria passar a vida inteira no lado luminoso da vida, mesmo sem saber direito o que fazer para que isso acontecesse. Mesmo assim, tudo aquilo parecia sensato para um menino de nove anos que gostava de brincar ao sol.

Eu queria ser como os outros, não queria me sobressair de nenhuma forma, e por isso eu era gentil, por isso eu fazia as lições de casa, por isso eu era dedicado. Só havia um porém: muitas vezes eu ficava em casa lendo. Comecei a pegar a bicicleta para ir sozinho à biblioteca em Lauvslandsmoen. Eu descia as curvas em Vollan e seguia pela planície com o vento nos cabelos, passava pela casa de Aasta, por Stubekken, deixava para trás o Stubrokka e passava por cima do Finsåna. A bicicleta percorria o trajeto quase sozinha, mas a volta para casa com a sacola em cima do guidom era mais difícil. Eu comecei a ler uma série que se chamava *A história de*. *A história de Edvard Grieg*. *A história de Madame Curie*. *A história de Ludwig van Beethoven*. *A história de Thomas Alva Edison*. Eram livros que me levavam longe. Eu lia com um afinco e uma avidez que ninguém entendia, talvez nem eu. Eram livros que me faziam sonhar. Eram livros que aos poucos fizeram comigo alguma coisa que criou em mim um desejo de estar longe. Alguma coisa em mim começou a se afastar. No começo ninguém percebeu, mas alguma coisa em mim tinha me abandonado há tempo e estava se afastando aos poucos. Mas ao mesmo tempo alguma outra coisa queria ficar. Era algo que queria ficar para sempre em um lugar conhecido e agradável, em um lugar simples e singelo, no vilarejo de que no fundo eu tanto gostava. Eu me sentia muito apegado ao lugar, talvez porque papai também era assim. Muitas vezes ele folheava um livro grande e grosso que se chamava *Finsland – Terra e linhagem*, um livro cheio de nomes, com datas de nascimentos, casamentos e falecimentos, e me mostrava como era possível seguir o pai e o filho, o pai e o filho através dos séculos, até o pai dele, e até ele mesmo, e também até mim, eu que naquele momento era o último da fila. E assim foi. Assim os anos passaram sem que eu soubesse quem era, além do último da fila. De vez em quando eu me lembro das palavras de Ruth: *Você é um poeta, um poeta.* As palavras continuavam lá, mesmo que eu tivesse parado de contar histórias. Eu sofria muito, porque achava que aquilo podia me levar para o lado escuro da vida.

    Depois de algum tempo essas ideias sobre o lado escuro e o lado luminoso da vida passaram a ser muito importantes. Foi quando comecei a me camuflar. Por muitos anos deu certo. De certa forma era fácil. Eu falava como os outros, fazia como os outros. Mas eu não era como os outros. Eu lia livros. De certa forma me tornei dependente. Quando eu tinha doze anos Karin me autorizou a retirar livros da seção adulta da biblioteca. Foi como atravessar uma fronteira invisível. Passei dos livros da coleção *A história de* para os livros de Mikkjel Fønhus, que sempre eram sobre bichos ou sobre homens solitários que acabavam arruinados. Esses livros tinham um forte apelo para mim, um menino gentil que sempre se mantinha no lado luminoso. A partir de então comecei a ler os livros que havia em casa. Os meus pais tinham participado do Clube do Livro no início dos anos 70, aquele clube em que todos os livros eram praticamente iguais, apenas com cores e estampas diferentes na lombada. Comecei a ler todos esses livros que talvez a mamãe e o papai tivessem lido alguma vez, eu não sabia ao certo. A exceção era a trilogia Bjørndal escrita por Trygve Gulbranssen; papai disse que eu devia ler esses livros. A ideia de que papai tinha lido exatamente aqueles livros me deu ânimo para prosseguir na leitura, e nenhum outro livro desde então me impressionou de maneira tão forte. Eu tinha treze ou catorze anos e desejei que os livros não acabassem nunca, e chorei quando Gammel-Dag morreu no fim do segundo volume.

    Um livro tinha me feito chorar.

    Era uma coisa inédita. Por muito tempo senti vergonha. Eu não podia contar para ninguém, mas imaginei que a mesma coisa tinha acontecido a papai, e que por isso ele quis que eu lesse os livros.

    Eu queria estar no lado luminoso, daria qualquer coisa no mundo para estar no lado luminoso.

    Quando cresci mais um pouco ficou evidente para os outros que eu não era como eles. Eles também percebiam, sem dúvida. Havia algo estranho, indefinível, diferente. Ninguém sabia de onde vinha, mas todos notavam. Eles me conheciam bem. Afinal era eu. Mesmo assim eu era um outro. Eu não era como eles, e eles começaram a se afastar. Começaram a me evitar, e eu acabei sozinho nos intervalos do recreio. Me abandonaram a mim mesmo. Ninguém me provocava, ninguém me dizia nada, mas eles me abandonaram a mim mesmo. Estavam ocupados com outras coisas, com carros velozes e caçadas e mulheres. Começaram a fumar, começaram a beber aos fins de semana, apesar do que haviam nos ensinado na capela alguns anos antes. Eu também ia às festas, afinal ninguém me rejeitava, mas eu ficava sentado sem beber nem fumar. Eu era apenas gentil e obediente e nunca fazia nada de errado. Eu mesmo sentia uma aura de pureza ao meu redor. As conversas eram sobre caçadas e carros e festas, e em especial sobre bebidas e destilados e cervejas e alambiques. Eu ficava lá, na minha aura de pureza, mas eu não estava lá. Eu estava em outro lugar. Eu havia me transformado em outro. Durante todos esses anos eu estava muito longe. Toda a minha vida eu tinha sido um outro.

 Lembro da minha última véspera de Ano-Novo na casa de alguém do vilarejo. Um colega meu tinha dormido no banheiro depois de trancar a porta. Eu era a única pessoa sóbria e me senti de certa forma responsável por tirá-lo de lá. A música continuou a tocar na sala enquanto eu soltava a porta com uma chave de fenda. De um ou de outro jeito consegui abrir a fechadura, e quando entrei ele estava deitado no chão com as calças nos joelhos e uma poça de vômito escorrendo da boca e por cima do corpo. Na mesma hora tranquei a porta para que ninguém o visse naquele estado. Quando consegui fazê-lo voltar a si, tirei todas as roupas dele e o coloquei na banheira. Então eu o lavei até que estivesse limpo. Por nove anos tínhamos sido colegas, frequentado juntos o Grêmio Infantil Von, cantado no coro infantil e feito a confirmação juntos, e naquele instante eu estava de pé lavando aquele corpo magro e branco enquanto o vômito escorria lentamente do rosto, pelo pescoço, pelo peito e pela barriga até a virilha. Não sei se ele lembra daquela noite, é provável que não, mas eu senti que de alguma forma ele registrou o que aconteceu. Que alguém entrou e tirou a roupa dele e o colocou na banheira, que alguém o ajudou e deu um banho nele, e que esse alguém era eu. Eu me lembro daquela noite e daquela cena na banheira porque naquele instante eu soube que tudo havia acabado. Eu soube que precisava me afastar de tudo aquilo. Me afastar da sujeira e da vileza, me afastar da cerveja, dos destilados e dos alambiques, me afastar do vilarejo, me afastar da singeleza e da simplicidade, me afastar das florestas e de tudo aquilo de que no fundo eu tanto gostava. Eu tinha dezenove anos. Em agosto me mudei para Oslo e entrei na universidade, e eu soube que nunca mais poderia voltar.

IV

Durante todo o mês de maio de 1978 a vó escreveu pequenos comentários triviais sobre o tempo, sobre a primavera seca, sobre o que ela e o vô fizeram, quem os visitou e o que ela serviu. Nada sobre o incêndio na floresta em 6 de maio, nem sobre o celeiro de Tønnes. Uma breve nota no dia 17 de maio. Sobre o culto, sobre a pregação de Omland, a procissão e a festa ao entardecer na prefeitura de Brandsvoll.

Depois do incêndio em Hæråsen no dia 20 de maio as coisas se acalmaram. Nenhum outro incêndio por treze dias. Nenhum suspeito e nenhum carro estranho ao longo da estrada. Foi como se de repente aquilo tivesse passado. O verão chegou com dias longos e preguiçosos. As lilases floriram e o doce perfume das flores pairava em meio aos jardins para os que faziam caminhadas ao entardecer.

Será que tudo não havia passado de um sonho?

Nem a vó nem Teresa anotaram qualquer coisa de especial durante os dias seguintes. Teresa recebeu os últimos alunos antes das férias de verão. A vó e o vô tomaram o primeiro banho no Homevannet no entardecer de 27 de maio, com a água a dezoito graus. Mamãe fazia longos passeios empurrando o carrinho, em geral até Lauvslandsmoen, passando pela casa de Aasta para depois voltar, e eu sempre dormia durante todo o trajeto.

No dia primeiro de junho começou a copa de mundo de futebol na Argentina, com a cerimônia de abertura no estádio do River Plate, em Buenos Aires. Depois veio a partida de abertura entre a Polônia e a Alemanha Ocidental.

As pessoas ainda falavam sobre os três incêndios, mas o tom era outro. Sem dúvida havia uma explicação, diziam. Um cigarro, por exemplo. Quem nunca tinha jogado um cigarro aceso pela janela do carro? Quem nunca tinha se distraído, esquecido de tudo por alguns instantes? Jogado uma bituca pela janela sem nem perceber? E depois continuado a dirigir? O tempo estava muito seco. Essa era a explicação. Descuido. Coincidência. Claro. Todos os incêndios haviam começado na beira da estrada.

Aos poucos o vilarejo se tranquilizou.

V

No fim ele arranjou um emprego como vigia de incêndio no aeroporto Kjevik. Foi alguns dias depois do último incêndio. Parecia quase bom demais para ser verdade. Até que enfim tinha um motivo para seguir adiante, e a única mácula na felicidade era que precisava trabalhar à noite e dormir durante o dia. Saía de casa às seis e dirigia quase uma hora até o aeroporto. Ele tinha frequentado um curso de treinamento algumas noites antes de começar. Isso foi tudo. Ele já sabia a maior parte das coisas. A única novidade foi uma introdução a primeiros socorros de emergência e a outros procedimentos que podiam salvar vidas. Esta parte ele acompanhou com muita atenção.

Quando se ofereceu para a vaga, levou junto um atestado escrito por Ingemann. No documento constava que havia praticamente crescido em um caminhão de bombeiros, que havia estado presente em várias ocorrências e que já havia superado o pai, que era chefe de bombeiros, no que dizia respeito às habilidades na direção. Tinha todas as qualificações necessárias, e assim o pai recomendou o filho com entusiasmo.

Alguns dias depois o chamaram.

Alma ficou muito aliviada. Ele tinha passado um ano inteiro em casa sem ter nada muito concreto no que se concentrar. Agora finalmente havia conseguido um emprego fora de casa, então paciência se tivesse que dormir o dia todo.

Era um trabalho solitário. Muitas vezes ele ficava sozinho no posto de observação olhando a pista e as aproximações. Por volta da meia-noite, quando a noite ficava mais escura, mas ainda assim clara, ele via os aviões surgirem do nada. Um ponto cintilante que no início dava a impressão de estar parado, mas logo as luzes aumentavam de tamanho e ele percebia que o brilho vinha de duas pequenas lâmpadas na extremidade das asas. Nesse ponto ouvia pela primeira vez o barulho que se aproximava, que rolava pelo céu como o trovão. Um potente holofote era ligado. Era como se um barco reluzisse no mar logo abaixo. Ele contava os segundos. A fuselagem flutuava acima do escuro Topdalsfjorden. As asas balançavam de um lado para o outro. Às vezes ele imaginava que o avião de repente virava, ou que um motor pegava fogo, ou que deixava um rastro de fumaça e de fogo pelo céu antes de bater na pista de pouso e deslizar para longe.

Ele ficava junto à janela do posto de observação e sentia o vidro tremer. As rodas do trem de pouso tocavam o morro com dois breves gritos. O avião passava zunindo, a ponta das asas soltava faíscas e a velocidade diminuía até o avião parar, fazer a curva no fim da pista e voltar em direção à torre de controle.

E assim ele seguia cada um dos aviões que descia do céu. Não conseguia se concentrar em mais nada. Precisava esfregar os olhos. De certa forma sentia-se cansado, mas ao mesmo tempo estava sempre alerta e desperto. Ele apoiava a cabeça no vidro. Os aviões se aproximavam. Desciam. Aterrissavam. Tinha a impressão de ver as pessoas sentadas do outro lado das janelas, sorrindo, aproveitando, fazendo brindes e cantando.

Horas mais tarde ele dirigia de volta para casa. O dia já estava claro, mas ele continuava envolto em névoa, era como se tivesse ido ao cinema e assistido a um filme de sete horas inteiras. De vez em quando parava o carro no acostamento deserto, abria a porta, ia até a orla da floresta e acendia um cigarro, mas depois de algumas tragadas jogava-o longe e se detinha por um instante para observar os galhos imóveis.

Quando chegava de volta à casa em Skinnsnes, Alma e Ingemann estavam na cozinha tomando o café da manhã, e ele sentava-se à mesa e sentia como se os dois tivessem passado a noite inteira a esperá-lo. Alma cortava mais pão e servia leite no copo e café fumegante na xícara ao lado. Era quase como nos velhos tempos, quando ele chegava em casa do ginásio na cidade e tinha novidades a contar. Os dois perguntavam como tinha sido o trabalho, e ele respondia que tinha sido bom. E era verdade. Não havia muito mais a contar. Não acontecia nada. Os aviões chegavam e partiam. Ele ficava lá vigiando e nada acontecia.

– Nenhum incêndio em Kjevik? – perguntou Ingemann em tom de brincadeira.

– Nenhum incêndio por aqui? – respondeu Dag.

Ingemann balançou a cabeça. Alma não disse nada, então ele subiu até o quarto para dormir.

E assim foi. Dez dias se passaram, e nada aconteceu.

Certa noite ele levou junto uma espingarda. Era uma espingarda de salão. Calibre 22LR. Ele a havia comprado com o dinheiro da confirmação, e até aquele momento só a havia usado no estande de tiro. Além do mais, tinha providenciado uma mira telescópica Hawke. Ele colocou a espingarda no banco de trás, escondida atrás de umas roupas. Levou-a consigo para a sala de observação. Esperou até a última aeronave. Segundo a planilha de horários, devia chegar às 23h34. Ele se sentia lúcido e tranquilo, mas ao mesmo tempo um pouco cansado. Passou algum tempo deitado no pequeno sofá que ficava no canto, fechou os olhos, abriu os olhos. Tinha dormido quase o dia inteiro. Mesmo assim, sentia um cansaço estranho e persistente. Ele ligou o radinho no parapeito e achou a frequência correta, a da Copa do Mundo na Argentina, Áustria contra Suécia. O rádio chiava e era preciso se concentrar para ouvir o que acontecia no gramado. Depois de quarenta minutos Johannes Krankl marcou um gol para a Áustria com um chute certeiro na grande área.

Logo chegou o avião, um Braathens que vinha de Stavanger. Ele correu até a janela, mas era quase impossível achar o avião na mira telescópica. Precisou ficar de pé por um bom tempo vasculhando o céu noturno. Até que ele encontrou. Seguiu o avião que chegava cada vez mais perto. Um grande navio iluminado. Logo depois ele conseguiu olhar através das janelas e ver todas as pessoas que estavam lá sentadas. Quando o avião estava a sessenta, talvez setenta metros acima do fiorde, ele puxou o gatilho. Fez-se um clique frio. Então ele baixou a espingarda. Estava com a boca seca. Sabia que tinha acertado.

VI

Na manhã de sexta-feira, dia 2 de junho, começou a chover. Era uma chuva suave que pairou no ar durante as horas da manhã e fez com que a grama e a beira da estrada cintilassem. Depois o tempo clareou. O vento noroeste ficou mais forte e levou tudo embora. O céu ficou claro, e o sol secou a estrada recém-lavada. Era pouco mais de nove horas.

Dag tinha chegado em casa um pouco mais tarde do que o habitual naquela manhã. Estava morto de cansaço, não disse uma palavra sequer e subiu direto ao sótão para se deitar. Nem ao menos comeu. Nem uma xícara de café, nem um copo de leite. Nada.

Ingemann foi para a oficina pouco depois das oito, como de costume, e portanto Alma ficou sozinha na cozinha. Ela tinha ligado o rádio e baixado o volume tanto quanto possível. O *Nitimen* com Jan Pande-Rolfsen estava no ar. Ela tirou a mesa, encheu a pia d'água e lavou a louça.

Quando o *Nitimen* acabou, foi até o corredor e se deteve por um instante junto da escada. Nada. Ela fez mais café, colocou um pouco na térmica e foi encontrar Ingemann na oficina. O lugar cheirava a óleo e a diesel e a velharias. Era um cheiro agradável e aconchegante, ela gostava daquilo mesmo que nunca ficasse mais do que o necessário dentro da oficina. Ela não sabia muita coisa a respeito do que Ingemann fazia lá dentro, e ele não costumava explicar. Aquele era o mundo dele, ela tinha o dela e era assim que devia ser. Cada um tinha o seu mundo, e Dag também.

Assim que a ouviu chegar, Ingemann se levantou da cadeira de aço em que costumava sentar quando não tinha muito a fazer, ou quando fazia um intervalo. Foi até a prateleira das porcas e parafusos e permaneceu de costas quando ela se aproximou.

– Vou deixar o café aqui – disse ela.

– Está bem – balbuciou ele.

Ela continuou de pé mais um instante, até que ele se virasse.

– Ele ainda está dormindo – disse ela. A frase soou mais como uma pergunta do que como uma constatação.

Ingemann não respondeu. Uma parede de vidro se erguia entre os dois toda vez que falavam sobre Dag. Ele se debruçou por cima de um motor quase desmontado, encontrou o buraquinho do parafuso e apertou-o com força. Ela continuou de pé mais um instante, olhando para ele.

– Acho que Dag está doente – desabafou.

– Doente?

– Ele fala sozinho.

Ingemann deu de ombros e a encarou.

– De onde você tirou isso?

– Eu ouvi.

– Não pode ser – disse Ingemann e mais uma vez se inclinou por cima do motor.

– É verdade. Ele fala sozinho.

– Dag não está doente – disse ele, tranquilo e com o rosto enfiado no motor preto.

– Eu tentei falar a respeito – disse ela. – Mais um pouco e ele teria dito qual é o problema.

– Não existe problema nenhum – respondeu Ingemann enquanto pegava a apertava com força mais um parafuso. – Não tem nada de errado com Dag – disse.

– Como você sabe? Ela ajustou a jaqueta ao redor do corpo e cruzou os braços.

– Porque ele é meu filho. Eu o conheço.

Ela tinha o costume de beber uma xícara de café sozinha na sala durante a hora silenciosa antes do almoço. Naquele dia foi a mesma coisa, mas ela bebeu o café mais depressa do que o normal, mesmo que ainda estivesse quente demais. Olhou para o piano escuro e para a estante de troféus. Então afastou a xícara, encontrou um pano na cozinha e começou a tirar o pó. Tirou o pó do piano, passou o trapo em cima das teclas e o instrumento soltou um estalo discreto. Depois voltou ao corredor, parou junto do primeiro degrau e escutou. Ela não conseguia se acalmar, e mal passava das dez horas. De repente ela tomou uma decisão, deixou o pano na cozinha, secou as mãos e ajeitou os cabelos no espelho do corredor, vestiu a jaqueta e percorreu o curto trajeto até a casa de Teresa.

 Foi bom sair e tomar um pouco de ar e de sol. Os cabelos esvoaçavam ao redor da testa, a manhã estava limpa e agradável e o mundo inteiro parecia reluzir. Alma e Teresa costumavam se visitar. Mesmo sendo muito diferentes, tinham grande apreço pela companhia uma da outra. Conversavam sobre assuntos do dia a dia, Teresa preparava café e muitas vezes as duas sentavam-se ao sol nos degraus da entrada quando o tempo estava bom. Depois cada uma ia para um lado. Naquele dia as duas poderiam sentar juntas ao sol, pensou Alma enquanto caminhava, mas quando ela bateu na porta ninguém abriu.

 Foi enquanto estava nos degraus em frente à porta de Teresa que o alarme soou. Veio de repente, como uma cascata celeste.

 Ela ficou parada na escada, com todo o corpo frio e contraído. Dag, que saiu às pressas de casa, ficou alguns segundos parado no pátio antes de subir o morro correndo até a estação de incêndio. Minutos depois, o caminhão de bombeiros que fez a curva na estrada. A sirene. As luzes azuis. O vento do verão nas árvores.

 Ele acelerou em direção a Breivoll, no oeste.

 Sem dar por si, Alma tapou os ouvidos.

 Pouco depois viu Ingemann sair sozinho ao pátio. Ele estava usando o macacão azul-escuro com o peito manchado de óleo e parecia muito confuso. Primeiro foi até o poste onde ficava a chave e simplesmente ficou parado enquanto o alarme uivava logo acima. Alma quis gritar e pedir que se afastasse antes que ficasse surdo. Ele continuou parado talvez por meio minuto, deu a volta e entrou na casa. Ausentou-se por alguns instantes, voltou com a roupa de incêndio e foi direto até o poste desligar o alarme. Foi com um movimento brusco, quase brutal. Foi como se o céu houvesse caído e tudo tivesse ficado em silêncio.

VII

Eu tinha dezenove anos, havia saído de casa e estava me tornando quem eu realmente era. Eu estudaria Direito nos respeitáveis prédios universitários no centro de Oslo, passaria pelo lugar onde P. A. Munch e Schweigaard olhavam ao redor com serenidade e erudição, começaria a minha vida de verdade e me tornaria um estudante e um intelectual. Antes de sair do vilarejo fui visitar a vó em Heivollen e consegui permissão para levar emprestado um dos sobretudos do vô, e além disso tinha arranjado um par de óculos, mesmo que a bem dizer eu não precisasse. Eu nunca teria me atrevido a andar de sobretudo e de óculos em casa, seria impensável, mas em Oslo tudo era diferente. Lá eu poderia andar de óculos e com o velho sobretudo do vô sem que ninguém desse a mínima. Era um sobretudo que ele mal tinha usado, mas ainda estava mais do que bom para mim. Eu costumava sair sozinho à noite e sentia um estranho bem-estar espalhar-se pelo meu corpo. Eu subia a silenciosa Schwensens Gate, onde eu tinha alugado um quarto, e continuava em direção a St. Hanshaugen. Ficava com as mãos enfiadas nos bolsos, que por dentro eram lisos e bem maiores do que se poderia imaginar. Eu percebia o quanto o sobretudo caía bem nos meus ombros, o quanto eu me sentia bem com ele. Em suma: o quanto a vida era boa apesar de tudo, como tudo tinha dado certo no final. Atravessei a Ullevålsveien e continuei a subir a estradinha que serpenteava por entre as árvores grandes e nuas. Atravessei a praça em frente ao grande palco vazio ao ar livre e passei a estátua dos quatro músicos antes de vencer os últimos degraus íngremes e chegar ao topo, ao lado da antiga torre de incêndio, de onde tive uma visão panorâmica da cidade. Ela estava lá embaixo, cintilando ao entardecer. Eu vi o fiorde escuro, em um lado, no alto, estava o branco e luminoso Holmenkollbakken, e no lado oposto eu vi a fumaça rosada da chaminé de Økern. Eu estava muito longe de casa. Mesmo assim era como se uma voz dentro de mim dissesse: Essa é a sua cidade. É aqui que você vai ficar. É aqui que você vai morar durante muitos anos, e é aqui que vai se tornar quem você realmente é. E às vezes, enquanto eu estava com o sobretudo do vô e as mãos enfiadas nos bolsos, eu tinha a nítida impressão de que eu era feliz.

Até que uma noite o telefone tocou.

– Sou apenas eu – disse papai. Era assim que todas as nossas conversas por telefone começavam. Ou ele dizia isso, ou então eu dizia. Sou apenas eu.

E aí veio.

Ele disse que não vinha se sentindo muito bem. Tinha consultado o médico em Nodeland e feito alguns exames. Lá requisitaram exames de raio X no hospital de Kristiansand. Descobriram que os pulmões dele estavam cheios de líquido. Ele foi levado às pressas para o setor de emergência e colocado em um quarto onde permaneceu de lado com um dreno espetado nas costas. Assim esvaziaram o líquido, primeiro de um e depois do outro pulmão. Ele mesmo chegou a ver os sacos transparentes encherem-se aos poucos de uma substância que parecia sangue, embora fosse mais clara e tivesse minúsculas partículas brancas. No fim haviam drenado quatro litros e meio.

A voz dele era a mesma de sempre. Tranquila. A voz de papai. Depois de me dar a notícia, perguntou como estava o tempo em Oslo naquela noite. Tive uma sensação estranha e me senti um pouco zonzo e precisei ir até a janela, abrir as cortinas e olhar para fora.

– Acho que está nevando – disse eu.
– Aqui está muito estrelado – respondeu ele.
– Ah, é? – disse eu.
– E frio – acrescentou. – Frio e estrelado.
Isso foi tudo. Foi o começo.

Descobriram uma sombra no rim, o direito. Era abril, o gelo tinha ido embora. Eu estava com vinte anos. Em seguida drenaram mais quase um litro de líquido. Eu não conseguia entender como era possível alguém respirar com litros de água nos pulmões, e papai também não, e para dizer a verdade nem os médicos. Mas foi o que aconteceu.

Ele me telefonou da cama do hospital. Foi no fim do entardecer, mas o dia ainda estava claro. Era um entardecer ameno de abril e o ar parecia meio opaco, como se estivesse sujo.

– Sou apenas eu – disse ele.

Acho que falamos por uns cinco minutos. Uma conversa calma e tranquila sobre quase nada.

– Logo você vai prestar o exame, não? – perguntou ele.

– Vou – respondi. – Logo.

– E você está estudando? – perguntou.

Ouvi uma música baixinha ao fundo. Era como se viesse de algum lugar longínquo dentro do telefone. Uma música bem baixinha.

– Como está o tempo? – perguntei, e na mesma hora percebi que aquela pergunta era dele, não minha, e mesmo que ele estivesse a quase quatrocentos quilômetros de distância eu senti que corei.

– Não sei – disse ele, exatamente como antes. – Eu não posso me levantar. Estou cheio de tubos e de outras coisas aqui. E em Oslo?

– Aqui é primavera – respondi.

– Ah – disse ele. – Eu acho que aqui também.

*

No fim de abril voltei para casa para fazer uma visita. Papai tinha saído do hospital e ido para casa em Kleveland. A primeira coisa que notei quando o vi foi que os olhos haviam crescido. Papai estava deitado no sofá debaixo de um cobertor e me olhou com aqueles grandes olhos novos, e precisei de toda a noite e de uma parte do dia seguinte para me acostumar a eles. Era como se pudessem ver através de tudo, mas ao mesmo tempo não compreendessem nada do que viam.

Alguns dias depois eu o levei de carro para uma consulta no hospital da cidade. A viagem levava quarenta minutos, mas pareceu mais. Atravessamos o vilarejo, passamos em frente à escola em Lauvslandsmoen que nós dois tínhamos frequentado com trinta anos de intervalo, em frente à prefeitura de Brandsvoll, a Kilen, ao Livannet que tremeluzia e cintilava, a não ser nas partes mais próximas da margem, onde as águas eram escuras e plácidas. No carro havia uma atmosfera estranha e opressiva, era como se tivéssemos feito longas viagens, cada um por uma região diferente, e tivéssemos tanta coisa para contar que nenhum de nós sabia direito por onde começar, e assim preferimos deixar o assunto de lado. Depois de um bom tempo chegamos ao litoral e um pouco a oeste da cidade tivemos uma visão de todo o cais. O mar estava cinza, sem vida. Não havia nenhum barco. Eu não sabia no que aquilo me fazia pensar.

Em cinzas?

No lado de fora do hospital estavam os fumantes. Todos usavam roupas esportivas da Adidas e da Nike e eram consumidos juntos pelo câncer. Mesmo assim, de um jeito ou de outro tinham conseguido sair para tomar um ar fresco. Seguravam os cigarros como se a qualquer momento alguém pudesse vir surrupiá-los e nos olharam com grandes olhos vermelhos. Assim que entramos uma lufada de ar soprou e eu senti o cheiro de fumaça que vinha deles, e enquanto subia me dei conta de que todos tinham os mesmos olhos grandes de papai.

Fiquei sentado em uma cadeira no corredor, esperando.

Quando papai voltou eu notei que alguma coisa tinha acontecido, ele tinha uma expressão rígida e estranha, como se tivesse chorado e gritado, ou sofrido por vários minutos. Mas não disse nada.

– Tudo certo? – perguntei.

– Tudo – disse ele. – Tudo certo.

Caminhamos em direção à saída. Os fumantes tinham ido embora. Mas o cheiro da fumaça ainda impregnava o ar. Papai comentou que precisava de roupas novas, então demos uma volta pela cidade antes de retornar para casa. Os abrigos esportivos estavam em promoção na Dressmann, e assim entramos. Deixei-o à vontade para andar pela loja e escolher o que quisesses. Fiquei observando-o enquanto estava em frente a uma arara. Não tinha mais ninguém na loja. Papai passava as roupas como se soubesse exatamente o que estava procurando. No fim ele pegou um abrigo esportivo. Era vermelho, com um puma branco em pleno salto no peito. Queria aquele. Custava apenas duzentas coroas. Ele foi até o caixa, pagou, sorriu para a garota e assim que deu meia-volta com o rosto ainda iluminado por aquele sorriso eu percebi o que tinha acontecido. Senti que papai tinha chorado, de repente eu soube, eu nunca o tinha visto derramar uma única lágrima, mas ele tinha sentado em frente a um médico estranho e chorado.

Naquele dia ele soube que nada mais podia ser feito.

VIII

Ele acelerou tudo o que o carro podia até chegar a Breivoll, onde a estrada se dividia em três. Deu uma freada violenta, fez o retorno e continuou descendo em direção a Lauvslandsmoen. Perto da casa de Jens Slotte ele quase saiu da pista. O carro jogou com força bem no ponto em que a estrada fazia a curva em direção ao Finsåna, mas ele conseguiu se manter na estrada. Na altura da escola, a estrada se dividia mais uma vez em três. Lá ele parou e perguntou o caminho a um senhor. As luzes azuis estavam ligadas e foi necessário gritar pela janela. Ele permaneceu sentado atrás do volante enquanto ouvia toda a minuciosa explicação. Em seguida ele mesmo a repetiu. Depois ligou a sirene, percorreu outros duzentos metros na direção de Laudal, dobrou à esquerda para entrar na estrada de Finsådal, passou pelo Stubrokka e subiu até Lauvsland. Ganhou velocidade, passou por Haugeneset e pelo alce de concreto na entrada da floresta que olha para longe desde as minhas primeiras lembranças. Depois acelerou através da planície de Moen, onde ficava a casa solitária do professor Jon. Duas mulheres caminhavam um pouco adiante pela estrada. Eram Aasta e Emma, a mãe dela. Emma era dura de ouvido, quase surda, e não ouviu a sirene. Quando se virou para trás, Aasta viu uma nuvem de poeira e fumaça que se aproximava a uma velocidade assustadora. Ela conseguiu empurrar a mãe para o acostamento bem a tempo, e segundos depois o caminhão de bombeiros passou. As duas quase foram atropeladas, e depois ficaram boquiabertas em uma nuvem de fumaça de escapamento e poeira da estrada.

O galpão em Skogen, que ficava logo depois da divisa com Marnardal, começou a queimar pela manhã e não se encaixava no padrão dos incêndios anteriores. O caminhão de bombeiros chegou pouco depois das onze horas, e a essa altura o galpão já estava todo em chamas. Centenas de metros de mangueiras foram desenroladas para alcançar o pequeno lago próximo, e enquanto os homens se encarregavam desse serviço era preciso usar a água do caminhão. Os mil litros do tanque foram usados, e depois veio a água lodacenta do lago, mas já era tarde demais. O galpão queimou até o chão e a residência sofreu danos graves. O calor era tão intenso que as paredes pegaram fogo mesmo estando a vários metros do galpão em chamas. A parte externa precisou ser demolida e quebrada em pedaços com os machados dos bombeiros, as telhas foram arrancadas e depois a construção recebeu mais um jato d'água, de modo que tudo – a varanda, o corredor e parte da cozinha – ficou encharcado.

Mais tarde a pergunta era como o galpão havia começado a queimar pela manhã. Era uma coisa nova.

Ainda pela manhã, depois que o incêndio foi apagado, o chefe de polícia Koland falou aos jornais. Foi apenas nesse ponto, após o quarto incêndio, que o assunto virou caso de polícia. Não restava mais dúvida. Koland disse que a polícia tinha certeza de que o incêndio no celeiro de Tønnes no fundo de Leipslandskleiva tinha sido criminoso. O mesmo se poderia dizer com uma razoável margem de certeza a respeito do celeiro em Hæråsen. E agora o galpão em Skogen. Três incêndios desde o dia 17 de maio. Quatro no total. Dava para dizer com razoável margem de certeza que havia um incendiário à solta. Todos os incêndios estavam em um raio de dez quilômetros da escola em Lauvslandsmoen. A partir dessa constatação era possível concluir que o incendiário morava nos arredores, onde devia ser conhecido. A polícia estava interessada em ouvir as pessoas que tivessem visto qualquer coisa suspeita nas estradas. Todos os carros que haviam percorrido o trajeto de seis quilômetros entre Finsådal e Lauvslandsmoen entre as duas e as dez horas da manhã de sexta-feira foram investigados. Qualquer informação era importante, mesmo o que em um primeiro momento parecia não ter relevância. As pessoas também foram orientadas a ficar atentas e a denunciar qualquer atitude suspeita. Tudo ainda estava no primeiro tempo. Por enquanto, nada de pânico.

IX

Teresa fez uma anotação no almanaque. Cinco linhas. Foi na tarde de sexta, algumas horas depois que o incêndio em Skogen foi controlado, mas antes que tudo começasse de verdade. Pela manhã ela tinha ido à igreja ensaiar para um enterro, Anton Eikeli seria consignado ao túmulo, e enquanto ela estava sentada ao órgão o alarme disparou. Mas ela não escutou, ela que estava no meio de *Leid milde ljos*.

As cinco linhas falam sobre Dag e Ingemann. Da janela, na sexta-feira, ela os viu lado a lado no pátio, praticando tiro ao alvo. Ela descreve a cena em detalhe. O corpo que estremece a cada tiro, o estampido forte, o eco que ribomba entre os morros. A maneira como os dois mais tarde se levantam e atravessam o terreno para examinar os dois alvos. Era um trecho de algumas centenas de metros. Primeiro Dag com a espingarda, depois Ingemann com as mãos nos bolsos. Ela teve a impressão de que de repente Ingemann parecia velho. Essa observação foi repetida outras vezes. Depois Ingemann atravessa o terreno sozinho para conferir o alvo. Ingemann vai até lá com as mãos nos bolsos enquanto as andorinhas voam e a grama balança ao vento. Nesse momento ela percebe que Dag está com a espingarda na mão, fazendo a mira. Permanece imóvel enquanto Ingemann atravessa o terreno. Dag faz a mira enquanto Teresa permanece na janela e Ingemann caminha devagar. A cena dura talvez uns quinze segundos. Nada acontece. Mas ela tem certeza. Ele está mirando no pai.

Quando li a descrição de Teresa, me lembrei da vez em que papai deu um tiro no coração de um alce. Eu tinha uns dez anos. Poucos dias antes ele tinha saído ao pátio para disparar a espingarda. Fiquei alguns metros atrás e senti cada tiro como um soco na barriga. Fiquei olhando para o rosto de papai, apoiado contra o cabo. Eu nunca o tinha visto apoiar o rosto em nada nem ninguém da maneira como o encostou no cabo liso da espingarda. Ele apoiou o rosto nos veios da madeira com um gesto elegante e leve e cuidadoso, foi como se houvesse deitado para dormir antes que o primeiro disparo mandasse tudo pelos ares. Eu vi os cartuchos fumarentos serem ejetados, tudo junto com uma canção estranha e oca, uma espécie de júbilo vazio e quente. Cinco tiros ao todo. Depois ele se levantou da velha esteira de praia em que estava deitado, afastou a espingarda e atravessou o terreno até o alvo para examiná-lo de perto enquanto eu juntava os cartuchos, ainda quentes demais para que eu pudesse levá-los aos lábios e assoviar.

Alguns dias mais tarde ele fez a prova de tiro. Eu estava junto no estande, aquele que ficava no meio do caminho entre a igreja e a loja em Breivoll. Ele se deitou e disparou uma série de dez tiros contra a silhueta do alce que pouco antes tinha sido arrancada do túmulo. Todos os tiros acertaram dentro do círculo mágico ao redor do coração e dos pulmões.

Papai foi aprovado.

Ele, que nunca tinha atirado em um bicho. Ele, que nunca tinha demonstrado nenhum interesse pela caça. Mesmo assim, ficou provado que sabia atirar com perfeição. A questão é por que de repente tinha decidido fazer uma prova de tiro e logo em seguida participar de uma caçada ao alce. Para mim era um enigma. E continua sendo, mais de vinte anos depois. Papai não se interessava pela caça. Ele não era assim. Era um homem delicado demais, que sonhava demais. Talvez pudesse sonhar com aquilo, pensar naquilo, falar a respeito daquilo. Mas não levar a ideia até o fim. Mesmo assim, foi o que aconteceu. Ele levou a ideia até o fim. Papai virou um caçador. Algumas semanas mais tarde, quando se embrenhou na floresta e ficou a postos com a espingarda no colo, eu estava sentado logo atrás dele. Me lembro de vê-lo de costas e pensar que aquele não era papai, mas um estranho, alguém que eu nunca tinha visto antes, mas ao mesmo tempo, quando ele se virava, eu via na mesma hora que era ele.

X

Dois dias depois que papai comprou o novo abrigo esportivo eu voltei para Oslo. A data do exame se aproximava, era maio de 1998, mas eu não conseguia me concentrar nos estudos. Eu não conseguia me concentrar em nada. Depois das últimas semanas era como se tudo houvesse desabado dentro de mim. Eu ficava deitado até tarde e não me levantava enquanto o sol não espiasse pela janela. Eu me vestia, comia o que houvesse em casa e nunca chegava à sala de leitura antes do meio-dia. Lá eu encontrava um lugar vago, empilhava os livros na minha frente e ficava olhando para o trânsito constante na St. Olavs Gate. Eu não conseguia estudar. Não conseguia sequer abrir os livros. Eu me sentia completamente vazio. Era assustador. Nunca senti nada parecido. Eu estava perdendo o controle, porém mesmo assim continuava tranquilo. Por que eu reagia assim? Muitas outras pessoas estavam na mesma situação. Muitas pessoas tinham um pai morrendo em casa. Muitas outras pessoas passavam pela mesma coisa que eu, que precisava prestar o exame e ao mesmo tempo conseguia ficar sentado na sala de leitura e levar uma vida aparentemente normal.

Não era verdade?

Me esqueci do sobretudo do vô e dos meus óculos novos. Me esqueci completamente de ser um intelectual. Me esqueci de tudo e de todos. De repente eu estava sozinho. Eu não sabia o que estava acontecendo, e mesmo assim continuava tranquilo. Sentava no refeitório junto com os outros no almoço e no jantar, exatamente como eu costumava fazer. Eu ficava bem comportado na fila do refeitório, ganhava a bandeja com três batatas e um montinho de cenoura ralada e bolinhos de peixe com molho e seguia em direção ao caixa para pagar. Colocava a bandeja com a comida na mesa onde os outros estavam, servia água no copo, pegava sal, pimenta e guardanapos. Eu era o mesmo de antes. Eu me sentava e comia como antes, conversava com os outros como antes. A única diferença era que às vezes eu tinha um acesso de riso. Alguém contava uma piada, ou uma história engraçada, e eu ria quase até cair da cadeira. Os outros me olhavam e sorriam. Eu sentia a comida na garganta e precisava ir ao banheiro para me acalmar e esperar que passasse. Mas afora os acessos de riso tudo estava normal. O exame estava cada vez mais próximo e eu não tinha lido sequer uma linha em várias semanas. Os livros estavam parados no dormitório. Eu nem os abria mais. Passava o tempo inteiro tranquilo e descobri como era fácil. Era fácil, eu estava tranquilo e de certa forma me sentia no controle. Eu caminhava pelos corredores do lado de fora da sala de leitura Domus Nova no centro de Oslo, no meio da cidade que por assim dizer devia ser minha, e simplesmente me deixava perder o rumo. Um sentimento de agitação e nervosismo começou a se espalhar pelos corredores, pela sala de leitura e pelo refeitório. Eu captava fragmentos de conversas. De vez em quando alguém me perguntava alguma coisa. *Como funciona mesmo o mea culpa nos casos de responsabilidade extracontratual? O que Falkanger diz a respeito disso? Lødrup diz alguma coisa a respeito?* Sim, respondia eu com tranquilidade. Com certeza Lødrup dizia alguma coisa a respeito, e talvez Falkanger também. Eu prometia dar uma olhada assim que chegasse em casa. Mas quando chegava em casa eu não fazia nada. Eu tinha abandonado tudo. Todos os meus sonhos. As minhas ambições. Tudo o que eu tinha imaginado para mim. Tudo pelo que eu havia lutado. Minha formação. Minha carreira. Meu futuro.

E tudo por causa de papai.

Os livros permaneceram intocados no dormitório enquanto eu andava pela cidade. Atravessei a St. Olavs Gate e continuei a descer a Universitetsgata, passei pela Galeria Nacional e pelo grande prédio cinzento onde ficava a editora Gyldendal e fiquei olhando as pessoas sentadas do outro lado da janela em profunda concentração. Talvez estivessem lendo um manuscrito? Algo que um dia viraria um livro, uma coletânea de poemas, um romance?

Me lembrei das palavras ditas por Ruth muito tempo atrás, palavras que nunca haviam me deixado. Mas eu nunca tinha me atrevido a acreditar nelas. Eu tinha prometido para mim mesmo naquela vez que nunca mais contaria uma mentira, e eu nunca tinha pensado em ser escritor. Muito pelo contrário. Eu queria ser advogado. Queria ordem e controle. Queria conhecer a lei de trás para frente e ser capaz de distinguir o certo do errado. Queria me tornar uma outra coisa. Eu não dava nada pelos artistas, pessoas que na minha opinião ficavam à margem, que não tinham força para encarar uma formação, que em vez disso tinham começado a pintar, ou a escrever, ou a fazer alguma outra coisa para dar à vida uma aparência de significado e de valor.

Todos haviam acabado no lado escuro da vida. Essa ideia permanecia em mim.

E naquele instante eu estava lá, olhando para o prédio cinzento da Gyldendal, que ficava encantador no sol quente de maio, e quando comecei a caminhar senti que aquilo me lembrava da sacada na velha loja em Brandsvoll, aquela com a sacada e o mastro que se debruçava por cima da estrada, e de onde eu sonhava em ver a paisagem.

Passei pelo Norske Teatret e enfim cheguei à Akersgata. Subi os degraus largos do prédio governamental e no fim cheguei à Deichmanske Bibliotek. Era onde eu queria estar. Quando entrei, tudo ficou em silêncio, não apenas ao meu redor, mas também dentro de mim. Tudo silenciou. Fiquei calmo e tranquilo, e passei várias horas sentado lendo romances e coletâneas de poemas até ficar meio zonzo. Fiz a mesma coisa no dia seguinte, e no outro, e no outro também. Ainda lembro do cheiro azedo da escada, do tapete no meio dos degraus que estava sempre úmido e chapinhava na parte de baixo e depois ia secando à medida que você subia, do corrimão desgastado por todas as mãos, de todas as estantes com livros, sem dúvida centenas de vezes mais do que na biblioteca em Lauvslandsmoen, e da tranquila voz feminina que toda noite saía dos alto-falantes pouco antes das oito horas e dizia que era hora de ir para casa porque as portas estavam fechando.

Na véspera do exame ele me ligou. Foi à noite, quando eu tinha acabado de chegar em casa com um novo pacote de livros. O telefone tocou alegre no meu bolso, eu larguei a bolsa e fui até a janela. A voz dele estava meio pastosa, como se tivesse bebido. Mas não era o caso, papai não bebia nunca. Fiquei na janela olhando para a lâmpada de iluminação pública que balançava em um fio estendido de um lado ao outro da rua.

– Amanhã é o grande dia – disse ele.
– Como assim? – perguntei.
– Você não vai prestar o exame?
– Ah, claro – respondi.
– Tudo sob controle?
– Tudo – respondi.
– Então boa sorte – disse ele.
– Obrigado – respondi.

Depois falamos sobre outras coisas que já esqueci e desligamos. Primeiro ele. Fiquei um bom tempo de pé com o telefone na mão. Depois vesti a minha jaqueta e fui até o Underwater Pub, que ficava perto do lugar onde eu morava, e pedi uma cerveja. Era a primeira vez que eu fazia uma coisa assim, e com certeza dava para notar. Eu não sabia se eu devia dizer *uma cerveja, por favor*. Ou *uma pilsen*. Ou *um caneco*. No fim eu simplesmente acenei com a cabeça em direção à torneira atrás do balcão e a garota do outro lado talvez tenha achado que eu era um estrangeiro que não falava nem inglês nem norueguês. Me senti pouco à vontade no balcão enquanto ela enchia o meu caneco, então escolhi um lugar mais afastado e comecei a beber em longos goles. Depois me levantei, paguei e saí caminhando naquela noite agradável. Eu tinha medo de que alguém me visse, ou de encontrar algum conhecido, por mais impensável que fosse, mas não encontrei ninguém no caminho e cheguei em casa a salvo. Lá eu fiquei parado sem saber o que fazer.

No dia seguinte apareci no local do exame pontualmente às 8h30. Em um grande ginásio no oeste da cidade, me sentei junto a uma parede e escrevi o meu nome e o meu número de candidato com todo o cuidado. Depois entreguei o exame e saí para o sol. Escrevi o meu nome e saí. Isso foi tudo. Eu mal tinha completado vinte anos, a vida ainda estava por começar, a vida de verdade. Eu tinha abandonado tudo o que era velho para me transformar em quem eu era. Mas, com frieza e tranquilidade, com os pensamentos em ordem, eu tinha escrito o meu nome e entregado todas as folhas em branco. Saí para o sol quente da manhã enquanto os pássaros pipilavam nas roseiras, desci até a estação ouvindo o rumor constante da cidade, fiquei lá sozinho esperando pelo metrô que me levaria de volta ao centro e fui embora. Não era eu que queria ser alguém na vida? Não era eu que queria ser advogado? Não era eu que tinha ido até Oslo para me tornar quem eu realmente era? Sim, era eu mesmo. E mesmo assim aconteceu. Fiquei sentado no metrô rumo ao centro, mas na verdade eu estava a caminho de um mundo desconhecido. Quando os trilhos desapareceram debaixo da cidade eu olhei para o meu reflexo indistinto, e quando voltei à luz do dia em frente ao chafariz junto ao Nationaltheatret eu pensei agora você está no lado escuro da vida. Agora a coisa vai adiante. Agora não há ninguém para oferecer ajuda. Agora você está onde havia prometido a si mesmo que jamais acabaria. Agora é tarde demais.

Durante a tarde telefonei para papai. Foi depois de ficar no Underwater Pub até me sentir meio fora de mim, quando voltei para casa.

– Agora está feito – disse eu em um tom de voz que não era meu. Mas os quinhentos quilômetros entre nós me salvaram, e papai não percebeu que havia algo de errado.

– Meus parabéns – disse ele.
– Obrigado – respondi.
– Como você está se sentindo?
– Não sei direito – disse eu.
– Estou muito orgulhoso de você – disse papai, e esse era o tipo de coisa que ele nunca teria dito se estivéssemos juntos no mesmo cômodo, tenho certeza. Não respondi.

– Agora você fez tudo que eu sempre sonhei em fazer – disse ele.

– Ah, é? – disse eu enquanto olhava para a lâmpada balançante, como na noite anterior.

— Eu sempre sonhei em estudar em Oslo na minha juventude — disse ele.
— É mesmo? — respondi.
— Eu sonhava em ser alguém, sabe.
— Mas você foi alguém — disse eu, e na mesma hora percebi que aquilo soou mal. — Quer dizer, você é alguém.

Dessa vez foi papai quem não respondeu. A linha ficou em silêncio e eu não sabia se ele continuava lá, e mais uma vez tive a impressão de ouvir música baixinha vindo de um lugar que ficava tão longe de papai quanto de mim.

XI

Não terminei de falar sobre Kåre Vatneli. Ele fez a confirmação junto com papai, no outono de 1957, pouco mais de dois anos antes de falecer.

Conseguiu ser confirmado, atravessou a fronteira, por assim dizer, e na cerimônia estava usando um sobretudo e um chapéu pretos, que para ele, assim como para os outros participantes, marcavam o fim do mundo da infância.

Foi em setembro de 1957, o ano em que começaram a usar as togas brancas. Papai tinha acabado de completar catorze anos, e Kåre estava com quinze. Depois da confirmação, todos finalmente passaram a ser vistos como adultos. Quando entraram na igreja, estavam ordenados de acordo com a altura. Os mais altos na frente. Depois os medianos, por fim os menores. O primeiro da fila era o pastor. Ele se chamava Absalon Elias Holme, um nome digno de um pastor. Depois vinha Kåre. Papai estava bem na frente. Em meio às fileiras de bancos na igreja estavam o vô e a vó, que haviam se levantado com todos os outros presentes. No alto da galeria, Teresa tocava o harmônio. Eles atravessaram a nave central e sentaram-se nos bancos bem da frente sob o púlpito. A música silenciou. Holme se virou, fez o sinal da cruz e deu início ao culto.

Além de Aasta, muitas outras pessoas tinham lembranças de Kåre Vatneli. Algum tempo depois encontrei três colegas de infância dele. Foi em novembro, na casa de Otto Øvland. Eu não sabia que ele e papai tinham sido batizados no mesmo dia, na mesma água. Foi uma das primeiras coisas que Otto me contou, como se para ele fosse importante poder dizer isso.

Além de Otto, Tom e Willy Utsogn também estavam na aconchegante casa de Øvland naquele entardecer. Tanto Otto como Willy tinham visitado Kåre no hospital de Kristiansand em 1959. Tom, que era um pouco mais jovem, ainda se lembrava do carro fúnebre que chegou com o caixão. Mas ele não tinha nenhuma lembrança do caixão, apenas do carro. O carro causou uma impressão mais forte. Kåre estava morto lá dentro.

No mais, os três confirmaram o que eu já sabia a respeito de Kåre: a despreocupação, a alegria incompreensível. Enquanto todos ao redor estavam marcados pela doença, pela amputação, pelo que viria pela frente, como ele poderia ser uma exceção? Como podia manter o bom humor enquanto Johanna e Olav mal se aguentavam de pé? Não havia explicação. Para mim, a vida de Kåre permaneceu enigmática e incompreensível. Foi uma vida discreta, quase apagada, mas de certo modo bela. Como uma risada à sombra da morte. Ou uma canção de amor. A vida dele foi uma canção de amor em que a única coisa que se entende hoje, cinquenta anos mais tarde, é a palavra *darling*.

Também me contaram a história do *moped*:

Foi na época em que iam ver o pastor, e todos costumavam ir à igreja juntos de bicicleta. O trajeto levava um bom tempo, e quando chegavam a porta da igreja em geral estava aberta. Lembro que papai contava uma história, eu não sabia se era verdade, mas de qualquer modo a história dizia que uma vez antes da aula de confirmação eles tinham levado as bicicletas até o alto da escadaria e pedalado dentro da igreja. Otto riu e confirmou. Mas não acabou por aí, disse. Teve alguém que andou de *moped* dentro da igreja. *Moped*? Isso mesmo. *Dentro da igreja*? Isso mesmo. Isso mesmo. *E quem foi*? Foi Kåre, ora. Então o terno e radiante Kåre tinha andado de *moped* dentro da igreja. Era o *moped* que ele tinha ganhado porque não conseguia pedalar com uma perna só, ou pelo menos não por todo o trajeto. Kåre reaprendeu a caminhar, depois a andar de bicicleta e por fim a dirigir *moped*. Ele ainda não tinha idade suficiente, mas o chefe de polícia deu uma autorização especial por causa da perna. Então ele aprendeu a dirigir *moped*, e no fim fez o que pouquíssimos conseguem e aprendeu a dirigir *moped* dentro da igreja. A nave central era estreita. Não era fácil manter o equilíbrio. Os outros ficaram olhando, paralisados. Ele havia atravessado uma fronteira invisível, e os outros permaneciam com a respiração suspensa. Primeiro ele andou por toda a nave central, depois fez a volta quase até o altar, passou pelos dois lados do transepto e voltou mais uma vez para o altar. A igreja ficou cheia de fumaça de escapamento, que se juntou às risadas leves e cristalinas. Foi nesse ponto que Holme apareceu, ele saiu do retábulo com o rosto totalmente pálido, mas ainda assim contido. Ninguém fica bravo com um garoto de quinze anos com apenas uma perna. Nem quando passa dos limites.

Foi apenas uma dentre várias invenções, mas ninguém jamais dizia que Kåre estava doente. E ninguém jamais dizia o nome da doença em voz alta. Era proibido, o nome era o pior de tudo, era como se pudesse contaminar quem o dissesse. O próprio Kåre não parecia muito incomodado. Tiraram a perna dele. Mas ele seguiu adiante. Ao que tudo indicava seria necessário algo mais grave a fim de preocupá-lo. Ele, que ainda por cima tinha conseguido uma autorização especial para dirigir com o próprio chefe de polícia.

Até poucos dias antes de ser internado pela última vez, Kåre dizia que provavelmente ganharia um carro quando voltasse para casa. O carro estaria no pátio, esperando a saída do hospital. O mais provável era que fosse um Triumph Herald, ou um Chevrolet Impala, ou talvez um Buick preto. Um dos três. Era o mais provável. Foi Olav quem sentou na beira da cama e contou para ele. Eles mesmos tinham imaginado os carros brilhando no pátio, entre a casa e o galpão. Então Kåre sentaria atrás do volante, o motor começaria a trabalhar e Olav sentaria no banco do passageiro, e assim os dois sairiam em disparada.

Willy foi o último a visitá-lo. Foi no dia anterior ao falecimento. Willy tinha apenas quinze anos e foi até Kristiansand para vê-lo. A visita durou talvez meia hora. Os dois não trocaram uma só palavra. Kåre estava virado em um fiapo debaixo do cobertor branco. Não havia restado quase nada, apenas a caixa torácica se erguia na cama lisa e branca, como uma pedra sob a neve. E a cabeça. E os olhos. Era como se ele estivesse flutuando. Nenhum dos dois falou. Nada sobre os carros. Apenas olharam um para o outro. Isso foi tudo. Johanna estava junto no quarto. Willy lembrava que ele e Johanna tinham conversado, mas não sabia a respeito do quê. Provavelmente sobre um assunto trivial. O tempo. A viagem de ônibus até a cidade. Nada que se pudesse recordar cinquenta anos mais tarde.

Johanna estava tranquila. Muito tranquila.

Então Kåre morreu, e assim o garoto incompreensivelmente alegre e radiante se foi.

Pouco antes de eu ir embora Tom e Willy começaram a falar sobre papai. Fiquei sabendo que os dois o conheciam, e alguma coisa aconteceu durante essa parte da conversa. Não sei se foi por consideração a mim, mas os dois falavam sobre papai de maneira carinhosa, mas ao mesmo tempo hesitante. Falaram sobre os saltos de esqui que fizeram a fama de papai.

– Ninguém saltava como o seu pai – disse Tom, e eu compreendi que devia receber aquilo como um elogio especial. Também disseram que ele fazia uma coisa que os outros nunca conseguiram. Ou sequer se atreveram a tentar. Assim que saltava da rampa ele inclinava o corpo perigosamente para frente. Era terrível ver aquilo lá de baixo, era quase como se as pontas dos esquis fossem tocar no rosto, e assim ele se mantinha e esperava a subida que vinha logo depois da rampa. Ele mantinha o corpo inclinado para frente e a subida vinha, e assim flutuava por mais tempo do que qualquer outra pessoa. Papai tinha saltado até o pé do Slottebakken, e até o pé do Stubrokka, disseram, e tinha saltado até o pé de vários outros morros que eles também listaram, mas eu me esqueci dos nomes. Foi como se quisessem que eu soubesse disso, como se para eles fosse importante dizer que papai tinha sido um esquiador impecável. Que ninguém ia mais longe do que ele, e que o segredo era a rara combinação de coragem, audácia e uma espécie de temeridade, e que tudo isso junto o levava mais longe do que qualquer outro.

Mas será que não havia mais nada?

Alguma coisa que não tivessem mencionado, que tivessem pensado, mas sem dizer. Que papai na verdade tinha atravessado uma fronteira com esses saltos de esqui. Que poderia muito bem ter dado errado. Terrivelmente errado. Que na verdade apenas a sorte fez com que chegasse sempre inteiro. Que na verdade havia algo que não entendiam direito: por que ele fazia aquilo, o que havia de tão importante naqueles saltos? Que todos ficavam na zona de aterrissagem enquanto ele subia pelo teleférico sozinho com os esquis nos ombros, cada vez mais alto na escuridão, até que chegasse ao ponto mais elevado da rampa e pusesse os esquis. Que ninguém o entendia direito quando dava o impulso, se agachava enquanto a velocidade aumentava e o fim da rampa chegava mais perto, que assim que saltava ele inclinava o corpo para frente contra o vento, o barulho e o frio que batiam contra o rosto.

Depois da visita eu entrei no carro e segui para o oeste, em direção a Hønemyr. Eu estava me sentindo fora de mim, e era por causa da conversa sobre papai. Era como se eu visse tudo de fora. Não era eu que estava dirigindo no escuro, era aquele que tinha morado lá, aquele que tinha ficado quando eu fui embora, aquele que na verdade talvez eu quisesse me tornar, mas nunca conseguiria.

Cheguei ao cruzamento onde a estrada se divide em três, fiz a curva em direção a Brandsvoll, passei em frente ao acampamento militar e ao estande de tiro desativado e continuei descendo em direção a Skinnsnes. Enquanto eu dirigia, me lembrei das semanas no verão de 1998 em que eu andava no carro do papai, parava e tentava escrever. Aquilo parecia muito distante agora, mas ficou um pouco mais próximo quando atravessei o cenário onde tudo tinha acontecido.

Quando passei pela casa de Sløgedal eu fiz algo inesperado, freei de repente e parei em frente à estação de incêndio. Desliguei o motor e desci do carro. Fazia muito frio e eu não estava vestido com roupas adequadas. Fiquei parado algum tempo, olhando para a construção cinzenta. A grama estava crescendo por baixo do cascalho em frente à porta da garagem, e devia fazer muito tempo que o caminhão de bombeiros não saía de lá. Afinal, quase nunca havia incêndios. Tentei ver através do vidro martelado na porta, mas não consegui, e além do mais estava escuro demais no lugar onde o caminhão ficava. Em vez de entrar no carro e voltar para casa, comecei a caminhar em direção à casa de Sløgedal. Eu nunca tinha percorrido o trajeto, que era mais longo do que eu tinha imaginado. Caminhei na escuridão. Estava frio. Eu escutava apenas o ruído dos meus passos. Então comecei a cantarolar. Era uma melodia sem começo nem fim, ela surgiu de repente naquele instante, e depois de algum tempo sumiu. Cheguei a um ponto de onde eu já podia ver a casa de Sløgedal como um vulto grande e cinzento um pouco mais adiante na escuridão. Em seguida vi parapeitos pintados de branco e distingui os contornos do galpão que havia sido construído sobre as ruínas do antigo. Resolvi ir até lá, e bem quando tomei essa decisão eu vi os faróis de um carro que se aproximava vindo do norte. Não sei o que aconteceu, mas naquele instante fui tomado por uma espécie de pânico. Era tarde demais para voltar atrás, como se costuma dizer, e eu ainda estava longe da casa. O carro venceria a curva antes que eu pudesse chegar e estar a salvo junto de alguma parede. No fim comecei a correr. Corri tudo que eu podia em direção à casa de Sløgedal enquanto a luz do carro se aproximava e se erguia em direção ao céu, e não pude deixar de pensar no mar de fogo daquele verão trinta anos atrás, que tantas pessoas tinham visto e falado a respeito. Quando eu estava a ponto de me afastar da estrada os faróis do carro apareceram bem na minha frente, e no mesmo instante parei. Me senti capturado e fiquei de pé ainda um pouco afastado da casa enquanto o carro se aproximava. Os faróis acertaram o meu rosto em cheio, fiquei lá olhando direto para a luz, por vários segundos eu não vi nada, o carro diminuiu a velocidade, se aproximou, por um instante eu achei que fosse parar e tentei pensar em alguma coisa para dizer. Mas o carro não parou, ele passou devagar, e eu fiquei mais uma vez na escuridão enquanto o carro desceu pela estrada sinuosa em direção à estação de incêndio e desapareceu.

XII

Eram pouco mais de sete horas quando ele dirigiu até Kilen, abasteceu no posto Shell, comprou cigarros, guloseimas e o último gibi do Pato Donald antes de passar pela assembleia comunitária e seguir em direção a Øvland. Era um entardecer quente de sexta-feira, ele tinha tempo livre, não tinha nenhum plano e só iria para o trabalho em Kjevik depois das seis da manhã de segunda.

Acelerou, encontrou algumas meninas pequenas andando de bicicleta, abanou para elas e notou que todas deram risadinhas. Isso foi tudo. Quando chegou ao alto do morro ele ligou o rádio. Também havia uma transmissão da Argentina naquela noite. Por isso tudo estava tão quieto e tão vazio; as pessoas estavam em casa assistindo televisão. A partida tinha começado às sete horas, Itália contra França em Mar del Plata. O estádio havia se transformado em um caldeirão fervilhante. Ele entrou no acostamento e ficou sentado ouvindo rádio enquanto comia as guloseimas e folheava o gibi do Pato Donald. Depois de uns vinte minutos a partida começou a entediá-lo, nenhum gol, nenhuma oportunidade, nada. Apenas o ruído constante do estádio. Aquilo deixaria qualquer um zonzo. No fim ele desceu do carro, acendeu um cigarro e ficou de pé apoiado no capô enquanto olhava para a floresta, para os troncos que refulgiam ao sol, para os galhos imóveis.

Quando voltou para casa já passava um pouco das oito horas e o jogo na Argentina estava no intervalo, com o placar ainda em 0x0. Ele atravessou Hønemyr, chegou ao cruzamento em que a estrada se dividia em três, desceu em direção a Brandsvoll, fez o carro derrapar e viu o cascalho voar pelo retrovisor. Aumentou o volume do rádio. Abaixou mais uma vez. Desligou o rádio. Parou junto do antigo estande de tiro, acendeu mais um cigarro, jogou-o no chão depois de algumas tragadas e pisoteou-o no cascalho até que parasse de soltar fumaça. Por um bom tempo ficou parado, escutando. O cansaço persistente começava a se espalhar pelos braços como um veneno. Então ele pegou a espingarda de salão no banco de trás. Apoiou-se no teto do carro e mirou por um bom tempo antes de puxar o gatilho. Com certeza eram mais de cem metros até a placa de trânsito com o alce preto. Depois ele sentou atrás do volante e dirigiu até lá para ver. Havia uma depressão negra no centro do triângulo, no meio do animal preto. Um tiro perfeito no interior do círculo.

 Ele dirigiu sem pressa pelos morros ao longo de Djupesland, lá também não havia ninguém na rua. Era como se todo o vilarejo estivesse abandonado, como se todos houvessem viajado, não havia restado uma pessoa sequer, apenas ele. Passou pela casa de Sløgedal, que estava vazia e silenciosa, e por último parou diante da estação de incêndio. Ficou lá parado por alguns minutos, de pé e com a marcha desengatada. Tinha começado a escurecer. O céu ainda estava claro no oeste, mas a floresta havia ficado escura e indistinta, as árvores deslizavam como sombras umas em direção às outras e formavam uma massa escura e impenetrável. Então ele desligou o motor, tateou no interior do porta-luvas, pegou as chaves da estação de incêndio e entrou. A penumbra lá dentro cheirava a óleo, diesel e fumaça. Esse era o cheiro que o lugar tinha desde as primeiras lembranças dele. A qualquer momento ele seria capaz de fechar os olhos e sentir exatamente aquele cheiro. O caminhão erguia-se e brilhava com a luz que vinha da iluminação externa, ele era branco e vermelho, quase preto. Ele deixou a mão deslizar pela lateral. O metal era frio e liso, as pontas dos dedos deslizavam sem encontrar nenhuma resistência. Então ele abriu a porta de correr na traseira do caminhão. Era preciso usar força para abrir aquilo. Havia três galões ao todo no compartimento, e ele os ergueu um atrás do outro. O galão mais à esquerda estava pela metade, não muito pesado, perfeito. Ele o levantou sem nenhum ruído e carregou-o até o carro. Colocou-o no chão do banco de trás e o cobriu com várias peças de roupa. Depois chaveou a porta da estação de incêndio, entrou no carro e dirigiu os poucos metros até chegar em casa.

 Subiu ao quarto, ligou o rádio e ficou lá em cima por várias horas. A partida seguinte na Argentina começou às 22h45. Alma e Ingemann estavam na sala, acompanhando o jogo pela televisão. Era Holanda contra Alemanha Ocidental, e o tempo inteiro se ouvia o rumor do vento e dos mais de quarenta mil espectadores no estádio. Alma estava sentada com um tricô no colo e olhava para cima toda vez que o narrador, Knut Th. Gleditsch, erguia a voz. O placar estava em 1x1. Passava um pouco das onze e meia. As agulhas de tricô estalavam sem parar. Alma teve a impressão de ouvir a voz de Dag no sótão. Os dedos paralisaram-se e ela olhou em direção a Ingemann, mas ele estava recostado na poltrona piscando os olhos. Ela deixou de lado o tricô, se levantou de repente, foi até o corredor e ficou lá escutando apoiada no corrimão. Ela o escutou falando lá em cima. Não havia dúvida. Não era o rádio. Não era a televisão. Era ele. Ela entrou na cozinha, olhou para o relógio e encheu a pia de água quente, mas ficou simplesmente parada olhando para a água antes de abrir o ralo, secar as mãos no pano de prato e ir mais uma vez até o corredor. Lá em cima tudo estava em silêncio. Nenhuma voz, nada.

Então a porta se abriu e ele desceu a escada vagarosamente.

– Você está aqui, mãe? – perguntou.

– Estou – respondeu ela enquanto tentava olhar nos olhos dele.

– Não está assistindo ao jogo, então?

– Não – disse ela.

– Parece que acabou em empate – gritou Ingemann da sala, ele tinha acordado de repente e se espreguiçava na poltrona.

– Eles tiveram o que mereciam – respondeu Dag.

– Quem? – perguntou Alma.

– Os que não conseguiram vencer.

Alma encarou-o por um bom tempo. Ele parecia cansado. Tinha os olhos vermelhos e inchados. Um olho estava um pouco menor do que o outro. Era como se não tivesse dormido. A pálpebra estava caída. Tinha sido assim desde que ele era pequeno.

– Dag, você parece estar cansado – disse ela.

– É mesmo? – respondeu ele. Um brilho alegre se acendeu nos olhos, ela reconheceu aquilo da vez em que ele chegou por trás em silêncio e cobriu os olhos dela com as mãos.

– Não vai se deitar? Você precisa dormir.

– Me deitar?

– Já é quase meia-noite – disse Ingemann enquanto se levantava da poltrona. – Vamos torcer para que seja uma noite tranquila.

— Eu vou sair para ver se não descubro nada suspeito – respondeu Dag e saiu em direção à cozinha. Ela escutou quando ele abriu a porta da geladeira.

— Você não precisa fazer isso agora – disse ela enquanto o seguia. Ele ficou escorado na porta da geladeira olhando em direção à luz fraca.

— Alguém precisa ficar de vigia – disse ele, e então fechou a porta e se virou em direção a ela. Em seguida descascou uma banana e a comeu depressa. – Se ninguém ficar de vigia, vamos ter outro incêndio. Não é uma boa ideia esperar para ver o que esse maluco pode aprontar.

— Mas não toda noite – disse ela. – Você já... você também precisa dormir.

Ela o encarou por um bom tempo e teve a impressão de notar uma pequena mudança na expressão do rosto. Ela a identificou na hora. A mudança durou por um instante breve e gelado. De repente tudo ficou duro. A seguir, tudo se derreteu. Então Dag se aproximou, e chegou tão perto que ela conseguia sentir o cheiro dele. Era o cheiro de fumaça de escapamento e diesel e um leve aroma de banana. Ele era quase uma cabeça mais alto do que ela, ela sentia a respiração dele nos cabelos.

— Mãe – disse em um tom de voz tão baixo que só ela poderia escutar. De repente ela sentiu um mal-estar, era como se não houvesse ar suficiente.

— Mas Dag – sussurrou ela. – Dag, querido. Você sabe que precisa dormir.

Ele pôs a mão no ombro dela, e a mão era tão pesada que poderia esmagá-la contra o chão, e ao mesmo tempo tão leve que poderia fazê-la flutuar. A mão dele a encheu de calor, um calor que ela nunca tinha sentido antes, um calor que só poderia vir de Dag e que só ela no mundo inteiro podia receber. E só ela no mundo inteiro podia escutar a voz dele. A voz sussurrou-lhe ao pé do ouvido:

— Mãe, mãe, minha velha e boa mãe.

XIII

Na tarde depois do exame fui com os outros à festa de encerramento no porão dos antigos prédios universitários. Começamos em um dormitório lotado perto de Tullinløkka e depois de algumas horas e de algumas pilsens saímos em direção ao centro. Eu estava sentado em meio aos outros e fazia um brinde atrás do outro, esvaziava o copo, pedia mais um e brindava outra vez. Notei que os outros estavam olhando para mim com olhares um pouco hesitantes, mas amigáveis. Ninguém tinha me visto daquele jeito antes. Todos estavam felizes e de bom humor e cansados depois de semanas de estudo. Ninguém falou sobre o exame ou sobre as questões. Quase todos estavam simplesmente aliviados por ter encerrado aquele capítulo e ansiosos pelo verão e pelas longas férias, e depois pelo semestre de outono com todos os novos desafios, como se aquele fosse um novo degrau na escada que os levaria ao objetivo final. Fiquei sentado e sorri e brindei e cantei as músicas que ribombavam no porão, mas na verdade eu devaneava em silêncio. O tempo inteiro eu estava lúcido e concentrado, apesar da embriaguez cada vez maior. Na verdade foi essa lucidez que marcou toda a situação em que eu me encontrava desde que papai tinha adoecido. Eu estava lúcido e distante e fora de mim, e entre uma música e outra lembro que eu me levantei com o caneco na mão: *Eu não escrevi nada no exame!*, gritei. *Entreguei tudo em branco. Agora vocês já sabem! Um brinde!* Fizeram-se alguns instantes de silêncio enquanto todos se olhavam, alguns instantes de perplexidade, não mais do que isso, antes que as gargalhadas tomassem conta. Todos riram, ergueram os canecos e brindaram, e eu ri e brindei com eles. A festa continuou ainda mais animada, com cenas cada vez mais difusas, música cada vez mais rápida, corpos cada vez mais quentes, sorrisos, abraços demorados, lábios nas orelhas, tudo ao mesmo tempo enquanto eu devaneava em silêncio. Lá pelas tantas saímos do porão da universidade e começamos a andar pela cidade com a cabeça cada vez mais enevoada. Eu não sabia que horas eram, mas era uma noite fria no início de junho, me lembro dos rostos sorridentes e das risadas pelas ruas. Me lembro de uma grande multidão, de uma pista de dança, de luzes fortes, de corpos suados, de cabelos no meu rosto, de mãos nos ombros e do cheiro de perfume e dos graves que desciam até o fundo da minha barriga. Eu estava no meio de uma escuridão quente e pulsante e de pessoas que gritavam e riam por todos os lados, e mesmo assim completamente sozinho. Fui embora. Ninguém viu. E ninguém pensou aquele pensamento. Afinal era uma festa. Estávamos na cidade para comemorar. Bebi quatro drinques um atrás do outro, todos com um pequeno guarda-sol que eu joguei por cima do ombro, eu não sei de onde tirei esses drinques, se os peguei de alguém ou se eu mesmo os comprei, mas eu me lembro dos pequenos guarda-sóis e lembro que o chão começou a tremer. Gritei na cara de uma garota com longos cabelos negros e olhar perdido. Ela estava em cima de mim enquanto eu berrava uma coisa ou outra, e mesmo assim era como se não escutasse nada, ou talvez eu tenha me enganado, talvez eu não estivesse berrando, talvez eu estivesse em silêncio e com o olhar perdido enquanto ela berrava. Não sei ao certo. Mas logo depois tudo ficou preto.

Faltam alguns minutos ou algumas horas na minha lembrança, e quando dei por mim eu estava caminhando pelas ruas vazias depois de sair de St. Olavs Plass, no meio da cidade. Eu caminhava e tentava me apoiar nas fachadas dos prédios enquanto o mundo inteiro ondulava. De repente tudo ficou em silêncio ao meu redor, eu só escutava os meus passos irregulares e trôpegos. *Silêncio*, lembro-me de ter pensado. *Silêncio. Silêncio. Silêncio.* Encontrei pequenos grupos esparsos de pessoas, vi que se aproximavam como sombras, ao longe, e de repente apareciam bem na minha frente, eu gritava uma coisa ou outra, estendia os braços e ficava no caminho, eu não lembro no que eu estava pensando ou o que eu pretendia, mas logo depois eu senti uma ardência no rosto, perto da orelha, e entendi que alguém tinha batido no meu rosto. De repente eu estava sozinho outra vez, as pessoas estavam longe e o mundo continuava a ondular. Fiquei lá e tentei compreender o que tinha acontecido. Alguém tinha batido em mim. Eu não tinha a menor ideia por quê. Sentia apenas que o meu rosto latejava. Finalmente cheguei à Ullevålsveien e dobrei à direita. Eu não tinha nenhum pensamento claro na cabeça, mas ao mesmo tempo alguma coisa em mim percebia tudo. Alguma coisa que estava o tempo inteiro lúcida e pensava de forma racional. Era a mesma lucidez que eu tinha sentido na hora do exame, e a mesma lucidez que me levou caminho afora e me fez entrar no cemitério Vår Frelsers. *Você foi reprovado no exame de propósito*, disse a voz dentro de mim. *Você foi reprovado no exame e bebeu até perder o controle. Você mentiu para o seu pai e ainda por cima apanhou, e agora está a caminho do cemitério.* Lá dentro tudo estava às escuras. Naquela época houve uma série de ataques ao cemitério, mas eu não me preocupei com isso. Eu *queria* que alguém me atacasse, que alguém chegasse com passos furtivos por trás de mim e batesse na minha cabeça com alguma coisa dura para que eu perdesse os sentidos e desabasse. Eu não sentia direito o golpe que tinham me dado no rosto e queria algo mais, algo violento, uma pancada forte atrás da cabeça para que o vidro se estilhaçasse e as estrelas despontassem. Depois alguém me encontraria no dia seguinte, e a essa altura daria na mesma se eu estivesse vivo ou morto. Assim pensava eu enquanto cambaleava pela estradinha de cascalho que leva até o lugar de honra no cemitério, onde todos os grandes autores e compositores descansam. Meus pensamentos estavam confusos e perdidos, mas ao mesmo tempo tinham uma estranha lucidez. Caminhei aos tropeços na escuridão em meio às lápides sem saber ao certo onde eu queria ir. Às vezes eu percebia que um carro passava ao longe, na Ullevålsveien, mas era apenas como um sopro longínquo de outro mundo. Então eu me endireitei e dei uma mijada. Eu não sabia o que estava na minha frente. Quer dizer, eu sabia que era um ou outro túmulo, mas eu não tinha ideia de quem estava lá dentro. Simplesmente mijei. A sensação foi de alívio. Depois me sentei em uma lápide com os dois pés fincados no canteiro de flores. Parte de mim percebia que havia flores recém-plantadas naquele lugar, que os amores-perfeitos estavam arrumados com cuidado na terra macia e úmida. Então fui tomado por uma sensação que fez meu sangue gelar: que aquele era o túmulo do meu pai. Que ele estava morto e enterrado sem que eu soubesse, que por muito tempo tinham tentado me contatar, mas nunca me encontravam, e que então o tinham enterrado, e lá estava eu, convencido de que era papai quem estava debaixo da terra macia. Não tive coragem de ler o que estava escrito na lápide. Mas eu sabia. É ele, dizia a voz dentro de mim. É ele. É ele. No fim eu me inclinei para frente até ficar com a cabeça entre os joelhos. Consegui ler o nome na lápide. Era apenas um nome qualquer, e assim não podia ser ele. Então eu vomitei. O vômito escorreu pelos meus sapatos e pelas flores e chapinhou na terra macia. Eu me levantei e cambaleei por mais alguns metros, vomitei mais uma vez e fiquei de pé meio escorado em uma outra lápide. Na hora me senti um pouco melhor, porém os meus pensamentos ainda estavam perdidos. Caminhei até ficar entre duas árvores carregadas de folhas e com galhos enormes que se abriam próximas ao chão. Eu sabia que debaixo daquelas árvores ficava o túmulo de Bjørnson. Entrei no túnel verde e me sentei no túmulo, um enorme bloco de pedra com uma bandeira de pedra estendida por cima. Me sentei no túmulo de Bjørnson e senti que eu devaneava em silêncio. No fim eu me inclinei para trás. Foi bom. Infinitamente bom. Foi como se toda a minha vida tivesse passado à espera daquele exato instante. Me inclinei para trás no túmulo de Bjørnson, estendi os braços e senti o peso do meu corpo, e no fim devo ter dormido lá mesmo, estendido como um anjo, porque eu não lembro de mais nada.

XIV

Ao passar em frente à escola de Lauvslandsmoen ele desligou os faróis. No início não conseguia ver nada, mas aos poucos a visibilidade melhorou e no fim estava ótima. Ele precisou se acostumar. Ligou os faróis outra vez. Quando chegou ao pátio da escola ele fez uma curva à esquerda e pegou a estrada em direção a Dynestøl. A cerca do campo de futebol estava parcialmente destruída. Os prédios da escola estavam às escuras. Toda vez que passava pela escola ele tinha a impressão de que não fazia muito tempo que tinha estado lá. Era como se tudo voltasse, mesmo que nove anos já tivessem passado. Ele se lembrava de como tinha sido. Ele, que era o melhor em todas as matérias, que tinha ficado sozinho no topo. Às vezes ainda escutava a voz de Reinert: *Pode ler um pouco para nós, Dag? Pode tocar os primeiros compassos para nós, Dag? Pode escrever essa frase na lousa, Dag, você que tem uma letra tão bonita?* Foi Reinert quem o fez acreditar que poderia se tornar o que quisesse. Foi Reinert quem o viu. Que pressentiu quem ele era, no que era bom, e também que era único. Ele não era como os outros, e foi isso o que Reinert pressentiu. Os outros seriam camponeses, eletricistas, marceneiros e encanadores e talvez policiais.

Mas ele? Dag? O que Dag seria?

Certa vez estavam todos reunidos ao redor da mesa da cozinha na casa em Skinnsnes discutindo o futuro dele, e foi como se estivesse no interior de um círculo mágico. Já não acontecia mais com tanta frequência, mas ele lembrava de sentir-se invadido por um sentimento grandioso e um pouco reverente. E sabia que essa grandiosidade e essa reverência estavam nas mãos dele. O que ele havia de conquistar na vida. O que havia de se tornar. Tudo estava nas mãos dele.

Ingemann queria que fosse médico. Ou advogado. *Você pode ser o que você quiser, você que é tão dedicado*, disse o pai. *Você pode ser o que você quiser, menos bombeiro, porque isso você já é*, disse. E então os dois riram. Mas ele sabia que o pai estava certo. Naquele instante sentiu que tudo era possível, que ele tinha um potencial ilimitado, que o mundo estava à espera, que bastava começar.

Ele entrou no pátio da escola. Parou o carro, desceu. Tudo estava às escuras e em silêncio, a não ser pelos ruídos do motor ainda quente. Caminhou tranquilamente ao longo do prédio, espiou para dentro das janelas escuras e lá dentro viu as carteiras em fila, a cátedra, a lousa, um cartaz com o alfabeto e alguns desenhos infantis nas paredes.

O que ele haveria de se tornar?

Seria algo grandioso, algo que faria os outros arregalarem os olhos. Ele escutava os outros dizerem: *Dag agora é médico? Dag agora é advogado? Ah, bem que eu imaginava.*

Não havia limites. Ele podia se mudar para Oslo e começar a estudar Medicina já no outono, poderia estudar por dois, três anos. Daria tudo certo. Assim poderia tomar aulas de piano em paralelo. Ou estudar Direito. Ou então ao contrário, poderia se concentrar na música e estudar Direito à noite. Era mais uma possibilidade. Talvez o melhor fosse apostar no Direito. Era uma carreira muito versátil. Ele poderia arranjar emprego como um jurista de alto escalão. Talvez no Ministério de Justiça? Ou no Ministério das Relações Exteriores? Poderia ingressar no curso preparatório do Ministério das Relações Exteriores. Aprender francês, ou quem sabe espanhol. Morar em Paris ou em Madri. Ele podia ser diplomata. Imaginou Alma e Ingemann chegando à embaixada em Paris para visitá-lo. Ele chegaria dirigindo o carro preto da embaixada para buscá-los no aeroporto Charles de Gaulle, Alma juntaria as mãos antes de abraçá-lo e diria: *É você mesmo, filho?* Em seguida os três seguiriam rumo a Paris enquanto ele apontava para a cidade e mostrava para eles tudo o que sempre tinham ouvido falar a respeito. A Torre Eiffel, a Champs-Elysées, o Arco do Triunfo. O devaneio acabava sempre nesse ponto, no Arco do Triunfo, afinal ele nunca tinha ido a Paris.

 Ele podia ser diplomata. Ou por que não defensor público? Ele tinha visto Alf Nordhus na televisão e ficado encantado. A eloquência mordaz, o cavanhaque e o cigarro aceso. Se imaginou de toga preta, argumentando durante os procedimentos no tribunal. Ele se sairia bem naquele papel. Saberia como defender os outros. Mesmo que fosse um assassino. Saberia provar que todos os outros estavam errados enquanto ele tinha razão. Que o assassino tinha agido de maneira racional, e que os outros precisavam entender tudo que estava por trás do ocorrido. Se as pessoas entendessem, não haveria mais crime. E assim o assassino deixava de ser um assassino. O assassino sairia livre, e ele sairia banhado em glória e em espanto.

 Ele se via e também ouvia a própria voz. As pessoas só precisavam entender. O assassino não era nenhum assassino, o assassino era um homem. Será que era tão difícil?

 Ele sentou mais uma vez no carro e dirigiu rumo a Dynestøl. Seguiu pela longa estradinha que passava pelo Homevannet. Um véu de névoa pairava alguns metros acima da superfície d'água, como se houvesse se desprendido da escuridão e naquele instante subisse infinitamente devagar em direção ao céu. Não dava para ver a terra do outro lado, apenas uma muralha escura de floresta. Então ele apagou os faróis. Passou pela cabana do Clube do Automóvel de Kristiansand e logo em seguida chegou ao balneário, com a cordilheira submersa a trinta metros da margem. Viu que tinha gente dentro da cabana, vários carros estavam parados no lado de fora, mas todos haviam se recolhido. Passava um pouco da uma hora. Ele tinha ligado o rádio e continuado pela estrada em direção a Dynestøl. O caminho era estreito e sinuoso, e uma listra de grama crescia entre as marcas das rodas. Os galhos das bétulas de vez em quando raspavam no carro e faziam-no dar pulos, como se fossem mãos humanas. Não havia nenhuma luz à vista. Nenhuma casa, nenhuma iluminação externa, nada. Ele decidiu voltar em busca de um lugar onde pudesse fazer o retorno.

Foi então que percebeu algo que devia ser uma casa. Era apenas um vulto na escuridão, no alto de um pequeno morro logo à frente. Também havia um galpão, que ele viu apenas quando se aproximou. Dirigiu sem pressa até lá. Parou o carro e desceu. A noite estava fria e ele vestia apenas uma camisa fina. Logo baixou as mangas e abotoou a camisa até o pescoço. Não adiantou muito, então ele pegou a jaqueta que estava no banco de trás, vestiu-a e assim conseguiu se esquentar. Tudo ao redor estava em silêncio, o motor do carro fazia pequenos ruídos, mas afora isso não havia nada. Ele chegou mais perto. Era uma casa antiga, dava para ver mesmo no escuro. E grande. A casa tinha uma fundação enorme e pequenas janelas no porão. Da grama alta erguia-se uma escadinha com corrimão. Entre a casa e o galpão havia um trator, e o galpão em si era grande e estreito e estava completamente às escuras. Isso era tudo. Ele desceu um pequeno barranco até a lateral do galpão. Lá havia um espaço aberto debaixo do telhado com centenas de estacas e de outras velharias empilhadas no escuro.

Ele voltou depressa até o carro e pegou o galão que reluzia no banco de trás. Não era difícil carregar um galão cheio só até a metade. Quando voltou até a lateral do galpão, deixou o galão na grama por um instante. Enxergou uma porta na lateral e, quando tentou abri-la, descobriu que estava destrancada. O interior era completamente preto e tinha um assoalho de madeira. Era impossível ver qualquer coisa, mesmo depois de um bom tempo para que os olhos se acostumassem à escuridão. Então ele riscou um fósforo. O galpão se iluminou. Estava completamente vazio. O teto era baixo. Havia restos de feno no chão e duas paredes eram parte da fundação. O lugar tinha cheiro de mofo, podridão e bichos. Logo o fósforo se apagou. A tranca da *jerrycan* tinha emperrado, mas depois de alguns puxões ele conseguiu abrir. Não conseguia ver onde derramava, mas ouvia a gasolina chapinhar nas tábuas do assoalho. Quando terminou, saiu para a noite escura e largou o galão na terra e secou as mãos com cuidado antes de retornar ao galpão. A noite estava no momento mais escuro, em pouco tempo a luz despontaria no céu e os pássaros começariam a cantar, mesmo que ainda fosse noite. Ele escutava o farfalhar dos próprios passos na grama alta. Estava com as pernas molhadas, e quando chegou em frente à porta e pegou o palito de fósforo ele não conseguia enxergar nada que estivesse mais longe do que as própria mãos. Aos poucos algo nele se acendeu por dentro. Então riscou o fósforo. A chama se apagou na mesma hora. A mesma coisa aconteceu com o segundo fósforo. Ele mesmo os devia ter apagado com a respiração, pois não havia vento algum. Praguejou por entre os dentes. Acendeu três fósforos com um único movimento. Conseguiu uma boa chama que pareceu sair da palma da mão. Então deu alguns passos para trás, abriu uma fresta na porta, jogou o fósforo lá dentro e tornou a fechá-la enquanto atravessava parte do terreno de costas. Nunca tinha imaginado que pudesse ser tão rápido. A pequena construção explodiu. Tudo voltou a ficar em silêncio, e em seguida um barulho distante veio de algum lugar no interior do galpão. Passados dois, talvez três minutos, a fumaça começou a atravessar as rachaduras nas paredes, e depois de mais alguns minutos as primeiras línguas de fogo amarelo saíram pelo telhado. Aos poucos ficou mais claro ao redor. Ele viu o carro estacionado na beira da estrada, a floresta densa nos arredores e as árvores mais próximas que davam a impressão de avançar com os galhos estendidos naquela luz sobrenatural. O rosto dele estava pálido e liso. A idade desapareceu, por assim dizer. Os olhos brilhavam. As pupilas estavam pretas. Um vento invisível saiu do velho galpão. Ele o reconheceu. Os cabelos da testa agitaram-se de leve. Tinha sentido aquele vento pela primeira vez quando estava sozinho no alto da árvore. Quando o cachorro dentro da cozinha ainda estava vivo e o calor batia em ondas contra ele. O vento era ao mesmo tempo escaldante e frio como o gelo. O gemido e o som cantante viriam um bom tempo depois. Quando tudo estivesse desabando. Até lá ele precisava estar de volta.

Então se afastou, correu até o carro com o galão de gasolina e saiu dirigindo sem olhar para o retrovisor. Manteve os faróis apagados por todo o caminho até Løbakkane. Lá ele parou, desceu do carro e olhou para trás. O céu ainda estava escuro acima do Homevannet. Não havia nenhum som. Nenhum vento. Havia um velho galpão poucos metros à frente, no limite do terreno. Parecia quase preto na escuridão, e não era pintado pelo menos desde a guerra. Ele correu até o carro e pegou o galão. Havia sobrado bastante. Não tanto quanto seria necessário, mas o importante era começar o fogo no lugar certo. Ele arrombou uma porta na lateral e entrou no galpão totalmente escuro. O cheiro lá dentro era de feno velho. E de cal, de pântano e de terra molhada. Aquele era o cheiro de um túmulo, pensou ele e quase precisou sorrir. Deu alguns passos silenciosos à frente, mas logo parou de repente. Teve a impressão de que havia alguém lá dentro. Alguém que o observava. Alguém que o encarava de longe na escuridão, e então ele pensou na espingarda que estava lá fora no carro.

— Olá? — sussurrou.
Não houve resposta.
— Quem está aí?
Ainda nada.
— Eu sei que você está aí. Apareça.
Ele fitou a escuridão. Teve a impressão de que alguma coisa havia se mexido devagar e ao longe. Alguém estava lá e hesitava em se mostrar.
— Você está com medo? — perguntou ele.
O vulto não respondeu. De repente lhe ocorreu quem estava lá.
— Pai? — disse.

O vulto se aproximou. Estendeu a mão enquanto ele permanecia como que congelado.

– Não chegue perto – disse. – Não dê mais um passo.

O vulto aproximou-se dele na escuridão.

Então ele riscou um fósforo. O galpão se iluminou ao redor. Não havia ninguém lá dentro. Nem Ingemann nem qualquer outra pessoa. Apenas ferramentas antigas e outras velharias empilhadas junto de uma parede. Quando o fósforo se apagou ele tornou a ver o pai ao longe. O vulto parecia estar ajoelhado.

– Pai? Os incêndios acabaram, pai. Está ouvindo?

Não houve resposta.

– Eu disse que os incêndios acabaram.

Ele acendeu mais um fósforo, o pai desapareceu e, nos poucos segundos que a luz durou, conseguiu ver um lugar propício. Então o fósforo se apagou e o pai surgiu mais uma vez, ajoelhado ao longe no escuro.

– Você não pode ficar aqui, eu já disse. Nesse momento ele viu o pai se levantar aos poucos, aparecer de repente na frente dele em meio à escuridão e estender as mãos.

– Saia, senão você vai queimar aqui dentro!

O pai continuou imóvel com as mãos estendidas.

Então ele acendeu mais um fósforo e o galpão vazio reapareceu. Havia uma velha charrete no canto, com várias caixas vazias e tábuas empilhadas em cima. Ele jogou um pouco de gasolina em cima da roda e dos varões e das tábuas. Conseguiu abrir a tampa e sair de lá antes que o fósforo terminasse de queimar.

– Então é assim que você quer – disse ele ao pai que estava ao longe na escuridão. – Não vá pôr a culpa em mim.

Novamente o galpão se iluminou, mas dessa vez acendeu-se por inteiro e de maneira irreversível. Mais uma vez ele tinha escolhido o lugar ideal. Na mesma hora as chamas se ergueram às alturas. Era como se estivessem à espreita em algum lugar à espera daquele momento. A roda inteira queimou, junto com as tábuas e as caixas vazias, e o galpão inteiro esquentou e ganhou vida. Naquele instante apenas a charrete queimava, os raios nas rodas emitiram um brilho vermelho e começaram a se desmanchar, mas foi como se as chamas se reavivassem. Tudo graças ao feno velho espalhado pelo chão. O feno pegou fogo no mesmo instante, e as chamas se alastraram até a parede. Durante alguns segundos as chamas reuniram as forças e subiram pelas paredes a uma altura tão grande que as línguas mais compridas chegaram a lamber o teto. Nesse ponto tudo estava feito, o resto aconteceria por conta própria. Ele caminhou de costas em direção à porta.

– Papai, escute! Não adianta implorar!

Hesitou por alguns segundos antes de olhar em direção às chamas. Todo o galpão estava iluminado pela luz sobrenatural que dançava. Ele viu as vigas e as longarinas no telhado, e acima das travessas havia pequenos buracos pretos. Eram ninhos de andorinhas. Ficou tenso por um instante quando viu as cabecinhas que se estendiam para além do ninho, viu os bicos que se abriam e fechavam, ouviu o pipilar discreto que vinha lá de cima, e então percebeu as andorinhas que voavam desesperadas em círculo no meio da fumaça densa que se acumulava sob o telhado.

Então saiu e bateu a porta. Cambaleou para trás enquanto esfregava os olhos. Os dedos ainda estavam molhados de gasolina e o rosto queimou como se estivesse em chamas. Por último ele caiu de joelhos, arrancou grama úmida para esfregar nos olhos e em alguns instantes o pior passou. Foi quando descobriu os olhos. Eles brilhavam.

– Aí está você – disse ele para o animal preto e imóvel, e percebeu que havia muitas vacas no terreno. Estavam de pé ou esparramadas na penumbra, mas apenas a mais próxima tinha visto tudo. A vaca levantou a cabeça preta e olhou para ele antes de perder o interesse e começar a pastar.

Ele não tinha tempo a perder. O barulho aumentava dentro do galpão. Correu até o carro e dirigiu sem pressa em direção à escola. Depois de algumas centenas de metros, parou e olhou para trás. O céu acima do Homevannet continuava escuro. Nada de fumaça, nenhum mar de fogo. Nada.

Quando chegou à escola ele parou em frente ao celeiro que dava para o antigo prédio da escola, onde eles costumavam ter aulas de carpintaria no porão e educação física no segundo andar, e lá no alto ficava o sótão onde os garotos costumavam se esconder. Ficou parado alguns instantes olhando para o prédio, virou-se de repente e foi até o celeiro. Dessa vez ele agiu da maneira mais simples possível. Não havia tempo para mais nada. A qualquer momento poderiam aparecer carros na estrada. Ele derramou o resto da gasolina em cima de algumas estacas. Depois, um único fósforo para que as chamas subissem pelas paredes. As paredes de tábua estavam rachadas e secas e queimaram como papelão. Nada poderia ser mais simples. Levou apenas alguns segundos para que estivesse feito. Ele sentiu algo borbulhar dentro de si quando correu em direção ao carro, escondeu o galão no banco de trás e dirigiu com calma e tranquilidade pela planície, passando pelo Bordvannet e pela casa de Anders e Agnes Fjeldsgård em Solås. No cruzamento de Brandsvoll ele acendeu os faróis. Como tinha se acostumado a dirigir no escuro, a luz repentina o ofuscou. Mas de repente ele viu tudo. Os insetos errantes, a grama na beira da estrada, as árvores e os galhos que se entrelaçavam na escuridão. Quando fez a curva à esquerda no cruzamento em Brandsvoll, os faróis iluminaram as vitrines rachadas da loja desativada e por um instante ele viu as antigas prateleiras que em outra época estavam cheias de farinha e ervilhas e aveia e café, mas que naquele instante estavam lá dentro juntando pó. Em seguida passou em frente à casa de Alfred e Else e viu que havia luz na casa de Teresa, onde uma única lâmpada estava acesa. Então dobrou à direita, atravessou a ponte e o riacho tranquilo e chegou em casa. Entrou sem fazer barulho, entrou no banheiro para se lavar e ficou um instante parado examinando um corte que tinha na testa, com os dedos ainda cheirando a gasolina. Os olhos brilhavam e o cansaço havia desaparecido. Ele tinha grama nos cabelos. Quando fechou os olhos, viu as andorinhas voando em círculo no meio da fumaça sob o telhado. Depois apagou a luz, subiu a escada até o sótão em quatro passos e conseguiu tirar todas as roupas, se enfiar debaixo dos lençóis frios e fechar os olhos antes que o telefone começasse a tocar no corredor.

4.

I

Manhã de 3 de junho, a vó escreve no diário:

A antiga casa de Olga queimou. O galpão também. Não dá para acreditar. Mas aconteceu de verdade. Agora a casa pertence a Kasper Kristiansen, mas eu me lembro bem de quando Olga ainda morava lá. Lembro-me da vez em que eu e Kristen e Steinar fomos com Olga até Oslo para acompanhar uma paciente. Era uma garota que não podia mais ficar em casa. Precisou ir a Gaustad. Nós a levamos de carro até Oslo. Foi pouco depois da guerra. E agora a casa de Olga queimou. Que Deus nos ajude a todos.

Fædrelandsvennen, sábado, 3 de junho. Primeira página:

Às oito horas da manhã de hoje o chefe de polícia Knut Koland e outros agentes promoveram um encontro emergencial com o investigador-chefe em Søgne para discutir as ocorrências de incêndio na noite passada e nas últimas semanas em Finsland. Existe um piromaníaco à solta no vilarejo que, por enquanto, restringiu as atividades a galpões e construções desabitadas. Durante a noite, uma propriedade, um galpão e um celeiro queimaram ao mesmo tempo em Lauvsland e em Dynestøl, em Finsland.

Os jornais de Oslo começam a noticiar o caso. Uma nota no *Aftenposten*. Um artigo no *Verdens Gang*, ambos um tanto sóbrios e sem fotografias. A rádio NRK apresentou uma reportagem longa, mas o caso foi transmitido pela televisão apenas na segunda-feira à noite.

II

Eu ouvi a história sobre a paciente que precisou ser levada de carro até Gaustad, mas não sabia que papai estava junto durante a viagem. Também não sabia que a haviam buscado na casa em Dynestøl, que a paciente tinha morado com Olga nessa casa e que foi do fogão dessa casa que ela pegou as cinzas.

Os pacientes não eram raros. Muitos vinham do Hospital Psiquiátrico Eg em Kristiansand e eram recebidos pelos moradores na esperança de que assim pudessem melhorar. Era a antiga crença nas bênçãos do trabalho. Era preciso afastar-se da vida cinzenta e passiva na instituição. Estar ao ar livre. Usar o corpo e ter um teto onde se abrigar. Tomar sol, chuva, vento e frio. E assim talvez as pessoas melhorassem aos poucos. Talvez ficassem curadas e pudessem voltar à vida normal. Além do mais, os moradores ganhavam algumas coroas para receber esses pacientes. A ideia era boa, mas nem sempre dava bons resultados. Existem várias histórias sobre os pacientes, mas as circunstâncias não são muito claras. Sei que Olga recebeu vários pacientes ao longo dos anos, mas não sei quase nada a respeito deles. Como se chamavam, quem eram, o que faziam na casa dela. Quanto tempo ficaram. O que aconteceu depois. Se morreram ou se ainda estão vivos. Não sei de nada, e ninguém tem mais detalhes a me oferecer.

Apenas a breve história sobre as cinzas.

Foi assim:

A paciente estava em um estado tão delicado que Olga percebeu que não seria mais possível mantê-la em casa. A paciente começou a discutir em voz alta com Nosso Senhor, o que deve ter acontecido por um bom tempo, mas depois de várias tentativas de derrubar o Salvador do trono celeste com uma estaca, Olga decidiu que aquilo era demais. A paciente não poderia continuar morando na casa dela, mas no Hospital Psiquiátrico Eg não havia mais vagas. Assim ela precisou ser mandada para Gaustad em Oslo. Era uma viagem de mais de quatrocentos quilômetros, e Olga não tinha carro. Foi então que ela perguntou ao vô – que tinha um Nash Ambassador 1937 com um pequeno amassado no para-lama dianteiro – se poderia fazer o longo trajeto até a capital com Olga e a paciente. O vô concordou, e a vó foi junto, e o meu pai também, porque não havia mais ninguém para tomar conta dele. Assim, de manhã cedo em um dia de julho de 1947 o carro preto deixou o pátio em Kleveland e a pequena família partiu. Depois de alguns quilômetros, pararam em frente à casa em Dynestøl. O vô desceu do carro e bateu na porta. Demorou um pouco até Olga abrir. Ela e a paciente tinham limpado toda a casa, do porão ao sótão, e faltava apenas limpar as cinzas dos fogões, e era isso o que estavam fazendo quando o vô bateu. Eles precisaram esperar mais alguns minutos até que todos estivessem prontos para começar a viagem, e pouco antes de entrar no carro a paciente juntou as cinzas do fogão da sala e guardou-as em um pote hermético, e depois colocou o pote na bolsa. Também estava pronta. Foi a única coisa que ela quis levar: o pote hermético com cinzas que colocou na bolsa. Depois ela ficou espremida junto com os outros durante quatrocentos quilômetros com a bolsa no colo.

Pouco depois que a vó morreu no inverno de 2004 apareceu uma fotografia. Eu nunca a tinha visto antes. Era papai. Ele devia ter uns quatro anos e era verão, porque estava usando um calção e uma camisa de manga curta. Estava sentado em um dos dois leões de bronze no lado de fora da Kunstnernes Hus em Oslo, rindo. Eu não sabia nada a respeito dos dois leões quando peguei essa foto, não sabia que ainda estão lá, no mesmo lugar, agarrados aos mastros da bandeira nos dois lados da entrada. Papai tinha os mesmos cabelos ondulados de uma foto de infância tirada pelo fotógrafo Harme em Kristiansand, colorida à mão e desbotada pelo tempo, que o deixou parecido com um anjinho de bronze. Quando eu era pequeno eu me recusava, com razão, a acreditar que era papai naquela foto. Eu insistia em dizer que era um anjo.

A foto deve ter sido tirada durante a passagem por Oslo, provavelmente depois que a paciente e as cinzas foram deixadas no Hospital Psiquiátrico de Gaustad. A longa viagem tinha chegado ao fim, eles haviam chegado à capital da Noruega e provavelmente queriam ver o Palácio Real. Ver o Palácio Real em Oslo deve ter sido uma experiência grandiosa para o vô e a vó e o papai, e provavelmente também para Olga Dynestøl, que nunca tinha feito uma viagem na vida. Mesmo assim haviam passado apenas dois anos desde o fim da guerra, e eles queriam ver o Palácio Real e os guardas vestidos de preto que ficavam ao sol, quietos como um túmulo. Depois andaram pelo Slottsparken, passaram em frente à casa do grande Øverland e encontraram os leões. O que poderia ser melhor do que ter uma foto montado nas costas de um leão feroz?

Assim tudo faz sentido. A história da longa viagem, a foto de papai e a história das cinzas da chaminé em Dynestøl. As histórias se encaixam umas nas outras e todas se relacionam com as histórias sobre os incêndios. Eram as cinzas da mesma chaminé que na noite de 3 de junho de 1978 ficou preta e solitária como uma árvore despida dos galhos.

Juntamos os pedaços e também as cinzas.

III

Liguei para Kasper Kristiansen, mas foi Helga, a esposa dele, quem atendeu o telefone. Ela sabia quem eu era, e Kasper também, os dois me conhecem desde que nasci. Kasper talvez lembre de mim da vez que acompanhei papai na caçada ao alce, quando Kasper segurou o coração ensanguentado nas mãos.

Levei um bom tempo para explicar o que eu queria. Para explicar que eu estava escrevendo sobre a casa que eles tinham perdido na madrugada do dia 2 para o dia 3 de junho mais de trinta anos atrás, e que gostaria muito se pudessem falar comigo sobre o que aconteceu. Eu não fazia a menor ideia do que poderiam pensar a respeito daquilo agora. Se gostariam de falar a respeito ou se ainda era doloroso demais.

De qualquer modo, a resposta foi positiva. Eles me receberam já na noite seguinte. Conversamos juntos por um bom tempo. Não apenas sobre os incêndios, pois outras histórias surgiram, encaixaram-se, e assim a conversa evoluiu e aos poucos formou um panorama cada vez maior que não tinha mais fim. Foi como se eu tivesse encontrado algo há muito tempo perdido. Algo que tinha uma ligação muito próxima comigo, mas que eu ao mesmo tempo não conhecia direito. Falamos sobre o vô e a vó, sobre como os dois tinham se conhecido, e sobre o bisavô Sigvald que curtia couro no sótão da casa em Heivollen, e sobre o trisavô Jens, ele que era tão cheio de ternura.

Mas, apesar de tudo, eu tinha ido até lá para ouvir histórias sobre o incêndio em Dynestøl.

Pouco depois da uma da manhã do dia 3 de junho de 1978 o telefone tocou na casa de Helga e Kasper. Na época os dois moravam em Nodeland e tinham comprado a casa de Olga alguns meses antes, porém mal tinham começado a reforma. Entre outras coisas, Kasper tinha comprado janelas de vidro duplo para toda a casa, mas elas ainda não tinham sido colocadas e naquele momento estavam em frente à casa em Dynestøl, apoiadas contra a parede. E também havia o trator de Kasper, um Fiat que ficava estacionado entre a casa e o galpão.

Foi Helga quem atendeu o telefone. No outro lado da linha ela escutou uma voz conhecida. Era Olga Dynestøl. O som era distante e fraco, como se ela estivesse telefonando de outro mundo.

Olga começou com apenas três palavras:
Dynestøl está queimando.

Depois ela se acalmou e conseguiu explicar que tinha visto e ouvido o caminhão de bombeiros. Em seguida saiu para o pátio da casa onde morava em Løbakkane. Foi então que viu o celeiro em chamas de Per Lauvsland, que ficava atravessado no terreno, depois o ondulante mar de chamas acima do Homevannet, e então compreendeu. Pouco depois vieram quatro explosões impressionantes. Alguns minutos se passaram entre os estrondos, e cada uma das explosões fez com que o mar de fogo borbulhasse. Ela ficou sozinha no pátio e compreendeu que era a antiga casa dela em Dynestøl que estava em chamas. A casa onde ela tinha vindo ao mundo 73 anos atrás, e o irmão Kristen no ano seguinte, e de onde o pai e a mãe dela tinham saído carregados com os pés para frente. Ficou parada vendo o mar de chamas no céu enquanto dizia algo que parecia uma prece. Os lábios se mexeram de leve. Depois ela se virou e entrou em casa. Ainda não tinha falado com ninguém quando ligou para Helga e Kasper. Ninguém tinha aparecido para contar a ela o que estava acontecendo. Ela apenas compreendeu.

Kasper e Helga entraram às pressas no carro e saíram para ver pessoalmente o que tinha acontecido. Passaram por Nodeland, Hortemo, Stokkeland. Kasper se manteve o tempo inteiro tranquilo. Não acreditava que pudesse ser verdade. As casas em Dynestøl? Aquelas casas que ficavam sozinhas na paz e no silêncio? Olga devia ter sonhado. Essa era a explicação. Ou então era alguma coisa que tinha inventado enquanto ficava deitada na cama sem conseguir pegar no sono. Afinal, ela estava ficando velha.

Quando desceram o morro em direção a Kilen estava claro o suficiente para que vissem o céu limpo e as gandras ondulantes a oeste. Não viram nenhuma fumaça, nenhum mar de chamas. Nada. Kasper ficou ainda mais convencido, mas alguns minutos depois, quando passaram pela escola em Lauvslandsmoen, eles viram o celeiro queimado de Hans Aasland, que ficava um pouco adiante. Não tinha sobrado absolutamente nada, apenas uma mancha preta no solo de onde uma fumaça fina e cinzenta se erguia. Fizeram a curva em direção a Dynestøl e depois de algumas centenas de metros chegaram ao galpão queimado de Per Lauvsland. Não havia ninguém à vista. Tudo havia queimado, e lá a fumaça também se erguia da estrutura desabada. Era uma atmosfera de espanto e abandono. As vacas continuavam pastando pelo terreno, aparentemente ilesas. Mais atrás viram a casa onde Olga morava, mas não havia luz em nenhuma das janelas. Foi então que os dois aos poucos perceberam o que os esperava. Percorreram juntos os últimos quilômetros até a casa. O Homevannet permanecia escuro e tranquilo, a névoa pairava logo acima e junto da margem havia pinheiros que davam a impressão de estender os galhos para agarrá-la. Ninguém disse nada. Eles não viram nenhum mar de fogo. Nenhuma luz. Nenhuma pessoa. Nenhum carro. Não viram nada. Era como se estivessem em um sonho. E no sonho Olga havia telefonado e dito que a antiga casa dela estava queimando. Naquele momento eles avançavam pela estrada em meio ao sonho, e quando chegassem um pouco mais perto acordariam em casa, na cama. Estariam deitados de costas e olhariam para o teto enquanto o sonho aos poucos afundaria no lugar de onde tinha saído. Depois poderiam se levantar e começar mais um dia.

Mas não era nenhum sonho.

Quando chegaram perto do último morro eles viram que o cascalho estava todo espalhado. Um carro grande devia ter passado por lá. Então chegaram. Kasper parou o carro. Eles desceram e deixaram as portas abertas. Helga não disse nada. Kasper não disse nada. O clima estava fresco, quase frio, eles perceberam na hora que deviam ter levado roupas mais quentes. Helga estava usando apenas uma jaqueta fina de tricô, e Kasper uma camisa desbotada. Os dois percorreram os poucos metros até os bombeiros que estavam em um grupo desorganizado. Ou o incêndio já estava apagado, ou eles tinham desistido há tempo. Pareciam cansados, os rostos estavam abatidos e pretos de fuligem e fumaça, as roupas estavam sujas e as camisas desabotoadas. Davam a impressão de ter acordado naquele momento diante de algo completamente incompreensível. Estavam quase irreconhecíveis, ainda que Kasper e Helga conhecessem a todos. Lá estava Knut. Lá estava Arnold. E lá estavam Jens e Peder e Salve e vários outros. Helga sentiu vertigem. Ninguém disse uma única palavra. Não tinha sobrado quase nada, fosse da casa ou do galpão. Apenas as fundações e a chaminé continuavam de pé, imóveis e pretas de fuligem. Todo o lugar estava transformado. De repente passou a ser impossível imaginar o que tudo aquilo tinha sido. A casa com janelas claras, o galpão com a rampa coberta de musgo, a escadinha que subia desde a grama até a entrada. A porta com o discreto rangido nas dobradiças, a varanda fresca, o corredor com o tapete de retalhos, a cozinha com o tanque branco, a escada íngreme até o sótão. Mas não apenas isso; toda a paisagem estava como que transformada, os terrenos inclinados, as estradas, os morros verdejantes, a floresta ao redor, tudo estava diferente agora que a casa e o galpão haviam desaparecido.

Os dois viram Alfred. A camisa estava aberta, deixando o peito pálido à mostra. Ele se aproximou e pegou a mão de Kasper e de Helga.

– Não pudemos fazer nada.

– Eu não acreditei – disse Kasper.

– Não, ninguém acreditou – disse Alfred.

– O que vamos fazer agora? – perguntou Helga, mas ninguém respondeu.

O que se poderia dizer? O que dizer a duas pessoas que acabam de perder a casa?

– Chegamos tarde demais – disse Alfred em voz baixa. – Chegamos tarde demais.

Eles olharam para a chaminé que se erguia em meio à penumbra. O trator continuava lá, preto e queimado, e parecia a carcaça de um carro que tivesse apodrecido lentamente ao sol. Era um Fiat 65, mas estava como novo. Foi dele que as quatro explosões tinham vindo. Os pneus haviam pegado fogo, todos os quatro deviam ter queimado por alguns instantes até que enfim explodiram violentamente pelos ares. Foi isso o que Olga tinha ouvido. Foi isso que fez com que o mar borbulhasse.

Então o caminhão de bombeiros voltou. Todos escutaram a sirene se aproximar. Depois viram o brilho intermitente das luzes azuis, o ruído do motor subindo os últimos morros. A sirene e as luzes azuis cessaram apenas depois que o caminhão parou. Quem desceu foi um jovem, ou antes um rapaz. Eles o reconheceram na hora, era o filho do chefe de bombeiros, Ingemann de Skinnsnes. Dentro do caminhão ele trazia uma sacola cheia de provisões.

– Você foi às compras? – alguém perguntou, mas o rapaz não respondeu. Deixou a sacola no chão, mas ela caiu quando ele virou de costas. Kasper e Helga o olharam enquanto andava pelo local do incêndio. Depois ele voltou e começou a procurar alguma coisa na sacola. Eles não tinham percebido, mas a fumaça ainda se erguia da casa e do galpão. Era uma fumaça fina e cinzenta, quase como um vapor, que desaparecia logo ao subir.

– Quem quer salsichas? – gritou o garoto.

Ele precisou entrar na floresta para encontrar um graveto apropriado. Em seguida espetou uma salsicha e caminhou por entre as ruínas, mais ou menos até onde ficava a sala de estar. Estava usando roupas leves, trajava uma camisa branca e andava com os braços afastados do corpo como se estivesse caminhando em cima de vidro. Seguiu a fundação até um pedaço, mas voltou em seguida. Não havia mais nenhuma chama, apenas cinzas e a fumaça fina e cinzenta. Ele praguejou em voz alta. Tinha dirigido até a loja de Kaddeberg para comprar salsichas e na volta não havia nenhuma chama ou sequer uma brasa para assá-las! Como assim? Não houve resposta. Então ele começou a rir. Os bombeiros o encararam e em seguida se afastaram e agiram como se ainda houvesse trabalho a fazer. Helga ajustou a jaqueta ao redor do corpo.

– Vamos ter que comer tudo frio mesmo – disse o garoto, claramente irritado. – O que vocês acham? Salsichas frias! Ele desceu da fundação e foi de um em um oferecendo salsichas lisas e frias direto do pacote.

IV

Foi no fim do verão de 1998. Eu estava em casa desde junho e vi como aos poucos ele piorou. Os olhos cresceram, e então tive certeza de que tudo havia acabado, de que não poderiam ficar ainda maiores naquele rosto descarnado, porém mesmo assim ficaram ainda um tanto maiores. Eu não tinha contado nada sobre o exame para ele nem para mamãe. Alguns dias depois da noite passada no cemitério Vår Frelsers eu voltei de Oslo em um trem e, durante as primeiras noites em casa, fiquei no meu antigo quarto escutando os barulhos no quarto dos meus pais. Papai ficava lá dentro enquanto mamãe se acomodava no sofá da sala. Ele dormia muito mal e tinha dores constantes. Percebi que balbuciava sozinho, mas não entendi o que dizia. Fiquei acordado durante as noites claras do verão, sem condições de fazer qualquer coisa que fosse. Eu não tinha mais contato com os meus antigos colegas do vilarejo. Tinha me afastado deles, e eles com certeza tinham se afastado de mim. Eu não tinha nada além dos livros que deixei em casa quando viajei. Fiquei lendo no escuro e folheando os mesmos livros que outrora eu tinha lido com uma avidez inexplicável. Li um pouco do *Trollelgen* de Mikkjel Fønhus e comecei a trilogia Bjørndal de Gulbranssen, li e tentei encontrar a passagem em que as lágrimas tinham começado a correr quando eu tinha treze anos, mas não consegui, e de qualquer maneira a história naquele momento me pareceu vazia e sem sentido. Fiquei deitado, lendo, mas consegui me concentrar por pouco tempo antes que os pensamentos voassem e encontrassem os próprios caminhos.

Até que uma noite eu peguei um caderno, arranquei todas as folhas com anotações, endireitei as costas e comecei a escrever. Lembrei das palavras que Ruth havia plantado em mim naquela vez há tanto tempo, quando pediu para falar comigo na sala de aula. Eu não tinha esquecido, e naquele momento experimentei. Escrevi uma página, duas. Arranquei as folhas e fui dormir. No dia seguinte eu reli tudo e senti vergonha. Uma vergonha terrível. Mas quando a noite chegou, mais uma vez eu me sentei com o caderno apoiado nos joelhos e comecei a escrever. Não lembro do que tratava, ou sequer se tratava de alguma coisa. Simplesmente escrevi. Aquilo me trazia uma sensação boa, ao mesmo tempo forte e distante, como se não dissesse respeito a mim. E o verão passou. Depois de alguns dias papai teve uma recaída, e tê-lo em casa passou a ser desgastante. À noite eu costumava pegar o carro dele, a velha picape, e dar longos passeios. Durante esses passeios eu levava comigo o caderno, e de vez em quando parava para escrever. Eu dirigia até Brandsvoll, dobrava à esquerda ao chegar na velha loja, passava a casa de Else e Alfred, fazia uma curva à direita para descer até a casa de Teresa e passava pela casa branca e silenciosa onde eu nunca via ninguém, a casa a que todos se referiam apenas como *a casa do incendiário*. Depois passava em frente à estação de incêndio, à casa de Sløgedal e continuava subindo em direção a Hønemyr. Então eu encostava o carro em frente ao acampamento militar, apoiava o caderno na direção e começava a escrever.

Em agosto a situação ficou tão ruim que mamãe não aguentou mais ter papai em casa. Na época ele já tinha passado algumas semanas em um leito no meio da sala, e quando a ambulância foi buscá-lo ela não estava em casa. Acho que talvez estivesse fazendo compras, de qualquer jeito apenas eu e ele estávamos em casa quando tocaram a campainha e eu desci para abrir. Na escada, dois homens da minha idade disseram que tinham ido buscar papai. Naquele instante tudo pareceu demais para mim. Eu não me lembro direito do que aconteceu, mas eu os deixei entrar, acompanhei-os até a sala e os deixei por lá, com papai, enquanto eu descia até o porão. Notei que os dois conversavam em voz baixa, como se estivessem planejando um arrombamento. Ouvi a voz tranquila de papai e os estalos frios da cama de metal quando a ergueram e fecharam a sustentação. Pelos barulhos eu senti que haviam tentando sair da casa, mas que a porta era estreita demais e os dois precisaram voltar e deixar a cama no chão enquanto discutiam o que fazer. Todo esse tempo eu estava no meio do meu quarto no porão, olhando reto para frente. Eu não suportava estar lá em cima porque sabia que era a última vez, e sabia que no fundo eu que não aguentaria ver levarem-no embora de casa, e tentava me convencer de que ele também não queria que eu visse. Finalmente, depois de andar para lá e para cá por algum tempo, os dois conseguiram passar a cama pela porta da varanda, e quando já estavam fora da casa eu subi tranquilamente as escadas e vi as pernas dele sumirem dentro da ambulância. Em seguida fecharam a porta, sentaram-se nos dois bancos da frente e partiram, e papai não levou absolutamente nada da casa onde tinha morado desde o verão de 1976, nem mesmo um punhado de cinzas.

A última visita que fiz foi no fim de setembro de 1998. Na época ele tinha um quarto individual na casa de repouso de Nodeland, no exato lugar onde dez anos antes eu tinha cantado no coro infantil para todos os mais velhos. Eu estava em Oslo desde o meio de agosto, embora não tivesse retomado os estudos.

Também tinha desistido de escrever. Meus dias consistiam em sentar na Deichmanske Bibliotek e ler, eu ficava lá sentado lendo e lia e me perdia, e toda noite era despertado pela voz que dizia que as portas estavam fechando.

Até que certa noite no fim de setembro fui para casa em um trem para Kristiansand, e no fundo eu sabia que aquela seria a última vez em que eu veria o meu pai. Mamãe foi me buscar na estação, e no dia seguinte eu fui sozinho até a casa de repouso na picape vermelha. Rodei pelo vilarejo e notei que as pessoas ficavam me olhando. Todo mundo reconhecia o carro, ninguém mais no vilarejo tinha uma picape vermelha, e assim achavam que papai estava no volante, mas quando erguiam a mão para abanar viam que não era ele. Viam que não era ele, mas abanavam mesmo assim. E eu abanava de volta. Passei em frente à capela desativada em Brandsvoll, aquela que foi transformada em uma espécie de galpão, e pensei no que teria acontecido ao púlpito verde-garrafa, e com a pintura do homem com o arado, aquele homem que tinha um anjo de Deus flutuando acima da cabeça, o anjo que flutuava acima de nós quando cantávamos na capela; passei em frente à prefeitura que quase não era mais usada, a não ser para uma ou outra partida de bridge, uma assembleia da Associação Agrária, da Associação de Renovação da Língua, nada mais. Atravessei Fjeldsgårdsletta, deixei para trás a nova capela, construída por voluntários na década de 90, passei pelo banco onde dez anos mais tarde eu estaria sentado escrevendo isso, cheguei até a antiga loja de Kaddeberg, que há muito tempo estava desativada, e de repente me lembrei de Kaddeberg com o guarda-pó azul e os óculos de chifre e um toco de lápis atrás da orelha, murmurando algum gracejo atrás do caixa. Lembrei de todas as vezes que eu estava junto com papai no chão desgastado em frente ao caixa quando de repente eu sentia um chocolate na minha mão, um Hobby ou um Stratos, ou uma daquelas bolinhas de chiclete com embalagens cheirosas, eu devia ficar radiante, porque o velho Kaddeberg sempre tirava os óculos e esfregava-os por um bom tempo na barriga da camisa. Tudo isso voltou de repente. Toda a minha infância, todo o cenário, as florestas, os lagos, os céus, tudo estava há muito tempo longe, mas tudo ainda estava lá, banhado pelo sol ameno de setembro. Minha nova vida em Oslo de repente pareceu distante. Eu tinha deixado o sobretudo do vô no dormitório, junto com os meus óculos novos. Eu não precisava mais daquilo, tudo pareceu um grande equívoco. Reduzi a marcha e aos poucos subi o morro enquanto eu via o Livannet lá embaixo, cintilando com o vento que soprava do leste.

Ainda era cedo, eu fiz uma curva para a esquerda e estacionei a poucos passos do chafariz. Atravessei os corredores da casa de repouso e fui recebido pelos cheiros de café, roupas velhas e urina enquanto os sons de televisão, risadas e cantorias nos quartos pareciam vir das profundezas da terra.

Fazia tempo que eu não via papai tão bem, ele estava sentado na beira da cama usando o abrigo esportivo vermelho e balançando as pernas quando abri a porta.

– Aí está você – disse ele de maneira amistosa.
– Espero que eu não tenha vindo cedo demais – respondi.
– Cedo demais? Não – respondeu ele. – Desde que acordei tudo o que fiz foi esperar você.

Ele disse aquilo de um jeito tão brusco e artificial que nós dois percebemos que as palavras não eram dele, porém mesmo assim fizemos como se nada tivesse acontecido. Eu tinha comigo um saquinho de confeitos de chocolate com recheio de amendoim e sabia que ele gostava daquilo, ou pelo menos costumava gostar. Esvaziei o saquinho no baleiro que eu tinha enchido da última vez e que ainda estava pela metade.

– Como você está? – perguntei.
– Bem – respondeu ele.
– Tenho que tirar os sapatos? – perguntei.
– Não – respondeu ele, no mesmo tom brusco.
– Não sou eu quem limpa o chão por aqui.

Nós dois rimos e eu senti vontade de manter o tom da conversa.

– Você não pode mais ficar aqui – exclamei –, senão logo vai estar frisando o cabelo.

Ele sorriu de leve, mas não riu como eu tinha imaginado, apenas olhou para baixo e calçou as pantufas, as mesmas que usava ainda em casa. Quando ficou de pé, notei como estava magro; o abrigo sobrava na cintura, e o relógio parecia frouxo ao redor do pulso, como se não fossem o abrigo nem o relógio dele, mas o produto de um roubo, algo que tivesse pegado às pressas e que não houvesse servido direito. Ele cambaleou até a janela entreaberta, parou, se apoiou no parapeito e olhou para fora. Da janela eram apenas cinquenta metros até a ferrovia, e enquanto papai estava lá um longo trem de mercadorias passou estrondeando, e em meio àquele clamor foi como se ele a qualquer momento pudesse desabar e se desfazer em poeira. Quando tudo voltou a ficar em silêncio ele se virou, caminhou de volta até a cama e pegou um confeito com dedos que pareciam garras macias, e que tremiam a ponto de derrubar para fora do baleiro várias bolinhas de chocolate, que caíram no chão e rolaram para todos os lados. Me ajoelhei para juntá-las, umas debaixo da mesa, outras no meio do quarto, uma última debaixo da cama, bem ao lado do recipiente de vidro que parecia um decantador de vinho com uma rachadura no gargalo, cheio até a metade de urina escura, e ao lado estava a bolinha de chocolate que parecia a minúscula cabecinha de uma foca me olhando do mar.

– Pensei que a gente podia dar uma volta de carro – disse eu depois de retornar todas as bolinhas ao lugar.

– Um passeio de carro, claro – disse ele.

– No seu carro – prossegui.

Papai acenou com a cabeça e eu não disse mais nada, porque senti que ficaria com a voz embargada e nenhum de nós queria isso.

Empurrei papai na cadeira de rodas que em geral ficava em um canto no quarto, uma cadeira dobrável muito fácil de abrir e fechar. Empurrei-o devagar e em silêncio pelo assoalho reluzente do corredor, e naquele breve instante, durante o curto trajeto entre o quarto e a porta, ficamos completamente a sós. Era quase como empurrar vento, ele flutuava como que por conta própria, mesmo que na cadeira desse a impressão de ser pesado. Ele flutuava à minha frente, e eu flutuava atrás dele, e naquele instante, pouco antes de chegarmos à porta, eu dei um empurrão cauteloso na cadeira e soltei os pegadores e papai deslizou para longe, talvez por alguns metros, sem perceber que eu não estava segurando. Ele usava uma jaqueta com o logo dos Jogos Olímpicos de Inverno de Lillehammer estampado na manga e no peito. A jaqueta pendia dos ombros como um saco e farfalhava como papel-jornal toda vez que ele se mexia. Ele tinha comprado a jaqueta porque tinha pensado de verdade em ir até Lillehammer. Queria ver o salto de esqui. Só isso. Quando jovem, ele tinha saltado do velho Slottebakken, o morro que se mostrou perigoso demais, aquele que dava para pular inteiro, quase até o fim da zona de frenagem se o vento estivesse soprando a favor, e que por isso mesmo foi desativado, as pessoas pulavam longe demais, e era 1960, seis anos depois que Kåre Vatneli caiu e acabou com a trinca no osso, e um ano depois que morreu. Mas três anos antes que a nova rampa de salto fosse construída no Stubrokka, papai subiu a rampa e saltou com um desprendimento que ninguém conseguiu entender e que na época eu nem ao menos conhecia. O salto de esqui era o que ele mais queria ver nos Jogos Olímpicos de Inverno, mas logo um obstáculo apareceu pelo caminho, então não houve nenhuma viagem a Lillehammer daquela vez. Mas pelo menos ele tinha a jaqueta dos Jogos Olímpicos de Inverno, e quando mais tarde viu Espen Bredesen saltar da rampa em câmera lenta e inclinar o corpo para frente, e viu o mar de pessoas e todas aquelas bandeiras e escutou o burburinho lá embaixo na zona de frenagem, papai sentiu-se quase como se estivesse lá.

Dobrei a cadeira de rodas e coloquei-a no bagageiro vazio da picape enquanto papai se acomodava no banco do passageiro.

– Primeiro vamos passar na lotérica – disse ele. – Preciso deixar isso aqui por lá antes das seis horas. Só então percebi que ele tinha dois bilhetes de loteria na mão.

– Você continua jogando na loto? – disse eu.

– Dessa vez eu sei que os números vão sair – respondeu sem olhar para mim. – É agora ou nunca – acrescentou, e nós dois percebemos como aquilo soou incômodo.

Parei em frente à lotérica, perto da rotatória, entrei e deixei os dois bilhetes enquanto papai esperava no carro. Vi os rabiscos trêmulos que ele tinha feito, vi que pareciam formar um padrão que eu não compreendia, mas que mesmo assim era bem simples.

Eram sete números pensados com todo cuidado, porque papai apostava na loto desde as minhas primeiras lembranças e tinha até mesmo arranjado livros sobre cálculo de probabilidades. Fiquei com os dois bilhetes na mão e lembrei que eu tinha sentido pena dele quando ouvi falar nos livros, tinha sentido pena da convicção ingênua de que ele poderia ganhar, ou de que os números pudessem sair, como ele costumava dizer, e naquele instante eu estava lá, completamente sério, pagando os dois últimos bilhetes dele.

– É agora ou nunca – disse eu para o funcionário do caixa.
– É o que todo mundo diz – respondeu ele com um sorriso.

– Para onde vamos? – perguntei a papai quando voltei para o carro.
– Você que sabe – respondeu ele.
– Para a cidade? – sugeri.
– Para a cidade – respondeu ele.

Ele havia se tornado um eco irritante, e não falei mais nada por um bom tempo. Eu me sentia vazio e fora de mim, nós ganhamos velocidade, fizemos uma curva à direita para entrar na E18 e logo aceleramos em direção a Kristiansand enquanto a cadeira de rodas batia e escorregava de um lado para outro no bagageiro. Seguimos ao longo do reluzente Farvannet e passamos pelo lugar onde o homem que fazia o papel de Sørlandet no *Stompa* morreu em um acidente de carro. Papai tinha me contado a história muito tempo atrás quando passamos pelo lugar, e desde então eu lembro daquilo, não só porque eu adorava ouvir o *Stompa* na programação infantil aos sábados, mas também porque eu sentia que toda aquela série, com o confuso professor Tørrdal, o contido professor Brandt e a música alegre eram como um sopro de incúria infantil para o meu pai.

– O que você acha de ir até o cais? – disse eu enquanto dirigia pela Vesterveien. Ele não respondeu, porém mesmo assim entendi aquele silêncio como uma resposta. Dobrei à direita debaixo da ponte e estacionei um pouco abaixo da estátua de Vilhelm Krag. Empurrei a cadeira de rodas ao longo do aclive suave, e logo estávamos lá no alto, em frente a Krag, com uma vista para o fiorde da cidade e para Vestergapet e para o farol de Oksøy, que se erguia preto e silencioso ao longe. Não falamos muito, na verdade nem lembro se falamos sobre qualquer coisa. Ficamos sentados ao lado um do outro. Ele na cadeira de rodas, eu num banco, e atrás de nós o gigante de bronze Krag, que também olhava para a cidade como tinha feito durante toda a minha vida, e por muito tempo antes. O sol esquentava o nosso peito e o nosso rosto. Papai estava com as mãos enlaçadas no colo, e eu nunca o tinha visto sentar daquele jeito, como se fosse um velho e tivesse muitos anos, e não apenas 55 como de fato tinha. Ficou lá sentado, tranquilo e sereno, vendo as moscas de setembro chuparem o suco dos restos de maçãs apodrecidas. Ficou lá sentado, e eu fiquei lá sentado, e tudo estava em silêncio mesmo com a E18 vinte metros às nossas costas e todo o cais do porto à nossa frente. Tudo estava em silêncio e nós ficamos lá sentados enquanto os barcos deixavam listras de espuma branca pelo fiorde, longas faixas que a princípio eram bem definidas, mas que logo se espalhavam e desapareciam, ficamos lá sentados enquanto o trem de Stavanger chegava à estação quinze minutos atrasado, ficamos lá sentados olhando para os melros que esperavam imóveis no meio das roseiras com olhos de diamante enquanto nos observavam.

– Você nunca me disse como se saiu no exame – disse ele de repente. Meu sangue gelou e eu passei a língua nos lábios.

– Eu fui bem – disse eu de maneira distante.

– O que você tirou? – perguntou ele e me encarou pela primeira vez desde a casa de repouso.

– O que eu tirei?

– É.

– Você quer dizer a nota?

– É.

– Fui aprovado com láurea – disse eu.

– Você foi aprovado com láurea?

– É – disse eu.

– E por que você não disse antes?

– Não sei – respondi.

– Imagine, você, laureado – disse ele e olhou em direção ao mar. Eu não respondi nada, simplesmente olhei para o mar também.

— Agora eu já posso descansar, porque sei que você está no caminho certo – disse ele, e na mesma hora senti que querendo ou não eu ia chorar. Me levantei depressa e disse por cima do ombro que eu tinha esquecido a carteira no carro. Desci o caminho com passos bruscos e pesados enquanto tentava afastar os soluços que borbulhavam na minha barriga. Quando cheguei ao carro, fiquei de pé e me escorei no capô ainda quente até me acalmar, e logo voltei a subir para encontrar papai. Foi naquele instante que eu me decidi. Ou alguma coisa em mim se decidiu. Eu não sei. E eu também não sei direito o que eu decidi, nem por quê. Só o que eu sabia era por que tinha de acontecer.

Depois de uns quinze minutos ao sol com o mar à nossa frente e Krag logo atrás, voltamos para o carro. Percorremos os dez quilômetros até a casa de repouso em Nodeland com o rádio ligado em volume baixo. Não falamos mais sobre o exame, nem sobre o futuro, nem sobre nada. Notei apenas que ele estava mais tranquilo, que tinha encontrado a tranquilidade.

Empurrei papai pela garagem enquanto os passarinhos brincavam e espalhavam água no chafariz, mas quando chegamos perto eles saíram voando e pousaram nas árvores e esperaram que fôssemos embora. Entramos pela porta e atravessamos o piso reluzente de linóleo sem fazer nenhum som. Do lado de fora do quarto havia um papelzinho escrito à mão com o nome dele, estava preso com um pedaço de fita adesiva e se agitava toda vez que alguém saía ou entrava. Podia se soltar a qualquer instante ou simplesmente ser arrancado e trocado por outro sem nenhuma dificuldade, o que sem dúvida fazia parte do objetivo.

Papai estava cansado e exaurido depois do passeio. Precisei ficar atrás dele e segurá-lo por baixo dos braços quando tentou se levantar. Estremeci quando notei a leveza daquele corpo. Era como levantar quase nada. Senti as costelas por baixo da jaqueta dos Jogos Olímpicos e levei-o até a cama, onde apoiou a cabeça no travesseiro de olhos fechados. Eu tinha mentido para ele, a última coisa que eu fiz foi mentir para o meu pai, e a minha mentira o tranquilizou. E assim foi. Enquanto ele permanecia imóvel, apenas as grandes pupilas se mexiam, ele ficou estendido na cama com aquela jaqueta grande demais, o zíper estava aberto e eu vi o abrigo esportivo vermelho, onde um puma branco saltava para fora do peito e se erguia rumo à liberdade. Era como se ele estivesse flutuando, o corpo se estendia no ar, ele tinha saltado da rampa e inclinado o corpo para frente, e estava flutuando, ele tinha rasgado o ar e a escuridão com o rosto.

V

No dia 3 de julho de 1978, um sábado, a prefeitura de Brandsvoll foi transformada em base da polícia. Chamaram policiais de Søgne, Marnardal, Audnedal e Vennesla, afora o chefe de polícia Knut Koland e dois técnicos de Kristiansand, em um total de cerca de 25 pessoas. Foi preciso buscar mesas e cadeiras no porão, e elas foram colocadas no antigo gabinete, onde havia um fogão com um alce preto gravado no ferro e retratos dos antigos prefeitos do vilarejo na parede norte, entre as duas portas.

Não havia quase nada a investigar. As pistas mais concretas eram as descrições de dois carros. O primeiro era um fusca preto (provavelmente) – o outro, um carro grande em estilo americano (talvez um Ford Granada).

Ambos tinham sido avistados nos locais próximos às ocorrências. Dois carros. No fundo, isso era tudo.

Na manhã de sábado, todos os moradores na parte oeste do vilarejo acordaram com o telefone mudo. Os cabos telefônicos acima do celeiro de Hans Aasland em Lauvslandsmoen tinham sido danificados pelas chamas do sexto incêndio. Depois que as chamas se espalharam e o fogo se alastrou, os cabos telefônicos derreteram e caíram no chão. Foi sorte ter conseguido telefonar e comunicar a ocorrência, mas logo depois os fios queimaram e o telefone ficou mudo. Na tarde de sábado os funcionários da Televerket estiveram no local e repararam os estragos. Dois homens se penduraram cada um num poste e estenderam um novo cabo por cima do local do incêndio.

Às cinco horas o sinal de linha estava de volta para todos. Chegou-se a um acordo quanto a uma ronda organizada. Todos os proprietários de carros se reuniram na praça entre a capela e a prefeitura em Brandsvoll a fim de combinar por onde cada um passaria. Os esforços foram concentrados em especial nas propriedades mais afastadas e onde não morava ninguém. O mais provável seria que o incendiário atacasse por lá. Os moradores faziam a ronda e vigiavam as casas. De vez em quando alguém parava, dava a volta em uma casa e em um galpão, procurava rastros suspeitos e ficava escutando, sem saber ao certo o quê.

Dag estava junto.

Ele mesmo decidiu por onde gostaria de passar, era uma propriedade muito isolada que ficou a cargo dele. Era a propriedade de Peder, em Skogen, que ficava a apenas um quilômetro da casa em Kleveland, mas para chegar lá era necessário vir de Breivoll. Foi o que ele fez. Passou por Harbakk e continuou subindo a estradinha de cascalho até chegar. Desceu do carro, deixou a porta aberta, andou um pouco ao redor do pátio, tentou abrir a porta, estava fechada. Então voltou até o galpão e sentou-se na escada de pedra em frente à entrada. A grama estava na altura do tornozelo. No pátio havia um pomar com velhas árvores frutíferas. Os pássaros entravam e saíam pela empena do galpão. Formigas pretas entravam e saíam pelas rachaduras nos degraus da escada. Lírios amarelo-pálido balançavam junto às paredes da casa. Ele se inclinou para trás e apoiou a cabeça contra o degrau mais alto. Sentiu-se zonzo e cansado, deixou o sol bater contra o rosto e pensou que queria ficar daquele jeito, exatamente daquele jeito por muito, muito tempo.

Foi no caminho de volta que aconteceu o acidente. Ele desceu os morros em alta velocidade, não conseguiu vencer a curva e o carro saiu da estrada e bateu contra uma árvore. Foi aí que bateu a cabeça. Isso veio à tona no julgamento. Ele disse que a batida podia ter alguma relação com o que aconteceu nas 48 horas seguintes. Explicou que alguma coisa tinha acontecido com a cabeça dele, que estava fora de controle. Um boletim médico confirmou que ele tinha sofrido ferimentos e arranhões no rosto, provavelmente como resultado de uma batida, mas não foram encontrados indícios de dano cerebral.

Enfim. A pancada na cabeça não foi muito grave porque ele mesmo pediu socorro, e meia hora depois o carro foi rebocado pelo trator de um vizinho. Tinha sofrido poucas avarias. A dianteira estava um pouco amassada. Um farol tinha quebrado, o outro estava entortado para cima. No mais, o carro estava funcionando. Ele tinha dado sorte. O vizinho demonstrou preocupação, pôs a mão no ombro dele e encarou-o fundo nos olhos, mas ele repetiu várias vezes que estava tudo em ordem. Apenas uma pancada na cabeça e alguns arranhões na testa, nada mais. Foi antes de se olhar no espelho e descobrir o sangue. Sentou-se no carro e pediu ao vizinho que ficasse de olho e avisasse caso visse algo suspeito. Em seguida saiu de lá com o farol da frente entortado para cima, em direção ao céu.

Logo a tarde chegou ao fim, a noite caiu. O sol se pôs.

Em Skinnsnes, Dag ficou sentado no meio da cozinha enquanto Alma cuidava dos ferimentos na testa. Primeiro lavou tudo com água morna, depois limpou com algodão e Pyrisept, e nessa hora ele se agitou no assento.

– Mãe, está doendo!

– É para doer mesmo – respondeu ela com um sorriso. – Quer dizer que está funcionando.

Por fim ela secou os últimos resquícios de sangue que estavam no rosto e no pescoço.

– Pronto – disse.

Então ele se levantou, levou os dedos à cabeça e sorriu aquele sorriso que fazia a mãe se derreter por dentro.

A partir da meia-noite, todos os carros que atravessavam o vilarejo pela autoestrada 461 eram parados pela polícia. Havia uma viatura parada em Fjeldsgårdsletta. Um policial estava à espera no acostamento, toda vez que um carro se aproximava ele avançava um pouco, os faróis o iluminavam e faziam os refletores na jaqueta brilharem. O carro diminuía a marcha. Parava. Acendia a luz interna. Uma breve conversa. Número da placa anotado. Depois o carro podia seguir viagem. Nada suspeito foi observado. As pessoas passaram a noite em claro. Era noite de sábado e o jogo da Hungria contra a Argentina na Copa do Mundo foi transmitido ao vivo para a televisão, e no fim todos ficaram assistindo. Ninguém aguentava apagar a luz. Algumas pessoas ficaram sentadas na frente de casa escutando a escuridão até que o tempo esfriasse e elas precisassem entrar para buscar roupas mais pesadas. Ou então finalmente se recolhiam para dormir. Até a uma hora nada tinha acontecido. Nenhum alarme. Nenhuma sirene. O céu continuava escuro e plácido. A névoa se adensava e pairava sobre a terra como um manto leve e diáfano. A lua apareceu, ergueu-se devagar acima da floresta e fez a névoa cintilar como se emanasse uma luz serena.

O dia já estava claro. Às quatro horas era dia. Os pássaros cantavam. O sol era visível nas florestas a oeste. Era a manhã do dia 4 de junho de 1978.

VI

Do diário da vó:

4 de junho Batismo de Gaute. Tempo quente e agradável. Saímos cedo e depois da igreja tomamos o caminho de Dynestøl. Vimos o lugar onde a casa ficava. Uma estranha atmosfera no vilarejo. Encontrei Knut na volta. Ele tem certeza de que um incendiário está à solta. Um incendiário? Aqui?

A cerimônia começou às onze horas. Aos poucos a igreja se encheu. As pessoas atravessavam o vestíbulo frio, encontravam um lugar nas fileiras de bancos, se espremiam um pouco, folheavam os hinários, olhavam para cima. Logo a igreja foi tomada por discretos sussurros. As pessoas falavam sobre os incêndios, os últimos quatro. O de Skogen, os dois nos celeiros em Moen e o da casa de Olga, falavam sobre o trator e as quatro explosões que foram ouvidas por quase todo o vilarejo. E depois veio o mar de chamas avistado por tanta gente. Muitos tinham acordado e saído para a rua, de onde viram tudo.

Logo o órgão começou a tocar, e lá no alto, em frente ao teclado, estava Teresa.

Toda a minha família estava lá: minha vó, meu vô, minha bisavó e meu bisavô. Meu pai e minha mãe. Todos estavam sentados à esquerda, próximos ao lugar do sacristão, onde o vento atravessava as tábuas centenárias. Não estava frio, porém mesmo assim a igreja estava fresca como sempre, mesmo que o sol estivesse queimando lá fora. Fiquei no colo da mamãe enquanto todos cantavam. A canção era *Måne og sol, skyer og vind*. Ela não conseguiu cantar com medo de que eu acordasse. Mamãe ficou lá sentada, pensando sobre os incêndios; tinha dormido mal nas últimas noites, tinha ficado acordada na cama estreita que o pai dela tinha feito e pensado sobre o mundo louco em que tinha posto um filho. Assim ficou sentada, pensando, enquanto todos cantavam ao redor. Então a palavra de Deus foi lida em voz alta e todos se ergueram. Nesse ponto eu já estava acordado e bastante agitado, e mamãe colocou a ponta do mindinho na minha boca. Me acalmei. Mamei naquele dedo durante toda a pregação.

O pastor falou sobre a Primeira carta aos Coríntios, versículos 26 a 31. Depois todos cantaram outra vez, e logo tudo estava pronto para a hora do batismo.

Foi papai quem me levou até a pia batismal, aquela de latão martelado que ninguém sabe de onde veio, mas provavelmente fazia parte da antiga igreja, que no fim do século XVIII começou a afundar no terreno lodoso antes de ser desmontada e reerguida um pouco mais para o sul. Mamãe soltou o nó debaixo do meu queixo e tirou meu gorro com todo o cuidado, e então papai me abaixou e eu fiquei flutuando um pouco acima da água, exatamente como eu segurei o *meu* filho no mesmo lugar quase trinta anos depois. O pastor derramou a água por cima da minha cabeça, fez o sinal da cruz e rezou por mim e pela minha vida com a mão pousada sobre a minha testa.

Eu estava muito tranquilo.

Quando o batismo acabou, toda a congregação foi ver a casa queimada de Olga Dynestøl. Talvez parecesse natural. Eu estava junto. Estava dormindo no moisés dentro do carro.

Foi a partir daquele dia que as pessoas começaram a visitar os locais dos incêndios em grupo. Os boatos se espalharam e os locais dos incêndios viraram quase uma atração. As pessoas pegavam o carro e vinham de longe para ver. Naquele mesmo domingo as pessoas saíram direto da igreja e pegaram o carro para ver. Era como se alguém tivesse dito: primeiro a igreja, depois o local do incêndio. Era uma visão estranha, todas aquelas pessoas com roupas de domingo reunidas em volta da chaminé preta e do trator queimado. Ficaram lá por algum tempo, falaram em voz baixa, balançaram a cabeça e por fim deram a volta um atrás do outro e retornaram para os carros. Todos tinham visto com os próprios olhos e sabiam que não era um sonho.

Depois toda a congregação voltou para Kleveland. O sol se erguia alto acima da casa. Foram servidas comidas e bebidas, e no meio da refeição papai bateu o garfo contra o copo e se pôs de pé. Fez um rápido discurso. Perguntei a todos os convidados que ainda estão vivos o que ele disse, mas ninguém lembra direito. Lembram apenas que foi um discurso bonito.

Um discurso rápido, mas bonito. O único.

Depois todos foram para casa enquanto as sombras se encompridavam e o sol passava devagar pelos morros a oeste. A noite caiu, os arbustos estavam carregados de lilases e perfumavam a escuridão. Pouco antes das onze o sol se pôs atrás dos pinheiros em Skrefjellet, e na época, como hoje, as árvores ficaram pretas e nítidas, como se estivessem marcadas a ferro no próprio céu.

Meus pais passaram a noite inteira em frente à televisão. De vez em quando papai se levantava e ia até os degraus em frente à casa e ficava lá escutando um pouco antes de entrar outra vez sem dizer uma única palavra. Ficaram sentados assistindo ao *Sportsrevyen* mesmo que nenhum dos dois se interessasse muito por esportes. Na verdade papai devia se interessar, mas para ele só o salto de esqui contava, e naquela noite tudo girava em torno da Copa do Mundo de Futebol na Argentina. Os dois ficaram sentados, conversando em voz baixa sobre a cerimônia de batismo.

Sobre a fala do pastor. Sobre todas as pessoas, sobre a ida à casa queimada e sobre mim, que eu tinha ficado tranquilo e que tudo tinha dado certo.

Ficaram sentados por um bom tempo, olhando para a tela cintilante com o volume quase desligado. Papai se levantou mais uma vez, foi até os degraus em frente à casa e ficou um bom tempo olhando para a rua.

– Você está vendo alguma coisa? – perguntou mamãe.

– Não – respondeu ele. – Nada.

Em seguida foi mais uma vez até a escada e deu a volta na casa. A noite tinha caído há muito tempo, e o orvalho já estava na grama. Ao entrar ele abraçou o próprio corpo algumas vezes para se aquecer.

Às dez horas transmitiram um concerto de violino do quarteto Alberni. Por volta da meia-noite a transmissão foi encerrada e mamãe ligou o rádio para ouvir as notícias. Nenhum novo incêndio.

Eu estava dormindo havia várias horas quando mamãe foi para a cama. Ela tinha esperança de que a noite fosse tranquila, já que a noite anterior tinha sido calma, e já que Omland tinha orado por todos poucas horas antes. Eu dormi um sono pesado e tranquilo no berço. Papai ficou acordado por mais algumas horas. De vez em quando ele ia até os degraus em frente à casa e ficava escutando. À meia-noite e meia ele também foi se deitar conosco.

– Essa noite não vamos ter mais nenhum incêndio – disse ele para mamãe. – Sinto que acabou. Acabou.

Então ele apagou a luz e dormiu quase no mesmo instante, enquanto mamãe continuava acordada, escutando a respiração suave do filho que vinha como que da própria escuridão.

À uma hora os dois acordaram com uma voz.

Alguém estava sussurrando no outro lado da janela. Era John. Papai se vestiu às pressas e foi até a rua. Os dois ficaram conversando no pátio por alguns minutos, então papai voltou e disse que precisava sair naquele instante. Tinha acontecido outra vez. Duas casas estavam queimando em Vatneli, ninguém sabia se havia pessoas lá dentro nem se havia incêndios em algum outro lugar. O incendiário tinha atacado outra vez. Ou talvez os incendiários. A situação era tão desesperadora que todos os homens do vilarejo precisaram sair de casa. Foi necessário ficar de vigia e patrulhar as estradas. Antes que papai saísse, mamãe se levantou e acendeu todas as luzes da casa. Conferiu as fechaduras de todas as portas e depois sentou na cozinha, com a porta do quarto aberta, e ficou olhando para as sinaleiras vermelhas enquanto papai saía. Ele desceu pelas curvas fechadas em Vollan, saiu na planície e passou pela casa de Aasta. Quando chegou a Lauvslandsmoen, viu que as janelas do antigo prédio da escola brilhavam perto da estrada. Ao passar pelo Bordvannet, percebeu as luzes que vinham das casas como longos pilares trêmulos na água. Havia luzes em Solås, havia luzes na casa de Knut Frigstad e em Brandsvoll havia luzes na capela. Ele viu as seis cúpulas de vidro reluzente que brilhavam no teto. Conseguiu ver o púlpito, que parecia imponente e pesado, mas que podia ser empurrado para o lado sem esforço, e discerniu a pintura do homem com a enxada. Do lado de fora havia várias pessoas reunidas. Estavam fora dos carros, em grupos, mas ele não conseguia ver quem eram. Na prefeitura também havia luzes, vários carros da polícia estavam parados no lado de fora, e dentro do antigo gabinete ele percebeu várias sombras compridas. Agarrou-se com mais força ao volante do Datsun azul e continuou descendo as curvas de Fossan até chegar a Fjeldsgårdsletta, onde a névoa pairava em grandes nuvens a poucos metros da terra. Lá a polícia o atacou. Ele abriu a janela e um policial iluminou o rosto dele com um gesto brutal, depois passou o facho da lanterna pelo banco traseiro, ele precisou dizer o nome, de onde vinha e para onde estava indo antes que o nome e a placa do carro fossem anotados e ele pudesse continuar. Assim que fez a curva antes do Livannet ele viu o clarão dos dois incêndios. Mesmo que a névoa estivesse mais densa naquele ponto, dava para ver claramente o mar revolto que se espalhava por todo o céu. Era o mar de fogo que tanta gente mais tarde descreveu para mim, aquele mar irreal, mas ao mesmo tempo estranhamente real. Quando passou pela loja de Kaddeberg e continuou subindo o morro ele deixou a névoa para trás, e logo pôde ver a fumaça preta que se erguia e se espalhava pelo céu como nanquim. Por fim chegou. Desligou o motor, desceu do carro, deixou a porta aberta e se aproximou devagar do incêndio. Várias pessoas estavam reunidas, mas havia um estranho silêncio, ouviam-se apenas o crepitar das chamas e o ruído da bomba hidráulica. De vez em quando um leve suspiro quando a estrutura cedia e desabava em algum lugar em meio ao incêndio. Ele viu como a casa de Olav e de Johanna aos poucos foi engolida pelas chamas, e talvez tenha se lembrado do terno e radiante Kåre, com quem tinha celebrado a confirmação em um outono mais de vinte anos atrás. Ao mesmo tempo viu luzes na casa de Knutsen, que também queimava a poucas centenas de metros na estrada em direção a Mæsel. Duas casas estavam queimando ao mesmo tempo, a poucas centenas de metros uma da outra. Não dava para acreditar. Mas era verdade. A polícia estava lá, e vários jornalistas. Um fotógrafo deu alguns passos para dentro do pátio, se ajoelhou na grama alta e tirou uma fotografia. A fotografia apareceu na capa do *Sørlandet* no dia seguinte e mostrava a casa envolta em uma aura. Alguns minutos depois chegou mais uma viatura. Era um pouco maior do que os outros carros e estacionou perto do galpão que tinha sido salvo das chamas. A porta de trás se abriu e ele viu a sombra escura que pulou lá de dentro. Era um pastor alemão. Primeiro o cachorro correu ao redor das pernas de todos os que estavam lá. Cheirava os sapatos, farejava as pernas das calças e depois corria até a pessoa mais próxima. O cachorro parou junto de papai, ergueu a cabeça e farejou as mãos dele. O cachorro o encarou. O incêndio se refletia nos pequenos olhos do animal. Era como se visse e compreendesse tudo, mas estivesse preso nas trevas dessa compreensão. E assim ele foi de um em um. Correu de um lado para o outro entre os sapatos e as botas e as pernas das calças antes que o policial assoviasse e em seguida desapareceu pela estrada rumo a Mæsel. Em seguida foi decidido que todos os que pudessem sairiam à procura de outros incêndios. Pelo que se sabia até aquele momento podia haver outras casas em chamas em outros pontos do vilarejo, incêndios que ainda não tivessem sido comunicados e que precisavam ser descobertos o quanto antes e, se possível, controlados. Ninguém sabia o que estava acontecendo. Ninguém sabia de nada. Todos precisavam sair à procura, cada um para um lado, e depressa. Papai entrou no carro e quase no mesmo instante uma motocicleta deu a partida um pouco mais adiante na penumbra. Dois jovens subiram e partiram em alta velocidade. Papai desceu o morro devagar, seguindo em direção a Kilen enquanto olhava para a escuridão acima do Livannet. Passou pela casa verde onde Konrad morava, a casa com o porão onde ele tirava mel das caixas de abelha, passou pela agência do correio e pela loja de Kaddeberg, que estava com todas as luzes acesas, e acima das prateleiras também havia uma luz quente e amarela. No lado de fora da assembleia comunitária dava para ver dois ou três vultos de vigia. A mesma coisa no posto Shell, na casa do pastor e na antiga fundição, e no abatedouro onde já não se faziam mais abates. Na casa de Halland as luzes estavam acesas do porão até o sótão, e na frente da central telefônica dois vultos escuros permaneciam sentados nos degraus. Havia pessoas em toda parte, e mesmo assim tudo parecia quieto e abandonado. A névoa pairava acima do Livannet com o brilho sobrenatural e alaranjado que vinha dos incêndios em Vatneli, e o mar de fogo e aquela luz foram as últimas coisas que o meu pai viu antes de escutar uma batida violenta logo adiante na estrada.

 Ele conseguiu parar o carro a tempo e descer. Viu a motocicleta caída e o carro em que havia batido, mas não enxergou nenhum dos dois rapazes. Pouco depois avistou o policial que tinha parado o primeiro carro. Ainda estava com a placa vermelha e branca de pare na mão. Nos primeiros segundos tudo ficou em silêncio. Depois alguém começou a gritar. Havia várias pessoas no carro em que a motocicleta tinha batido, as portas se abriram e todo mundo saiu, mas ninguém estava ferido. Os dois motociclistas, no entanto, tinham sido jogados por cima do carro e estavam caídos a alguns metros um do outro, cada um em um lado da estrada. Um estava desacordado. O outro era quem estava gritando. Papai correu até o motociclista desacordado. Se ajoelhou e pressionou a garganta dele com o dedo. O coração ainda batia. Um outro carro veio de Brandsvoll, e os faróis o cegaram. Foi naquela luz forte que ele notou alguma coisa cinzenta e viscosa escorrendo da orelha direita do rapaz. Depois disso ele não conseguiu mais tocá-lo. Varias pessoas foram até lá. Passado algum tempo o outro rapaz se tranquilizou. Um jovem chegou correndo e se ajoelhou ao lado de papai. Estava vestindo apenas uma camisa branca e fina, mas não parecia estar com frio. Tinha cabelos loiros e falava o tempo inteiro com o rapaz desacordado. Inclinou-se para frente, se ajoelhou e pôs a orelha no peito dele, segurou uma das mãos inertes. Ficou assim por um bom tempo, como se ouvisse alguma coisa naquele peito que o impedisse de tomar outra providência. Depois se levantou e foi até o carro em que a motocicleta havia batido. O motorista aparentava estar em choque, pois ainda estava sentado ao volante com a cabeça entre as mãos. O jovem de camisa branca se ajoelhou ao lado do carro e conversou com ele em voz baixa, como se estivesse explicando o caminho. Depois de alguns instantes, levantou-se mais uma vez, foi até o rapaz ferido e fez um pouco de companhia a ele antes de ir mais uma vez ao encontro do rapaz desacordado e de papai, que durante todo esse tempo observava a respiração dele. Ele parecia um anjo, lembro de ouvir papai dizer, na hora ele não sabia quem era aquele jovem, mas nos minutos depois do acidente ele ficou de um lado para o outro consolando e ajudando os acidentados. Cuidou para não deixar o motorista em estado de choque sozinho, cuidou para que alguém tomasse conta do rapaz ferido e ficou ajoelhado ao lado do rapaz desacordado que continuava estirado na pista com os braços estendidos em meio à luz dos faróis. Falou com o rapaz em uma voz mansa e insistente. Era como uma espécie de conversa, mesmo que o rapaz estivesse completamente mudo e desacordado no asfalto. *Rapaz. Meu rapaz*, sussurrava ele. Não estava claro para quem. Mesmo assim, continuou sussurrando aquilo várias e várias vezes enquanto papai olhava, também sem condições de tomar qualquer providência. Era como se um grande espaço tranquilo os envolvesse, aquilo parecia sobrenatural e assustador, como se a voz sussurrante viesse de um lugar que não conseguiam ver, e assim ficaram até a ambulância chegar. Os médicos cuidaram do rapaz, puseram uma máscara no rosto dele, as luzes azuis iluminaram os rostos, o espaço escuro se desfez e o anjo da camisa branca desapareceu.

VII

A última coisa que eu fiz foi mentir para o meu pai. Eu estava no quarto dele na casa de repouso e prometi levar a picape até a nossa casa em Kleveland, onde mamãe estava à minha espera. A ideia era que mais tarde ela fosse até a casa de repouso e passasse a noite com ele. Eu prometi deixar o carro no pátio, sob a copa do velho freixo, e estender a lona por cima do bagageiro para que não ficasse cheio de folhas. Mas não foi o que eu fiz. Sentei atrás do volante, girei a chave na ignição, saí do estacionamento e dobrei para a esquerda em vez de dobrar à direita. Desci em direção a Kristiansand em vez de ir para a minha casa em Finsland. Voltei até o lugar onde pouco antes havíamos estado, segui rumo ao leste pela E18 em meio ao tráfego esparso, fiz uma curva à direita depois de passar por baixo da elevada na Vesterveien, logo abaixo depois de Krag, o contemplativo gigante de bronze, onde pouco antes havíamos nós também contemplado a paisagem, e em seguida desci em direção ao terminal dos *ferries* e a todos os *trailers* e *motor-homes* que ocupavam as pistas numeradas que acabavam de repente no mar. Dirigi até lá e comprei um bilhete para a travessia, para o *ferry* que deveria chegar ao porto dentro de pouco tempo e zarparia às oito e quinze, o *ferry* que levaria todos os *trailers* e *motor-homes* para Hirtshals em Nord-Jylland. Embarquei e entrei na fila de carros que entravam devagar pelo enorme portão de popa. Eram famílias com carros sobrecarregados ou casais mais velhos que permaneciam imóveis e em silêncio. E lá estava eu, um jovem de vinte anos sozinho em uma picape vermelha modelo 84 com folhas velhas grudadas no bagageiro. Segui a longa fila para entrar no navio e pela primeira vez na vida tive a sensação de realmente estar *fazendo alguma coisa*, de realizar alguma coisa que mais tarde seria importante para mim, fiquei sentado ao volante e senti que aquilo me marcaria para sempre, mas eu não sabia de que jeito. Avancei pelo navio, subi uma rampa e parei no meio de uma curva logo atrás de um *motor-home* alemão com uma freada brusca. Eu tinha entrado no *ferry* para a Dinamarca, e a bem dizer eu não sabia o que eu estava fazendo lá nem para onde eu estava indo, apenas que era pelo mar. Eu atravessaria o mar. Eu tinha mentido para o meu pai e mamãe estava em casa à minha espera enquanto eu atravessava o Skagerrak. Tranquei as portas da picape e subi os degraus macios e acarpetados que saíam do convés onde os carros ficavam estacionados. Alguns passageiros já estavam andando pelo barco, eram pessoas mais velhas fazendo compras ou jovens que queriam festear, e todos estavam dando uma volta para se ambientar um pouco. Descobri um bar no último convés, pedi uma cerveja como quem não quer nada e fiquei lá sentado com um caneco gelado esperando que o navio saísse do cais. Escutei o barulho dos motores e uma vibração discreta na cadeira onde sentei e também nos dedos que seguravam o caneco. Fiquei lá sentado olhando para fora das janelas, vi que enfim o navio estava em movimento, vi os promontórios cobertos de pinheiros e os penhascos escuros no lado oeste da cidade ficarem para trás. Bebi tranquilamente o meu caneco de cerveja. Depois pedi mais um, sem nenhuma vergonha nem medo de que alguém do vilarejo pudesse me ver, mesmo que as chances fossem maiores no *ferry* de Kristiansand para a Dinamarca do que no bar escondido em Oslo. Eu estava sozinho no bar e o navio ainda não tinha deixado o fiorde. Pensei no carro de papai, que estava trancado em algum lugar abaixo de mim, vi o farol de Oksøy deslizar tranquilo lá fora e logo depois o navio começou a jogar e eu soube que estávamos em alto-mar.

 Acho que foi o pensamento sobre o carro de papai e o álcool nas minhas veias que me fizeram relembrar um dia de outono na década de 80 quando fui com ele a uma caçada.

 Eu lembrava daquele dia como se fosse ontem, e até hoje é assim.

 Era de manhã cedo, no final do outono, e tomamos o café da manhã juntos na mesa redonda da cozinha. Só eu e ele e os gorgolejos da cafeteira, os pequenos estalos da leiteira. Só eu e ele, e a faca de pão que cortou as dez fatias de pão integral, as cinco fatias de mortadela, os quatro quadrados de papel encerado e os três ovos cozidos. Só eu e ele, e a manhã amarela de outono e a primeira geada e a grama no outro lado da janela.

 Cada um de nós tinha uma mochila com banco dobrável acoplado. Papai guardou a lancheira com os sanduíches, as duas térmicas com café e leite achocolatado e chocolate meio amargo, aquele com a figura de uma cegonha com a cabeça abaixada equilibrada em uma perna só, como se ela estivesse dormindo ou se escondendo. Em seguida ele deixou a espingarda no corredor, a coronha de madeira com os anéis que pareciam ondas quebrando na praia, o longo cano preto com um buraco onde eu mal conseguia enfiar a ponta do mindinho.

 Então saímos, e estava muito mais frio do que eu tinha imaginado. Meu rosto ardia e minhas botas deixavam rastros escuros na grama coberta pela geada, mas tudo estava como devia estar. Meu rosto devia arder, e a mochila devia me incomodar e bater contra o osso do meu quadril a cada passo que eu dava. Tudo estava como devia estar quando a geada caiu e a manhã ficou encoberta e branca como a camada de gelo no para-brisa da picape, que eu ainda recordo como se fosse ontem.

 Mas eu não lembro de mais nada antes de estarmos sozinhos na floresta. Estávamos em algum lugar no alto de Hundershei, porque eu lembro que dava para ver o Hessvannet escuro e silencioso entre os promontórios cobertos de pinheiros. Ainda estava frio, mas o sol estava acima dos morros ao sul e a geada tinha acabado de derreter. A grama alta em frente às minhas botas cintilava. Me sentei logo atrás de papai com os joelhos gelados. Fiquei imóvel e em silêncio, exatamente como haviam me pedido. Olhei para o meu pai no esconderijo, para ele e para a espingarda, e não consegui acreditar que estávamos embrenhados na floresta com uma espingarda carregada à espera da caça. Não era para ser daquele jeito. Devíamos estar em outro lugar. Eu devia estar em casa, no meu quarto, deitado na cama com um livro, e papai devia estar na sala folheando *Finsland – Terra e linhagem*, ou a trilogia de Trygve Gulbranssen, ou apenas sentado na cozinha olhando para a rua. Enfim, fazendo qualquer coisa, menos se embrenhando na floresta com uma espingarda carregada no colo. Não lembro quanto tempo a gente ficou por lá, mas não pode ter sido muito, porque de repente dois bichos grandes saíram da floresta e vieram correndo em nossa direção. De longe pareceram silenciosos e deslizaram como dois barcos em alta velocidade entre os troncos das árvores, mas quando se aproximaram eu ouvi os galhos quebrando e arbustos de zimbro e de urze jogados para o lado e bétulas derrubadas ao chão. Papai ergueu a espingarda e ao mesmo tempo deu um longo assovio. O assovio fez com que parassem. Eu quase nunca o tinha ouvido assoviar antes, e aquilo me deixou tão espantado que eu esqueci de tapar os ouvidos. Então ele fez a mira. Eu nunca achei que algum bicho fosse aparecer, e quando eles apareceram eu nunca achei que fossem parar. Mas pararam. Tinham vindo do nada, e pararam, e papai fez a mira, e tudo parecia irreal. Não olhei para os bichos, mas eu sabia que estavam parados. Olhei para ele. Para a nuca, para as orelhas, para o queixo apoiado de leve contra o quebrar das ondas. Então veio o estampido. Os dois bichos voltaram a correr e sumiram atrás de algumas árvores. Tive certeza de que ele tinha errado e que além do mais eu tinha ficado surdo, porque senti um zumbido nos meus ouvidos ou em algum lugar no fundo da minha cabeça e na hora pensei que eu passaria o resto da vida com aquele zumbido. Em seguida ele se levantou do banco, recarregou a munição e disse:

– Agora vá lá ver.

– Mas eles correram – disse eu.

– Vá ver – respondeu ele.

– Ver o quê? – perguntei.

– Vá até lá – disse ele. – Siga a trilha.

Ele destravou a espingarda quando eu avancei hesitante pela grama alta, pulei uma vala e subi um outeiro tapado de musgo entre as árvores.

– Não estou vendo nada – gritei.

– Vá um pouco mais adiante – disse papai.

Avancei pelo terreno acidentado, atravessei um charco e cheguei a uma clareira de onde eu conseguia enxergar longe.

O alce estava poucos metros adiante. Em um pequeno charco. Imóvel. Com olhos arregalados. Vidrados.

– Ele morreu! – gritei.

Papai não respondeu, e tampouco o vi de onde eu estava.

Eu ainda não conseguia entender por que aquilo tinha acontecido. Um tiro. Um único tiro. Dois bichos que saíram correndo sem nenhuma dificuldade, e de repente um deles estava lá, caído. Um sangue vermelho claro, quase cor-de-rosa escorria das narinas. Afora isso, não se via marca nenhuma. Me aproximei com cuidado. Era como se aquele bicho caído me seguisse com os olhos escuros e arregalados. Era como se estivesse me esperando chegar mais perto para, quando eu enfim o alcançasse, dizer: *Aí está você.*

Papai dava a impressão de estar muito tranquilo quando enfim apareceu, era como se tivesse participado daquilo muitas vezes antes, mesmo eu sabendo que era a primeira vez. Ele veio na minha direção pela grama marrom com a espingarda nos ombros. Se aproximou do alce como um caçador de verdade, afastou-se, puxou a faca e o encarou por alguns instantes. Era a faca Mora azul, aquela com o protetor de polegar comprada poucos dias antes na loja de Kaddeberg. Papai me deixou escolher o modelo. Fiquei indeciso entre a vermelha e a azul. No fim escolhi a azul, mas não tinha imaginado que ela seria usada para fazer aquilo. Papai tirou-a da bainha com um movimento decidido e enfiou a faca direto no pescoço macio sem que o alce esboçasse nenhuma reação.

Fiquei lá sentado no bar sentindo o balanço do navio na ponta dos dedos, imaginei a faca que foi enfiada no pescoço do alce e puxada de volta. Ele puxou a faca e em seguida veio uma cachoeira de sangue escuro e espumoso que logo perdeu força e no fim secou. Eu imaginei tudo aquilo. A faca. O sangue. A faca. O sangue. Depois de algum tempo esvaziei o quarto caneco, me levantei, paguei a conta e saí do bar. Como o mar estava bastante agitado ninguém notou nada de errado em mim, mesmo que eu estivesse cambaleando um pouco. Dei uma volta pelo navio sem saber para onde eu estava indo. Lembro de rostos difusos, do som dos caça-níqueis, do aperto no interior das lojas e do aconchegante silêncio nos corredores. Lembro do cheiro de vômito, de bebida e de perfume. Eu não saberia dizer há quanto tempo estávamos mar, nem quanto tempo faltava para voltarmos à terra. No fim encontrei um outro bar, ou talvez fosse um tipo de discoteca. Eu não saberia dizer que horas eram, mas talvez já fosse noite, pois eu tinha visto a lua no outro lado de uma das janelas de plástico rígido. Sentei em uma mesa parafusada ao chão com um drinque à minha frente, a música era ensurdecedora. Meus pensamentos estavam lentos e obstinados, como se tivessem uma vida própria independente de mim. Fiquei lá sentado, mas eu não estava lá. Vi a minha mão que segurava o copo, senti os meus lábios na borda fria e senti o líquido ardente na boca e na garganta. Em breves relances vi papai flutuar na cama com o puma saltando para fora do peito, vi mamãe sentada em casa à minha espera, vi que ela se levantou da cadeira da cozinha e foi até a janela e depois até a porta da frente, vi que abriu a porta, foi até os degraus e ficou escutando.

 Tinha muita gente naquele lugar e fiquei com a impressão de que todos estavam prestando atenção em mim. Lembro que esvaziei o copo. Depois me levantei e apontei para um sujeito que estava perto de mim.

 – O que você está olhando? – gritei, mas eu não lembro o que ele respondeu, nem *se* respondeu alguma coisa. Lembro apenas que em seguida quebrei o meu copo na borda da mesa. Foi muito fácil e eu fiquei lá parado com o pé do copo na mão, como um osso quebrado, e em cima da mesa os cacos de vidro reluziam. Lembro vagamente que muitas pessoas se levantaram e ergueram as mãos para se proteger. Lembro que de repente todo mundo estava olhando para mim, ou pelo menos as pessoas que estavam mais perto e tinham visto a cena. Então juntei um dos pequenos cacos, ergui-o de maneira triunfal diante de todos e o coloquei na boca como se fosse uma pastilha. Lembro com uma estranha clareza de como foi ter um caco de vidro na minha língua, de como eu pensei que aquilo podia muito bem ser uma bala que eu podia quebrar com os dentes ou esperar derreter, e lembro da sensação gelada e ao mesmo tempo libertadora de quando comecei a sovar o caco de vidro com a língua. Lembro que fiquei fora de mim observando a mim mesmo. Lembro que ao mesmo tempo entendi e não entendi o que eu estava fazendo. Lembro do gosto de sangue na boca. Lembro que não senti nenhuma dor, apenas o gosto pastoso do sangue. Lembro de ter pensado: Se eu abrir a boca, o sangue vai escorrer. Mas eu não abri a boca. Em vez disso, me virei e saí do bar com passos cambaleantes, mas apressados. Atravessei um corredor silencioso ainda com o caco de vidro na boca. Subi alguns degraus e encontrei outros noctívagos, sem ver direito os rostos nem escutar o que diziam. Quando cheguei a um lugar afastado pensei, agora vão te pegar. Logo alguém vai sair correndo do bar, ou então dois seguranças vão te prender e você passar o resto da viagem trancafiado abaixo da linha d'água. Mas não veio ninguém. Eu estava sozinho no navio. Subi até o convés mais alto, onde tudo estava no mais absoluto silêncio, a não ser por um ruído grave e regular, o ruído dos motores muito abaixo de mim. Fiquei parado enquanto o mundo inteiro ondulava. Senti como se eu tivesse um mar de sangue na boca. Então achei a porta que saía para o convés. Era pesada como chumbo. Lembro que a fresta da porta uivava, e que o vento empurrava como que usando todas as forças. Mesmo assim, consegui abrir a porta. Saí para o convés e o vento noturno me lavou como a chuva. Cambaleei ao longo da balaustrada, debaixo dos três botes salva-vidas que balançavam na escuridão. Não tinha mais ninguém lá fora. Devia ser de madrugada. Olhei ao redor em busca da lua, mas ela tinha desaparecido, como se houvesse afundado no mar. Fiz todo o caminho até a popa, um vento forte soprou a fumaça do navio para cima de mim em lufadas curtas. Fechei os olhos e imaginei o alce morto mais uma vez, ele estava caído na grama me encarando, e lembrei do que aconteceu depois. Ainda estávamos sozinhos. Os outros caçadores com certeza estavam a caminho, pois tinham escutado o tiro e sabiam mais ou menos onde estávamos, mas não havia tempo a perder. Precisávamos retirar as tripas o quanto antes. Até aí ele sabia. No início fiquei olhando enquanto papai tentava pôr o alce deitado de costas. O bicho era mole e pesado e ficava caindo para o lado. O problema era a cabeça. Ela deslizava para o lado e levava junto o resto do corpo. Alguém precisava segurar a cabeça. De joelhos, me arrastei para frente até a cabeça do alce ficar entre as minhas pernas. Mesmo assim não foi o suficiente. Precisei chegar ainda mais perto e segurar melhor, precisei levantar a cabeça e me sentar com aquele peso no colo. A cabeça era muito mais pesada do que eu poderia imaginar, e além do mais eu sentia o calor que saía dela. Poucos minutos antes a cabeça tinha escutado atenta em algum lugar da floresta, se virado contra o vento enquanto as orelhas se retorciam. Tinha escutado atenta e observado, e talvez até sentido o nosso cheiro, mas já era tarde demais. Assim que o estampido soou a bala já tinha perfurado o corpo e se aberto como uma flor. No início tive a impressão de que papai estava um pouco inseguro. Ele ficou parado com a faca na mão, a lâmina estava escura de sangue depois da estocada no pescoço. Em seguida colocou a ponta da faca na barriga, lá embaixo, onde a pele é macia e os pelos são finos e claros. Balbuciou alguma coisa enquanto enfiava a faca e afastava-a de si com movimentos curtos e rápidos. A pele se abriu e um saco branco-acinzentado se espremeu para fora da abertura. Na mesma hora tive a impressão de sentir um leve tremor na cabeça do alce, ou de que uma faísca tinha brilhado naqueles olhos apagados, mas não aconteceu mais nada. À medida que o corte aumentava de tamanho, o saco também crescia, ele tinha uma rede de veias ao redor e depois vieram os intestinos azul-escuros e enrolados, no fim tudo escorreu para fora da abertura, macio e vaporoso como espuma, como seda. O cheiro forte me oprimiu. Eu precisava engolir, mas não conseguia. Eu queria encontrar uma saída, mas não conseguia. Fiquei lá sentado com aquela cabeça mole e pesada no meu colo, olhando para a faca que aos poucos abria a barriga. Papai precisou tirar a jaqueta e arregaçar as mangas da camisa, ele segurou os sacos da barriga e os intestinos, tentou puxar tudo para fora do corpo do alce, aquilo saiu com um barulho gorgolejante, diferente de tudo que eu tinha ouvido, e depois veio um suspiro pesaroso quando alguma coisa se soltou e tudo se espalhou pelo chão da floresta e por cima das botas dele. Não sei quanto tempo ficamos sozinhos, mas já tínhamos quase terminado quando os outros caçadores apareceram na orla da floresta. Minha lembrança seguinte é o coração arrancado. Foi Kasper quem o arrancou, porque ele sabia exatamente onde ficava o coração, e como era preciso cortar para tirá-lo inteiro. Kasper também precisou tirar a jaqueta, arregaçar as mangas da camisa e se inclinar para dentro do alce vazio. Bem nesse instante papai estava agachado na margem de um córrego lavando as mãos e os braços. Lembro que eu olhei para ele e para o sangue lavado na água fria do charco, e que eu achei que o sangue era dele. Kasper precisou se inclinar bem para dentro do bicho e ficou com sangue até os cotovelos. Então ele levantou de repente, estava com a bala de chumbo entre os dedos, aquela que tinha se aberto como uma flor, e depois pegou o coração escuro na mão e o levantou para que todos pudessem ver o buraco perfeito de um lado ao outro.

    Eu estava de pé em algum lugar no Skagerrak, me inclinei por cima da balaustrada e olhei para baixo em direção à esteira que ficava para trás e se perdia na escuridão. O vento desgrenhava os meus cabelos, a fumaça do diesel rodopiava e o mar espumava e borbulhava abaixo de mim. Abri a boca, cuspi o caco de vidro e senti o sangue viscoso escorrer dos meus lábios. Fiquei assim por um bom tempo, até o sangue parar, até a minha boca estar vazia, até tudo estar vazio. Então subi na balaustrada, fechei os olhos, me segurei e soltei.

VIII

Eram duas e meia da manhã no dia 5 de julho de 1978. A estrada tinha sido limpa após o acidente. Os dois rapazes que estavam na motocicleta foram levados a Kristiansand, cada um em uma ambulância. O estado de um deles foi anunciado como grave, mas estável. O outro tinha apenas ferimentos mais leves. Era o que estava de capacete. O incêndio em Vatneli continuava, mas nesse ponto a casa de Olav e de Johanna já era apenas um amontoado de ruínas fumegantes. Papai tinha voltado para casa. Depois de passar um tempo sozinho na escada com a espingarda nas mãos ele entrou e sentou um pouco na sala, mas quando o dia começou a clarear ele enfim resolveu ir para a cama. Ainda havia carros cruzando o vilarejo de um lado para o outro, mas nenhum novo incêndio foi descoberto.

    Todos estavam razoavelmente convencidos de que não haveria mais nada além das duas casas em Vatneli. Duas casas queimadas. Um casal que tinha perdido tudo e, como se não bastasse, um acidente grave de motocicleta.

    Sem dúvida aquilo era suficiente?

Dag passou devagar pelo local do acidente em Fjeldsgård, rumo a Brandsvoll. As cicatrizes na testa pulsavam, mas não doíam mais, e ele crispava as mãos no volante. Então ligou o rádio. Estavam transmitindo os melhores momentos da partida entre a Áustria e a Alemanha Ocidental. Em Fjeldsgårdsletta alguém fez sinal para que parasse. O policial iluminou-lhe o rosto.

– Quem é você?
– Sou filho do chefe de bombeiros – respondeu ele.
– E para onde você está indo?
– Para casa. O policial hesitou um pouco, mas logo apagou a lanterna.
– Você precisa arrumar esses faróis – disse ele. – A luz está saindo para todos os lados.

Então ele seguiu viagem.

O jogo estava 2x2 quando ele passou em frente à prefeitura de Brandsvoll. Chegou ao cruzamento junto da loja, mas não fez a curva à direita, rumo a Skinnsnes. Não foi para casa, como tinha dito, mas seguiu adiante e passou pelo antigo consultório médico em frente à casa de Knut Frigstad, que tinha apenas dois cômodos e era tão pequeno que todos na sala de espera ouviam o que se passava lá dentro, e onde Kåre Vatneli tinha estado com Johanna enquanto o dr. Rosenvold examinava a perna dele na década de 50.

No alto do morro ele apagou os faróis. Estava tudo certo, dava para enxergar bem, o dia já estava claro. Ele sentiu uma agradável coceira de bem-estar espalhar-se desde a barriga até os braços. Tinha ligado o aquecimento do carro a tamborilava os dedos no volante. Na Argentina, Johannes Krankl tinha a posse de bola. Restavam poucos minutos para o fim da partida. Krankl correu pelo lado direito do campo, não encontrou ninguém para passar e avançou sozinho até a grande área. Os chiados do rádio aumentaram. A recepção estava ruim, ele tentou sintonizar melhor, mas o sinal se perdeu. De repente havia apenas estática, e por algum tempo ele dirigiu em meio aos ruídos. Estava com o corpo leve, sentia o sangue nas têmporas e as cicatrizes na testa. Não estava mais cansado, apenas leve. Leve e estranhamente bem-disposto. Reduziu a velocidade enquanto cantarolava uma música sem início nem fim.

Dobrou à direita, um pouco depois da casa de Anders Fjeldsgård, parou o carro e girou o botão de um lado para o outro até encontrar uma frequência melhor. Krankl tinha driblado Müller e Rummenigge, de repente todo o campo estava aberto, ele bateu com habilidade e o estádio inteiro explodiu. Ele desceu do carro. A casa ficava mais acima, no alto de um outeiro perto da estrada, e estava às escuras. As janelas estavam escuras e reluzentes. Nos dois lados da escada havia árvores, com as copas escuras e carregadas de folhas. Primeiro ele caminhou tranquilamente pelos fundos da casa, onde ficava a entrada principal, e tentou abrir a porta. Trancada. Então voltou para o carro, sentou no banco e esteve a ponto de girar a chave na ignição, porém mudou de ideia. Saiu às pressas do carro e sem fazer nenhum barulho foi até a porta lateral, era uma espécie de escada no próprio gramado, pequenos degraus escavados no morro. Subiu a escada de pedra em três passos. Chegou lá em cima. Uma porta antiga com oito folhas de vidro. Com cuidado, ele tentou abrir o trinco. Também estava trancado. Então correu de volta ao carro, pegou o galão que estava debaixo das roupas e em poucos segundos estava mais uma vez parado no alto da escada, escutando. A névoa pairava sobre a terra como em Kilen, silenciosa, branca e pura. Ele prestou atenção às estrelas lá no alto, pálidas, longínquas, em outro mundo. Em seguida bateu o canto do galão contra a folha de vidro mais baixa. O vidro era antigo e frágil, e na mesma hora quebrou e se estilhaçou. Ele prendeu a respiração enquanto o coração palpitava nos ouvidos. A tranca do galão estava emperrada, e foi preciso insistir um pouco para soltá-la. Ele esperou alguns segundos e então começou. Tudo estava em silêncio ao redor. Nenhum grito lá dentro, nenhum movimento brusco. Nada. Apenas o barulho da gasolina escorrendo. Ele teve uma vaga sensação de enrijecimento nas mãos e nos braços enquanto derramava o restante do galão no corredor escuro.

Ao mesmo tempo, no interior da casa, Agnes Fjeldsgård tentava acordar o marido, que dormia um sono pesado logo ao lado. Era Anders, ele que na época tinha 77 anos e era um homem enorme e tranquilo como um rochedo. Ela precisou sacudi-lo com força para que desse algum sinal de vida.

– Ele está aqui – sussurrou ela no escuro.

– Não – balbuciou ele.

– Está sim – disse Agnes. – Eu vi na janela da cozinha. Ele está lá fora.

Ela não podia esperar mais, então vestiu um chambre e saiu do quarto às pressas, atravessou a cozinha e chegou à sala. Lá, enxergou através do vidro um vulto escuro em frente à porta da varanda. O homem estava inclinado em uma posição estranha, porém imóvel e em absoluto silêncio. Ela sentiu o cheiro característico e escutou o som igualmente característico da gasolina que escorria do vidro quebrado pelas tábuas do assoalho. Tudo parou. Tudo menos o coração. Ela não conseguia pensar. Não conseguia ter medo. Simplesmente ficou congelada, como Johanna Vatneli tinha ficado algumas horas atrás enquanto olhava para o mar de chamas e a sombra do outro lado. Mas não havia nenhum mar de chamas naquele instante, apenas uma sombra. Durante alguns segundos os dois ficaram cara a cara. Poucos metros os separavam. Por fim ela conseguiu encher os pulmões para gritar, e no mesmo instante ele riscou um fósforo e o segurou nos dedos enquanto o rosto se iluminou no clarão repentino: uma parte do queixo, o canto da boca, o nariz, o olho.

Então jogou o fósforo em direção a ela.

O dia tinha começado a raiar, mas os pássaros ainda estavam em silêncio. Na grande casa em Brandsvoll, Else não tinha pregado o olho desde que Alfred saiu logo após a meia-noite. Ela não sabia o que estava acontecendo, sabia apenas que havia um incêndio em algum lugar no leste do vilarejo. Quando o alarme soou pouco depois da meia-noite ela viu as luzes azuis passarem no outro lado das cortinas do quarto. Correu até a janela e seguiu o caminhão de bombeiros com os olhos.

– Está indo em direção a Kilen – gritou.

Depois que Alfred saiu ela não teve coragem de voltar para a cama, porque afinal tinha três filhos dormindo no sótão. O mais novo tinha apenas dez anos. Ela ligou a televisão, mas baixou o volume. Por um bom tempo ficou sentada na ponta do sofá olhando para os jogadores que corriam pelo campo como se seguissem um padrão que ela não compreendia. De vez em quando ia até os degraus da entrada e ficava lá por um bom tempo escutando. Não via nada, não ouvia nada. Se tivesse dado a volta na casa em direção ao leste, provavelmente teria visto o mar de fogo ondular no céu. Mas ela não fez isso, não conseguia se afastar de casa. O mais longe que podia chegar era até a porta, que dava para o oeste. De lá ela conseguia ver as janelas de Teresa, enquanto a casa de Alma e de Ingemann ficava escondida atrás dos pinheiros.

No fim ela sentou no sofá com um cobertor. Começou a sentir sono, mas estava decidida a não dormir. Assim ficou por um bom tempo. Depois dormiu.

Era pouco mais de três e meia da manhã quando ela acordou sobressaltada.

No instante seguinte foi até o vestíbulo, pegou uma jaqueta e desceu correndo a escada. Saiu a tempo de ver os faróis se afastarem da estrada, eles a ofuscaram por um breve instante antes que se abaixassem e o carro entrasse no pátio. Um dos faróis estava torto, a luz apontava em direção ao céu. Ela não sabia quem era até que a porta se abriu e ele desceu. No mesmo instante ela ficou mais tranquila.

– É você – disse ela. – Achei que estava dirigindo o caminhão de bombeiros.

– O caminhão ficou em Vatneli – respondeu ele. – Precisamos dele para apagar o incêndio, então precisei pegar o carro. Ele se aproximou dela esfregando as mãos. Era evidente que estava com frio.

– Quer saber da última novidade? – perguntou ele.
– Novidade?
– É – disse enquanto chegava mais perto.
– O que houve?
– O incendiário atacou em Solås.
– Em Solås? Onde em Solås?
– Na casa de Agnes e de Anders – respondeu ele em voz baixa.

Ela permaneceu imóvel, o sangue transformou-se em gelo nas veias e depois foi derretendo aos poucos.

– Na casa de Anders e de Agnes – repetiu ela como se não acreditasse no que tinha acabado de ouvir. – Não é muito longe daqui.

– Ele derramou gasolina para dentro de uma janela e tocou fogo – disse ele.

– E eu estava dormindo no sofá – disse ela em voz baixa.

– A noite está perigosa – respondeu ele.

– Isso é loucura – sussurrou ela. – É obra de um louco.

– É – respondeu ele e chegou ainda mais perto. – É obra de um louco.

Ela via claramente o rosto dele na luz da lâmpada externa. Os olhos estavam límpidos e reluzentes. Os cabelos estavam em desalinho. Ele tinha fuligem no rosto e na camisa. De repente ela teve a impressão de que ele estava com o mesmo aspecto que tinha ainda menino. Lembrou-se da época em que volta e meia ele atravessava o pátio correndo e ela lhe oferecia suco na cozinha. O gentil e bondoso filho de Alma e de Ingemann.

– Você se machucou? – perguntou ela.

– Não foi nada – respondeu ele. – Só uns arranhões.

– Não quer entrar para se aquecer um pouco?

Ele balançou discretamente a cabeça.

– Quem estiver por trás disso... – começou ele – Nós vamos pegá-lo, mais cedo ou mais tarde. Ele não vai escapar.

– Mesmo assim, não dá para acreditar em tudo o que está acontecendo – disse ela.

Ajustou a jaqueta ao redor do corpo e olhou para cima, em direção à janela escura onde as crianças dormiam. Quando ela se virou, notou que ele a encarava, era como se houvesse se transformado durante os poucos segundos em que tinha desviado o olhar.

– Sabe qual é a pior coisa que pode acontecer agora, Else?

– Não – disse ela, hesitante.

– Um incêndio aqui.

– Aqui?

– É – disse ele. – Aqui.

– Não diga uma coisa dessas, Dag – disse ela.
– Estamos com todo o equipamento em Vatneli – continuou ele. – Então, se alguma coisa acontecer... Vamos levar um bom tempo para trazer tudo até aqui.
– Vamos torcer para que não haja mais nenhum incêndio agora à noite – disse ela.
– Não – disse ele sem desviar o olhar.
– Eu não aguentaria outros incêndios – disse ela.
– Não – disse ele com a voz tranquila. – Esses já foram o suficiente.
– Peço a Deus que nada aconteça.
– É – respondeu ele devagar antes de se virar em direção ao carro. – É o melhor que você pode fazer, Else. Pedir a Deus.

Alma estava sentada junto à janela da cozinha, vestida, enquanto o bule de café permanecia frio e reluzente em cima do fogão. Ela tinha fatiado um pão inteiro, um dos que tinha assado na manhã de domingo, enquanto tudo estava em silêncio. Tinha posto a mesa com geleia e salsicha e *prim* se acaso Dag tivesse tempo para sentar e comer alguma coisa quando chegasse em casa.

Ingemann tinha passado algumas horas com ela na sala, mas depois subiu para se deitar. Pouco depois o alarme soou. Ele estava vestido com o macacão azul-escuro que ainda cheirava a incêndio, mas quando se levantou para sair sentiu uma pontada no peito e não pôde acompanhar os outros.

– Dag, é o meu coração – disse. – É o meu coração. Dag saiu no caminhão de bombeiros. Alma e Ingemann permaneceram sentados em silêncio e ouviram a sirene ulular pela casa, as luzes azuis iluminaram as paredes da sala, o piano e a prateleira com os troféus. Permaneceram lá enquanto a sirene aos poucos se afastava, mas nenhum dos dois disse nada, nem uma palavra, e no fim Ingemann subiu ao sótão e toda a sala ficou cheirando a incêndio.

Algumas horas mais tarde Dag voltou para casa. Ficou algum segundos de pé no corredor e, com a respiração ofegante, falou sobre os dois incêndios em Vatneli e sobre o acidente de motocicleta em Fjeldsgård antes de correr até a porta, deixando Alma mais uma vez sozinha com o sangue a pulsar nas têmporas.

Foi naquele instante que ela percebeu: Ele tem cheiro de gasolina. Ela se levantou da poltrona e foi até a janela, mas não havia nada para ver, apenas uma imagem espelhada do próprio rosto. Então foi até a escada em frente à casa. A névoa pairava com a leveza da seda sobre a terra e o dia tinha começado a raiar, mas não dava para ver a estrada. Ela estava prestes a entrar de novo quando escutou o carro. O carro veio de Brandsvoll, se aproximou, desacelerou, reduziu a marcha e pegou a estrada. Os faróis faziam a névoa cintilar com um estranho brilho. Ela viu quem era, mas o carro não parou no pátio, simplesmente continuou subindo o morro devagar em direção à estação de incêndio.

De repente ela tomou uma decisão. Entrou em casa e vestiu a jaqueta de Ingemann, aquela com bolsos e zíperes nos dois braços, e saiu mais uma vez para aquela luz cinzenta, atravessou o pátio e correu morro acima. Quando viu o carro em frente à estação de incêndio, não ficou aliviada nem surpresa. Se aproximou e ao mesmo tempo diminuiu o passo. No fim estava caminhando em ritmo normal. O carro estava lá, com a porta aberta, mas Dag não estava por perto. O motor quente tiquetaqueava. Havia cheiro de fumaça de escapamento e terra úmida, floresta e escuridão. A porta da estação de incêndio estava trancada. Não havia nenhuma outra luz além da lâmpada solitária acima do portão da garagem. Ele não estava lá. Ela parou e pesou os prós e os contras, mas no fim continuou subindo a estrada. Não faltava muito para chegar a Nerbø e à casa de Sløgedal. O tempo inteiro ela sentia que ele estava logo à frente na escuridão. Ela imaginou tudo; ele ia na frente, enquanto ela seguia um pouco atrás. Ou então o contrário; que ele ia atrás, que a qualquer momento poderia alcançá-la e cobrir os olhos dela como tinha feito aquela vez na cozinha. Teve a impressão de ouvir passos, mas sempre que parava, tudo estava em silêncio. Ela imaginou o rosto dele e o ouviu conversando sozinho no sótão. A voz estava bem mais clara do que o habitual, como se tivesse voltado a ser menino. Ela imaginou a expressão rígida e estranha que por um breve instante encobriu a antiga, que ficou lá por alguns segundos antes de se despedaçar e sumir.

Começou a andar cada vez mais depressa, e no fim estava correndo enquanto os zíperes da jaqueta tilintavam. Então ela viu a casa. Estava completamente sozinha. Todas as janelas pretas. As paredes cinza. Um pouco à esquerda ficava o galpão, também cinza e de contornos vagos, como um antigo navio no mar enevoado. Mais uma vez ela diminuiu o passo. Não estava acostumada a correr, o coração batia com força, ela sentiu um gosto de ferro na boca. Saiu da estrada e entrou no pátio de Sløgedal, onde ficou escutando sob as velhas árvores frutíferas. Nada, apenas o coração enfurecido no peito. Ela quase precisou se agarrar à árvore para recuperar o fôlego. Em seguida deu mais alguns passos em direção ao galpão, e lá ela o enxergou. Não havia mais do que dez, talvez quinze metros a separá-los. Ela estremeceu, mesmo que no fundo soubesse o tempo inteiro que ele estava lá. Estava inclinado em uma posição estranha como se examinasse alguma coisa no chão, junto à parede do galpão. Em seguida largou o galão branco na grama. Ela viu e ouviu tudo com muita clareza. Era como se tivesse a audição de um bicho. Era como se fosse a primeira vez desde que tinha nascido. Todos os sentidos pareceram ganhar intensidade. Por vários meses ela tinha visto e ouvido com uma clareza maior do que eu qualquer outra época da vida. Agora estava acontecendo outra vez. Ela abriu a boca, os lábios se moveram, mas não veio nenhum som. Foi como se uma grande flor se abrisse em algum lugar dentro do peito. As pétalas foram arrancadas, a dor era tanta que ela sentiu vontade de gritar, mas o grito não veio, os lábios se moveram, porém mais uma vez não veio nenhum som. Ela escutou as últimas gotas de gasolina chapinharem no galão. Escutou o rumor dos fósforos. Escutou o riscar de um fósforo. Então o rosto dele se iluminou. Ela pensou em todas as vezes que tinha ficado ao lado da cama enquanto ele dormia. Ela nunca tinha contado para ninguém, porém muitas vezes tinha ficado ao lado da cama dele chorando em silêncio. Não sabia por quê. Simplesmente acontecia. Ele dormia um sono tão tranquilo. O rosto parecia ao mesmo tempo aberto e fechado, ele estava próximo e ao mesmo tempo distante, e então as lágrimas começavam a correr. E ela não sabia se eram lágrimas de alegria ou de tristeza. O filho tinha chegado para eles como um milagre. Por algum tempo puderam desfrutar da companhia dele. Mas logo haveriam de perdê-lo. Era uma dor enorme. Ela não conseguia pensar direito em mais em nada. Sentiu uma onda quente subir desde a barriga, rolar através do peito e correr pela garganta antes de parar na boca. Tinha aprendido a chorar no mais absoluto silêncio. Ficou uns dez metros atrás dele, mas naquele instante não tinha condições de chorar. Simplesmente ficou parada, vendo aquele rosto desaparecer na escuridão quando ele abaixou a mão e jogou o fósforo aceso para longe. As chamas se ergueram no mesmo instante. Foi como uma avalanche na escuridão. De repente tudo ao redor ficou iluminado. Era uma luz amarela e irrequieta que fazia todas as sombras tremularem. Ele deu alguns passos cambaleantes para trás enquanto ela permaneceu imóvel. As chamas já haviam subido pelas paredes. Ela viu as árvores mais próximas, a floresta de pinheiros iluminada como um encontro de todas as coisas antigas, sábias, obscuras e silenciosas que conheciam; uma bétula próxima, como que paralisada de medo, e as árvores frutíferas ao redor com as flores brancas erguidas em direção ao céu. Ficou como que paralisada, e ao mesmo tempo foi como se afundasse. Os pés, os tornozelos afundaram lentamente na terra. No início ela sentiu dor, em seguida apenas um leve desconforto. No fim ela não sentia mais nada. A dor no peito desapareceu. A flor ainda estava lá, mas já não doía mais. Em segundos, uma parede inteira do galpão estava em chamas. De lá soprou um vento ao mesmo escaldante e frio como o gelo. O vento açoitava as chamas, atiçava-as, não as deixava em paz. Ela sentiu o vento bater no rosto, nas bochechas, na testa.

Então ele se virou.

Foi como se também soubesse o tempo inteiro que ela estava lá. Que tinham subido o morro juntos. Que ela tinha ficado atrás dele no pátio escuro. Que ela tinha ficado ao lado da cama dele e chorado enquanto ele dormia. Ele sabia de tudo, o tempo inteiro. Por dois ou três segundos os dois se olharam. Ele não fez nada, não disse nada, simplesmente olhou para ela com os braços soltos junto ao corpo. Ela também não fez nada. Viu a sombra dele, longa e viva, quase tocando-lhe os pés. A sombra dele também sentia vontade de se desprender, de se juntar à escuridão e deixá-lo sozinho para trás. O vento que vinha do incêndio era tão forte que a camisa dele esvoaçava. Era uma tempestade de fogo que se armava, que por assim dizer havia passado todos aqueles anos dentro do galpão à espera e que naquele instante enfim foi libertada. Tudo foi libertado. E ela afundou. E de certa forma foi bom. Em um vislumbre ela imaginou que ele queimava, primeiro a camisa, depois o cabelo, depois o corpo inteiro. Pegou fogo e ficou parado na frente dela e queimou sem esboçar nenhuma emoção. Ela escutou o barulho das telhas que se estilhaçavam e caíam no chão como pássaros pesados e inertes. Um enxame de faíscas se desprendeu das chamas e subiu depressa em direção ao céu, que estava todo iluminado. Um som cantante veio de algum lugar no interior do galpão. Ela nunca tinha ouvido nada parecido, era um gemido que lembrava um canto, ou um canto que soava como um gemido. Viu que ele sorria, e no mundo inteiro apenas ela podia receber aquele sorriso. Então se virou e percorreu o curto caminho até em casa.

5.

I

O primeiro gelo no Livannet. De repente uma manhã ele está lá. O sol nasceu às 9h22. As águas escuras e reluzentes cintilam. Durante a manhã, um curso d'água mais claro que vinha desde o meio quase até a margem. Os pássaros pousam. Vistos de longe são todos pretos, quase indistinguíveis uns dos outros, eles se aproximam com cuidado da água aberta, param desconfiados por um instante, o limite não é claro, e então o gelo cede.

Na mesma tarde me tranquei na igreja de Finsland. Lá dentro estava escuro como breu, precisei avançar às apalpadelas, no fim descobri uma maçaneta e cheguei ao corredor iluminado onde ficava o escritório do pastor. Na outra ponta ficava a porta que conduzia à igreja propriamente dita. A porta era baixa e soltou um leve rangido quando eu a abri. Entrei na igreja por trás do retábulo. Tinha alguma coisa escrita por lá, bem no alto, mas não consegui ler. Continuei andando e parei junto à balaustrada do altar para olhar em direção à nave. Era um pouco menor do que eu lembrava, porém mesmo assim parecida. Lá dentro estava frio. Tinham me aconselhado a fazer a visita logo depois de um culto ou de um enterro, porque a igreja ainda estaria quente. Andei pela nave central caminhando tranquilamente pelo tapete macio e, quando cheguei à porta, me virei e fiz o caminho de volta. Então me sentei em um dos bancos. Reconheci os estalos secos que eu tinha escutado ainda menino, e o mesmo cheiro de lenha, de velhice e tristeza. Fiquei sentado por um bom tempo. Vi o buraco na abóbada do teto onde a velha chaminé do fogão tinha desaparecido. Olhei para as quatro vigas que formavam um quadrado no teto e lembrei da minha ideia de que todos os mortos ficavam sentados lá em cima, balançando as pernas enquanto ouviam o pastor. Foi pouco depois que o vô morreu, então eu precisava que ele ainda estivesse por perto. Que estivesse lá em cima balançando as pernas. E também durante as orações.

Fiquei lá sentado por talvez uns dez minutos. Depois me levantei, atravessei a nave central e saí para o vestíbulo. A escada que subia até a torre ficava à esquerda. Uma única lâmpada ardia no primeiro patamar, e depois ficou cada vez mais escuro à medida que eu subia. A escada ficava mais estreita, e no fim era apenas uma subida íngreme. Enfim cheguei ao topo. O sino dependurava-se acima de mim no escuro, pesado e preto. Bati os dedos de leve contra o metal. O barulho ainda era o mesmo. Profundo, e ao mesmo tempo límpido e livre. Eu o reconheci de todas as vezes que havia escutado o sino bater. De quando a vó morreu, e o papai, e o vô, e daquelas nove badaladas um dia em junho quando fiquei no colo da mamãe com o mindinho dela na boca.

Desci da torre e subi até a galeria onde ficava o órgão. Não achei que o velho harmônio ainda existisse, mas lá estava ele, à direita, na parede que dá para o norte. Me sentei. Acionei os pedais, experimentei uma tecla. Nada. Acionei uma pequena chave que dizia *Viola dolce*. O órgão emitiu um som fino, que pareceu ter escapado por uma rachadura e se desfez quase no mesmo instante. Experimentei a chave que dizia *Vox celeste*. Estava muda. Pensei em Teresa enquanto eu estava lá, tentei me lembrar de alguma coisa que eu tivesse aprendido com ela, mas naquele instante tudo pareceu muito remoto. Lembrei apenas que de vez em quando os dedos dela pegavam o meu indicador e o meu anelar e os colocavam na tecla certa. Naquele lugar exato ela tinha sentado e tocado no batismo de papai, e na confirmação em que Kåre foi o primeiro a entrar, com Holme logo atrás, e de onde os dois saíram para começar a vida. E naquele exato lugar ela tinha sentado quando eu mesmo fui batizado cerca de vinte

anos depois, no dia 4 de junho de 1978, enquanto o vilarejo queimava. Experimentei a chave que dizia *Vox humana*. Era um timbre baixo e retumbante que ganhava intensidade e ficava mais seguro e mais forte se eu mantivesse os pedais acionados por tempo suficiente. Por último desci a escada e caminhei devagar pela nave central. Meus passos não faziam nenhum barulho. Continuei andando e me sentei na primeira fileira, à esquerda, bem onde eu tinha sentado no enterro de papai. Fechei os olhos, e depois de alguns instantes foi como se eu ouvisse o som de pessoas nos bancos atrás de mim. Ouvi-as entrar, caminhar pelo tapete macio, abrir a porta rangente que dava para os bancos, sentar em silêncio, folhear os hinários e olhar para cima. Fiquei lá sentado, ouvindo a igreja toda se encher aos poucos. Pensei naquela noite em Mântua, quando todo mundo se reuniu para me ouvir. E agora estavam todos lá, eu sabia que eram eles, eles tentavam fazer silêncio, mas eu os ouvia mesmo assim. Continuei imóvel, lá na frente, e eles sentaram-se imóveis atrás de mim. Esperei alguns minutos. Era bom ficar sentado daquele jeito, simplesmente esperando, esperando por nada, e era como se todos atrás de mim tivessem a mesma impressão. Deixei que aquilo continuasse por mais alguns segundos. Três. Dois. Um.
    Então me virei.

II

Voltei a mim ao amanhecer. As pessoas tinham começado a se mexer, muitas já estavam a postos com bolsas em frente à saída e, quando olhei em direção à luz forte e leitosa, vi que o navio estava chegando ao cais de Hirtshals. Vi a região portuária repleta de barcos pesqueiros que pareciam estar presos na água congelada, e vi uma empilhadeira solitária no cais com o garfo erguido a uma altura impressionante. Tentei me levantar do banco onde eu tinha dormido, mas eu estava com uma dor de cabeça infernal, então continuei deitado até que o último passageiro tivesse desaparecido pela porta e fiquei sozinho no corredor. Depois me pus de pé e desci os degraus macios em direção ao convés inferior. Me sentei no carro gelado de papai e, quando fechei a porta, coloquei o cinto de segurança e segui em direção à luz, lembrei aos poucos de tudo que tinha acontecido. Só quando saí para a luz suja da manhã senti o gosto de sangue na boca. Olhei de relance para o retrovisor e vi que eu tinha sangue seco nos lábios e no queixo. Minha língua estava sensível e machucada, e o interior das bochechas, repleto de pequenos cortes feitos pelo caco de vidro. Tive a impressão de que eu não poderia falar, mas não tinha importância, porque de qualquer modo eu não tinha pensado em falar com ninguém. Dirigi ao longo do cais e por fim dobrei à direita, em uma estrada que se chamava Havnegade, avancei um pouco antes de fazer uma curva à esquerda e atravessei uma rua que tinha enormes redes estendidas por cima e, depois de um tempo, encontrei um estacionamento não muito longe do mar e não muito longe de um bar chamado *Hirtshals Kro*. Fiquei sentado por um bom tempo no carro enquanto minha cabeça palpitava entre as mãos. Tentei desenredar as últimas doze horas, desde que eu tinha deixado papai na casa de repouso em Nodeland até a hora em que embarquei no *ferry* e por fim subi na balaustrada e fiquei inclinado para frente com o mar fervilhante a meus pés. Desse instante até o momento em que acordei no banco do corredor eu não lembrava de nada. Não tenho a menor ideia do aconteceu. Se alguém me encontrou no escuro, ou se alguma coisa em mim disse agora te segura, agora chega, agora te controla, agora desce da balaustrada e volta para o calor lá dentro.

Eu não sei.

Fiquei sentado dentro do carro naquele estacionamento deserto por mais de uma hora, até me sentir em condições de caminhar. Então abri a porta do carro, ajustei a jaqueta ao redor do corpo e desci até a região do cais. Fazia bastante frio, uma neblina densa e cinzenta pairava como prata acima do mar, enquanto no cais a água estava plácida e reluzente como óleo. Caminhei ao redor sentindo a brisa do mar até os meus pensamentos ficarem um pouco mais claros. Então entrei no *Hirtshals Kro* e pedi uma xícara de café. O balconista tomou um susto quando me viu, e quando pouco depois entrei no pequeno banheiro eu entendi por quê. Meus olhos estavam vermelhos e inchados como os de um bicho, e o sangue tinha escorrido e secado em listras compridas pelo meu pescoço. Me lavei devagar e com cuidado. Tinha um pedaço de sabão seco e rachado na pia, tentei fazer um pouco de espuma e depois esfreguei o rosto, mesmo que doesse. Depois, quando fui me sentar com a minha xícara de café fumegante, eu mal conseguia beber, porque os cortes na boca se abriram outra vez e o café ficou com gosto de ferrugem. Fiquei lá, sozinho em um canto, enquanto três sujeitos que pareciam ser alcoólatras locais permaneciam sentados no balcão e meditavam, cada um com um copo de cerveja espumante.

    Me lembro do restante daquela manhã em Hirtshals como algo cinzento e inútil. Passado algum tempo voltei ao terminal dos *ferries* e comprei um bilhete para a travessia seguinte. Depois da compra, entrei no carro e vasculhei o porta-luvas. Tudo que encontrei foi uma pilha de bilhetes de loteria que papai não tinha conseguido preencher, mas aquilo foi o suficiente. Também havia várias canetas, uma delas funcionava bem, e enquanto ficava sentado naquele estacionamento cinzento e deserto em Hirtshals, escrevi:

O céu que se abre. As vacas estão na orla da floresta olhando para a casa. As nuvens deslizam velozes. Olho para o vento.
Fico sentado junto de uma janela aberta e vejo o vento balançar os galhos pesados do velho freixo. Escrevo. As nuvens, os galhos, a mão que escreve.
Tudo ao longe.
O cheiro adocicado de mofo bate no meu rosto. As vacas desaparecem na floresta. Uma procissão negra no escuro. Uma a uma. Desaparecem. Uma a uma. Estou com frio. O vento ondula na copa reluzente. Uma janela solta bate no sótão. Da água saem os corpos brancos que dançam e música celestial.

    Fiquei sentado e reli o que eu tinha escrito, arrumei um pouco aqui e corrigi um pouco acolá, mas no geral o texto ficou como tinha saído. Escrevi no verso de cinco bilhetes de loteria que papai jamais preencheu. Foi a primeira vez que li algo que eu tinha escrito sem me envergonhar. Foi um pouco irreal, tive um sentimento meio aéreo. Irreal, porém muito bom. Dei mais uma volta a pé até o cais sentindo a cabeça ainda como uma massa sensível e latejante. Tudo continuava cinzento e inútil, a água do porto estava pastosa e lisa como antes, havia lixo e destroços junto dos barcos como antes, e no mar a neblina pairava macia e prateada como antes. Mesmo assim, algo tinha acontecido. Fiquei andando por lá e pensando no que eu tinha escrito. Aquilo que estava registrado nos cupons de loteria, e que eu queria reler assim que voltasse para o carro. Fiquei andando por lá e vi tudo cinza ao meu redor enquanto o vento marítimo e o cheiro de diesel queimavam o meu nariz, mas algo estava como que transformado. Senti que dava para perceber. Segundo imaginei, se alguém aparecesse e me perguntasse que horas eram, daria para perceber que um dos meus olhos faiscava como um diamante.

 Às três horas entrei no carro, dei a partida e desci até o terminal dos *ferries*. Fiquei bem à frente da pista de entrada, e lá fiquei sentado esperando que o *ferry* chegasse enquanto eu tentava escrever ainda mais. Reli o que eu já tinha e tentei acrescentar mais algumas linhas. O *ferry* apareceu uma hora mais tarde, quando eu já devia ter escrito sem dúvida uns dez bilhetes de loteria. Depois que embarquei, encontrei um lugar para mim e pus os bilhetes na minha frente e reli tudo outra vez. Percebi o ruído dos motores enquanto o *ferry* se afastava do cais, mas eu estava concentrado demais para olhar para fora da janela, concentrado demais para ver a cidade cinzenta desaparecer na neblina prateada. Eu estava em outro lugar. Me debrucei por cima dos papéis, li, acrescentei, escrevi mais um pouco. Afinal, era o primeiro texto que tinha me deixado satisfeito. Era algo completamente à parte, tinha alguma coisa do cenário da minha vida, enquanto os outros textos eram um tanto comuns.

 Durante a viagem fiquei sentado, olhando para o outro lado da janela manchada. Eu me sentia completamente exausto, mas não consegui dormir, apenas fiquei lá sentado e deixei o rumor do navio passar por mim. Minha cabeça estava melhorando, era como se a casca tivesse se aberto para que o cérebro

fosse recolocado e eu parei de sentir mais o gosto de ferrugem no café quando bebia, e quando vi as luzes de Randesund deslizarem no outro lado da janela eu me senti quase como antes. Eu já estava no carro antes que o *ferry* chegasse ao cais. O portão de proa se abriu e eu vi as luzes da zona portuária e a fumaça do *ferry* que avançava em direção à cidade. Fiquei no carro com a marcha engatada, eu ainda era o mesmo de antes, mas tinha me tornado um outro, e ninguém percebeu isso quando dirigi para fora do barco, em direção ao entardecer de outono pela estrada da minha casa.
Na madrugada seguinte, pouco depois das quatro horas, meu pai morreu. A última coisa que ele disse foi: *Agora eu me sinto no céu*. Exatamente como a vó escreveu. Foi depois da última dose de morfina, enquanto fumava o último cigarro e as cinzas caíam por cima do lençol. A última coisa que eu fiz foi mentir para ele, e nem ao menos tive tempo de contar que eu tinha virado poeta.

III

No *Fædrelandsvennen* de segunda-feira, 5 de junho, a primeira e a última página são dedicadas aos três últimos incêndios e à tentativa malsucedida na casa de Anders e de Agnes Fjeldsgård.
Manchete: *Finsland, um vilarejo em pânico.*
A capa traz duas fotos. Uma mostra Johanna sentada no porão de Knut Karlsen. Ela veste um roupão e está com a cabeça apoiada na mão, olhando para o vazio. Desistiu de tudo. A outra foto mostra a casa dela, quase totalmente queimada, e em primeiro plano veem-se os contornos de cinco pessoas. Não sei quem são.
A última página mostra a motocicleta acidentada, caída de lado atrás do carro em que bateu. A foto foi tirada quando a ambulância deixava o local do acidente. Dag não está lá. Nem papai.
A última página também traz a foto de dois policiais fotografando a escada na entrada da casa de Anders e Agnes Fjeldsgård. Ainda estava escuro. Um está segurando uma lanterna,

enquanto o outro se inclina para frente com uma máquina fotográfica à moda antiga, como as que aparecem nos filmes antigos, com um enorme flash esférico no alto.

Bem embaixo da página o chefe de polícia Koland aparece conversando com Anders Fjeldsgård e o policial Tellef Uldal. Foi Uldal quem chegou com o pastor alemão. O cachorro saiu pela estrada em direção a Mæsel, mas voltou depois de alguns minutos. Depois foi solto em volta da casa de Anders e Agnes. Passou um bom tempo na escada farejando os fósforos que estavam lá. Depois desceu a escada, atravessou a estrada e seguiu pela escuridão rumo ao Bordvannet. Ficou um bom tempo sumido e depois começou a latir em algum lugar próximo a Duehei, na margem leste do lago. Dava para ouvir claramente o eco. O cachorro latia, e um outro cachorro respondia. E de repente ele voltou sem que acontecesse mais nada.

    Por último o pastor alemão foi solto em volta do galpão de Sløgedal, o organista da catedral. Ainda havia fogo no galpão, e as chamas se espelhavam nos pequenos olhos. Naquele instante o cachorro ficou muito confuso e correu primeiro para um lado, depois para o outro. Farejou as paredes e as árvores frutíferas, desceu a estrada em direção à estação de incêndio, farejou um pouco ao redor da construção e depois se afastou e continuou descendo em direção à casa de Alma e Ingemann. Lá, correu por todo o pátio ganindo e uivando antes de voltar. Naquele instante todos os esforços estavam concentrados em salvar a casa do organista, a água era lançada contra a parede oeste e o teto, e os bombeiros ficaram jogando água enquanto o galpão de Sløgedal gemia e por fim desabava e o mar de fogo ondulava pelo céu. O cachorro ficou ao lado do caminhão de bombeiros, arranhando uma das rodas e ganindo.

    Na foto o chefe de polícia Koland parece cansado e confuso. Na entrevista ele diz que todo o caso parece muito complicado. Não existe nenhuma pista. Tudo o que se sabe é que provavelmente se trata de um homem jovem. Os incêndios se concentram em um raio de pouco mais de dez quilômetros. São iniciados com gasolina. Há relatos de um carro com os faróis apagados. Além disso não há nada. Toda a situação parece desesperadora.

O incendiário parece disposto a correr grandes riscos. Os últimos três incêndios foram iniciados enquanto a polícia parava todos os carros que passavam pelo vilarejo, e enquanto quase toda a população estava acordada e de vigia. Parece que o homem quer mesmo ser capturado.

É extremamente complicado, mas ao mesmo tempo simples.

Dois investigadores da Polícia Criminal saíram de Oslo naquela mesma manhã, mas não chegaram nem se instalaram na prefeitura de Brandsvoll antes das duas da tarde. O tempo estava encoberto, e uma grande lona foi estendida por cima da porta da casa de Agnes e Anders para caso chovesse. Todo o corredor fedia a gasolina, e havia cacos de vidro por toda parte. Agnes e Anders estavam ao fundo, olhando, ela com os braços cruzados, ele com as mãos enfiadas nos bolsos. Dadas as circunstâncias, pareciam bastante calmos. Por algumas horas tornaram-se estranhos dentro da própria casa. Não podiam tocar em nada nem mudar nada de lugar. Apareceram vários jornalistas. Todos queriam falar com Agnes, ela que de fato tinha visto o incendiário. Tinha ficado a poucos metros dele, apenas o vidro da janela ficou entre os dois. Tinha conseguido um vislumbre do rosto dele no clarão do fósforo, supostamente o fósforo número dois. Na escada foram encontrados dois fósforos. Um mal tinha conseguido pegar fogo antes de apagar, outro estava queimado até a metade e quebrado ao meio. Deviam ter sido riscados um de cada vez. Depois jogados pela abertura da porta. Ambos tinham errado o alvo, batido no vidro e caído para o lado de fora.

Pediram que ela o descrevesse.

Um homem jovem e bonito, disse ela a um jornalista, meio de brincadeira. Ele tomou nota com todo o cuidado, e no dia seguinte a frase saiu impressa. O incendiário não apenas era jovem, mas também alto e bonito. Tinha aparecido do nada, e voltou a desaparecer sem deixar para trás mais nada além das chamas. E um vilarejo em pânico. Ou dois fósforos queimados. Ele jogou o último fósforo contra o vidro depois que a viu. Ela gritou, ele a viu e a ouviu, e mesmo assim jogou o fósforo. Foi por muito pouco. Se o fósforo tivesse passado pela abertura, em poucos segundos ela estaria no meio do mar de fogo. O mesmo podia ser dito a respeito de Olav e Johanna, porém os dois conseguiram escapar. E de certa forma estavam no mar de fogo mesmo assim.

Foi decidido que tanto o casal em Vatneli quando o casal de Solås seriam vigiados à noite pela polícia. Olav passou a maior parte da manhã na cama, gritando. Johanna ficou sentada na beira da cama, mas ele parecia inconsolável. Os gritos vinham em ondas grandes e agonizantes que ameaçavam despedaçá-lo. Ela tentou segurar a mão dele, mas o tempo todo Olav a empurrava para longe. Ele gritava com ela, gritava com as paredes, gritava com Deus. Era como se estivesse sendo virado do avesso, como se alguma coisa selvagem e bestial tentasse se desprender dele sem conseguir. Ele não se deixou ser rasgado ao meio. No fim o médico de Nodeland chegou de carro e Olav se acalmou um pouco. Johanna recusou os comprimidos. Durante a tarde, Olav dormiu, e Johanna sentou-se na cama, segurou a mão dele e ficou olhando para aquele rosto tranquilo. Permaneceu assim por talvez meia hora, talvez mais tempo. Sentia-se completamente vazia. Ela olhou para o marido, viu que era bonito e ao mesmo tempo muito velho; os cabelos estavam brancos, as bochechas, descarnadas, os olhos estavam vermelhos, a testa estava lisa e sem rugas. A pele tinha ganhado um aspecto fino e translúcido, como se todo ele estivesse se desmanchando. Ela se perguntou se de fato conhecia aquele homem. Seria aquele o Olav com quem tinha vivido a vida inteira? Seria aquele o pai de seu único filho? Seria aquele o Olav que tinha visto o filho alegre adoecer e morrer? Seria ele?

Ele estava muito longe, e ao mesmo tempo bem perto. A mão estava quente e imóvel. Ela a tomou na sua, fechou os olhos e escutou os carros que passavam na estrada. Escutou os pássaros e vozes baixas no andar de cima. Eram sons desconhecidos e estranhos, mesmo que ela estivesse a apenas cinquenta metros de onde costumava passar todas as manhãs. Naquela hora ela estaria aquecendo o café no bule. Ela ligava o rádio e escutava o *Sørlandssendinga*, e enquanto cortava o pão Olav entrava e se sentava com as mangas da camisa arregaçadas e as mãos cheirando a sabonete, mas ainda um pouco sujas do trabalho no galpão de lenha. Os dois sentavam, cada um de um lado da mesa, e tomavam

o café da manhã. Olav afastava a cortina, como costumava fazer, e olhava para o Livannet, ou para a cerejeira ainda em flor.
No fim, se deitou na outra cama que tinha sido oferecida para eles. Ela sentia o quanto estava sangrando, mas não se deu o trabalho de levantar. O sangue corria enquanto ela flutuava. A dor havia sumido. Antes de adormecer ela virou a cabeça de repente para o lado, os lábios se mexeram de leve. Foi como se alguém tivesse chegado em silêncio, sentado na beira da cama, posto a mão na testa e sussurrado o nome dela.

IV

O que foi que Aasta disse a respeito de Johanna? Ela não conseguia rir, não conseguia chorar. Não conseguia fazer nada.
E Alma. O que ela conseguia fazer?
Foi para casa andando. Era pouco mais de quatro horas da manhã. O dia já estava claro e os pássaros cantavam, mas ela não escutava. Desceu a estrada que ia até a casa de Sløgedal com passos apressados enquanto o incêndio no galpão aos poucos crescia atrás dela. Ouviu o estalar das chamas, mas não se virou. Passou pela estação de incêndio, desceu o morro em direção à casa, passou pela oficina e atravessou o pátio. Subiu os quatro degraus da escada e entrou. Pendurou a jaqueta de Ingemann no cabide do corredor. Continuou até o banheiro e passou um bom tempo lavando o rosto com água fria. Não olhou para cima, simplesmente lavou e esfregou até que as bochechas ficassem dormentes. Apagou a luz. Trancou a porta. Então se esgueirou até o sótão e deitou-se ao lado de Ingemann. Pela respiração dele ela notou que estava acordado, mas não disse nada. Os dois ficaram deitados sem se mexer enquanto os pássaros cantavam cada vez mais alto lá fora. Os dois ficaram deitados sem se mexer enquanto ouviam o caminhão de bombeiros se aproximar. Os dois ficaram deitados sem se mexer enquanto vários carros se aproximavam e se afastavam, e seguiam em direção à casa de Sløgedal. Os dois ficaram deitados sem se mexer até alguém

bater na porta lá embaixo. Então ela se levantou de repente, desceu a escada e abriu.

Era Alfred. Ele cheirava a incêndio.

— Alma — disse.

— É você? — perguntou ela.

— O galpão de Sløgedal pegou fogo.

— Eu sei — disse ela.

— Alma — disse ele. — Está tudo bem com você?

— Está — respondeu ela. — Tudo bem.

Alfred hesitou.

— Ingemann está em casa?

— Claro — respondeu ela com um ar distante. Estava olhando através de Alfred, em direção à manhã clara e fresca, e ao sol que espalhava raios dourados por cima dos morros a oeste.

— Posso falar com ele? Ela subiu até o sótão e se deteve na porta do quarto. Ingemann estava de lado e respirava profundamente, mas ela sabia que ele não estava dormindo.

— Alfred está aqui — disse ela em voz baixa.

— Diga que não estou em condições de descer — respondeu ele.

— O galpão de Sløgedal pegou fogo — disse ela.

Ingemann não respondeu, mas ela notou que o corpo dele ficou tenso. Ela olhou para a cama desfeita, para as roupas penduradas na cadeira, para a porta entreaberta do armário, a manga do casaco social dele e o casaco preto dela que saía um pouco para fora. Ingemann continuava sem se mexer, mas ela percebeu que estava ouvindo.

— Eu disse que o galpão de Sløgedal pegou fogo.

— Eu ouvi — respondeu ele.

— Você não pode simplesmente ficar aqui deitado. Você é o chefe de bombeiros.

Ingemann e Alfred conversaram em voz baixa quando subiram as poucas centenas de metros até a curva fechada, passaram pela estação de incêndio e chegaram até o pátio de Sløgedal. Alfred falou sobre o apagamento, disse que tinham conseguido salvar a casa, algumas janelas ficaram quebradas, a pintura ficou

estragada, algumas telhas foram arrancadas, mas de resto estava inteira.
– Muito bem – respondeu Ingemann. Nada mais.
Depois Alfred mencionou que vários jornalistas tinham feito uma visita, e repórteres de televisão tinham feito gravações.
– Logo o país inteiro vai saber – disse.
Ingemann não respondeu.
Quando chegaram ao galpão queimado a conversa tinha chegado ao fim, e assim os dois permaneceram lado a lado em silêncio, olhando. O que se poderia dizer? Tudo estava reduzido a cinzas, tábuas queimadas, metal retorcido. O próprio chão estava preto e queimado ao redor.
– Tudo bem com você? – perguntou Alfred.
– Tudo bem – respondeu Ingemann. – Só preciso me sentar um pouco.
Alfred sentou-se ao lado dele nos degraus, o espaço era estreito mas os dois passaram bastante tempo sentados sem dizer nada. O sol se ergueu acima de Kviheia, no leste, o orvalho aos poucos começou a secar, era visível que a atividade tinha sido frenética à noite; a grama estava pisoteada e havia detritos e algumas garrafas vazias jogadas contra a parede da casa. Ingemann fechou os olhos. Ficou lá sentado, sentindo o sol bater no rosto.
– É ótimo ter Dag para buscar as provisões – disse Alfred.
– Ah, é?
– Nunca ficamos sem refrigerante ou chocolate – continuou Alfred. – Hoje ele é praticamente o chefe de bombeiros.
– Ah, é sim – respondeu Ingemann.

Pouco depois um carro estacionou no pátio. Dois homens desceram. O primeiro era Bjarne Sløgedal, o organista da catedral, e o segundo era o pai dele, Reinert, o antigo sacristão e professor. Tinham sido comunicados do incêndio pela manhã e na mesma hora entraram no carro e percorreram todo o caminho desde Kristiansand. Naquele instante os dois estavam na luz do sol matinal, olhando para o galpão queimado. O filho deu alguns passos à frente, o pai seguiu logo atrás, os dois pareciam um pouco deslocados, como se tivessem errado o caminho, ou se perdido;

e então caminharam lentamente até Alfred e Ingemann para perguntar afinal onde estavam. Os quatro ficaram conversando em pé. Alfred contou o que sabia. O incêndio havia começado pouco depois das quatro horas, ao amanhecer. Ninguém tinha visto ou ouvido nada. Nenhum carro. Nada. Uma viatura tinha passado poucos minutos antes. Era como se a casa tivesse começado a queimar por conta própria.

Depois os quatro homens subiram a rampa do galpão até o alto, onde de repente ela acabava no vazio. A fumaça ainda rodopiava em meio às ruínas, uma fumaça cinzenta, quase translúcida que se erguia trêmula antes de se desmanchar por conta própria.

– Agora o tear da mãe se foi – disse Bjarne em voz baixa. – Estava dentro do galpão – disse enquanto apontava para o vazio.

– Ela adorava aquele tear.

Ninguém mais disse nada por alguns instantes. Todos estavam em silêncio, assimilando as palavras sobre o tear quando um vulto apareceu ao longe na estrada. Era Dag. Parecia feliz e despreocupado caminhando sob as árvores frutíferas do jardim; deu um pulo e bateu em um dos galhos mais baixos e arrancou algumas folhas que no mesmo instante atirou ao chão. Quando viu quem estava em companhia de Alfred e do pai no alto da rampa, ficou sério de repente. Foi como se a princípio tivesse pensado em dar a volta, mas depois resolvido seguir adiante. Ele subiu até o alto da rampa do galpão e apertou a mão dos dois. Primeiro a de Bjarne, depois a de Reinert.

– É você? – perguntou Reinert.

– Eu mesmo – respondeu Dag.

– Você cresceu um bocado desde a última vez.

– E você ficou um pouco mais velho – respondeu Dag.

E os dois riram. Não muito, mas riram.

– Que coisa mais trágica – disse Dag.

– Acabei de dizer que o tear da mãe estava lá dentro – disse Bjarne.

– Ah, eu lembro que ela tecia – respondeu Dag.

Reinert disse:

– Eu estava torcendo para que tivesse sobrado alguma coisa.

– Que horror – disse Dag.

Então todos os cinco desceram da rampa.

Dag quebrou um galho da bétula chamuscada e começou a remexer as cinzas. Os outros o encararam. Ninguém disse nada. Reinert enxugou o suor. Então Ingemann começou a andar em direção à casa, com Alfred atrás e por último o pai e o filho Sløgedal, e todos foram até o carro estacionado. Dag foi logo atrás e ficou parado com o galho na mão como se fosse um presente à espera de uma ocasião para ser entregue.

– A polícia precisa dar um jeito de pegar quem fez isso – disse ele. – Ninguém pode aterrorizar as pessoas desse jeito.

– Não, ninguém – disse Alfred.

– É um louco.

– É – disse Reinert.

– Deve ser alguém... – começou Bjarne. – Alguém sem coração.

– E ninguém faz nada – exclamou Dag. – Ninguém! Por que ninguém toma uma providência!? As coisas não podem continuar como estão!

– Não, não podem – disse Alfred.

– É um doente, um doente.

Fez-se uma breve pausa.

– Um doente!

– É – disse Alfred.

– Agora vamos para casa – disse Ingemann. – Precisamos comer alguma coisa, nós dois.

– Esqueci de perguntar o que você anda fazendo – disse Reinert de repente.

– O que ando fazendo? – repetiu Dag.

– É, eu lembro que você tinha grandes planos.

– Eu não sou ninguém – respondeu Dag.

– O que é isso – exclamou Ingemann.

Mas Dag o interrompeu.

– Não, papai – disse com a voz tranquila. Ele abriu um sorriso largo para todos. – Eu não sou ninguém.

V

Uma foto no *Lindesnes* de segunda-feira, dia 5 de junho, mostra Ingemann ao lado do caminhão de bombeiros com uma expressão amigável, embora naquele momento já devesse ter pressentido como tudo se relacionava. Na entrevista não tem nada que chame muita atenção, pelo contrário, é uma entrevista extremamente sóbria e direta. Manchete: *Temos um ótimo equipamento para uma região pequena.* Ele discorre sobre o caminhão de bombeiros praticamente novo. A bomba hidráulica na frente é uma Ziegler capaz de bombear água vinte e cinco metros para cima, e além do mais o caminhão tem oitocentos metros de mangueiras e três bombas portáteis, a maior bombeia mil litros d'água por minuto, as duas outras duzentos e cento e cinquenta. Garante que ninguém pode reclamar de um equipamento desses. Ninguém estaria mais bem-equipado do que o pequeno vilarejo. Se houver um incendiário à solta, é bom que seja por aqui, diz ele, parecendo ao mesmo tempo orgulhoso e viril. As perguntas seguintes são a respeito dos últimos incêndios. Sobre o alarme que soou na noite anterior perto da igreja. A última pergunta, na íntegra: *Depois de ter estado em tantos incêndios nos últimos dias, vocês estão muito cansados?*

Resposta: *Sim, estamos cansados. Extremamente cansados.*

Ficou decidido que Bjarne Sløgedal, o organista da catedral, ficaria de guarda no lado de fora da casa durante a noite seguinte. A polícia achava que o incendiário poderia querer *terminar o serviço*, como se costuma dizer. Afinal, a casa continuava de pé. Sløgedal recebeu uma espingarda, uma Mauser sem cinta, e foi instruído a ficar de tocaia atrás de arbustos um pouco afastados da casa. Caso o incendiário aparecesse, deveria disparar três vezes para o alto em rápida sucessão. Esse foi o combinado.

No mais, bastava esperar a noite.

Em Solås uma viatura vigiava a casa de Anders e Agnes Fjeldsgård. Ao longo do dia apareceram vários curiosos que tinham ouvido falar sobre o ocorrido. No início da tarde, Dag também apareceu. Foi enquanto os investigadores da Polícia Criminal estavam debaixo da lona montada em frente à porta. Ele ficou de pé no gramado e conversou um pouco com Anders, depois Agnes caminhou em direção aos dois. Ela estava oferecendo panquecas em uma bandeja. O policial junto da estrada já estava com uma panqueca na mão. Anders não quis, mas Dag aceitou uma.

– Muito obrigado – disse ele olhando nos olhos dela.

Pouco mais tarde Agnes Fjeldsgård tentava limpar o cheiro forte da gasolina. O cheiro tinha se espalhado e pairava como uma névoa atordoante por toda a casa. Ela esfregou repetidas vezes, usou areia e sabão verde, mas a gasolina tinha penetrado fundo nas tábuas do assoalho. O ar tremulava e a madeira exalava o pesado vapor da gasolina. A porta se abriu pouco depois que o pessoal da Polícia Criminal foi embora. Não era uma rajada de vento. O calor estremecia na planície de Brandsvoll e de Lauvslandsmoen, e até os pássaros estavam em silêncio.

Eram cinco horas passadas em uma tarde de segunda-feira.

Mais ou menos ao mesmo tempo a polícia saiu em busca de Alfred.

Else foi encarregada de pedir a Alfred que fosse até a prefeitura. Ela falaria em um tom de voz tranquilo e natural. Era para não despertar a suspeita de Alfred. De que ele era suspeito. Afinal, ele tinha participado do apagamento de vários incêndios.

Alfred foi conduzido até a porta do antigo gabinete, aquele onde tinham montado um escritório provisório com uma escrivaninha e três cadeiras, e uma máquina de escrever. Pediram que sentasse na cadeira que estava em um lado. Dois policiais sentaram nas outras. Então começou o interrogatório. Levou algum tempo até ele perceber que aquilo dizia respeito a si próprio.

Talvez não fosse justo chamar aquilo de interrogatório. Apesar de tudo, o tom da conversa era bastante informal. Ofereceram café do enorme bule do gabinete, aquele que nos velhos tempos costumava sozinho ser motivo de reunião. Depois pediram que falasse a respeito dos últimos três incêndios, os dois em Vatneli e o galpão de Sløgedal. Tudo foi minuciosamente registrado. Um dos policiais estava sentado de costas e martelava as perguntas e as respostas na máquina de escrever. Alfred deu um depoimento tranquilo, de vez em quando ele fazia uma pausa, se inclinava para frente em direção à xícara fumegante e tossia, e então todos desviavam os olhos do papel e encaravam-no atentamente. Perguntaram sobre quanto tinha dormido nos últimos três dias. Ele respondeu a verdade, que não sabia. Perguntaram se não estava absolutamente exausto, e a resposta foi afirmativa. Perguntaram sobre a ocorrência em Skogen, por que ele achava que o incêndio tinha começado de manhã e não à noite, de acordo com o padrão dos outros incêndios. Ele disse que não sabia. Perguntaram se ele achava que existia um padrão, mas isso ele não soube responder. Perguntaram por que havia decidido entrar para o corpo de bombeiros. Ele respondeu que tinha sido convocado, e que além do mais era um trabalho *importante*. Perguntaram sobre a palavra *importante*, será que ele poderia explicar melhor? Ele tentou. Por fim perguntaram qual era a impressão dele sobre os últimos dias. Ele pensou um pouco antes de se inclinar para a frente e responder: *É irreal. Irreal. Completamente irreal.*

Em cerca de vinte minutos ele foi liberado. Antes de ir embora, disse:

– Por que vocês quiseram falar comigo?

– Faz parte da investigação – responderam.

– Significa que eu sou suspeito?

– Não significa nem uma coisa nem outra.

Então ele foi embora.

Quando chegou em casa, Else estava com a mesa posta, e durante a refeição ele contou sobre o interrogatório. Disse que a polícia talvez o considerasse suspeito. Ela o encarou. Olhou para as mãos dele, para a boca e para o rosto inteiro. Percebeu o vapor da xícara de café que se erguia diante dos olhos.

Então sorriu.

Eles ouviram as notícias das seis horas. Os incêndios eram o segundo assunto mais importante. O primeiro dizia respeito a um acidente de trem nos arredores de Lyon, na França, com oito vítimas fatais confirmadas até então. Depois, notícias sobre os quatro últimos incêndios em Finsland. Em dois casos houve tentativa de homicídio. Quatro pessoas idosas que tinham escapado da morte por um fio. O chefe de polícia Koland foi entrevistado, ele tinha uma voz segura e firme. Disse que a polícia já tinha indícios concretos. Falou sobre os dois carros. Depois, o testemunho feito por Agnes Fjeldsgård: um homem jovem e magro. Naquele momento, era tudo o que tinha. Por último, o chefe de polícia pediu que todos se mantivessem acordados à noite. Foi tudo o que disseram sobre os incêndios em Finsland. Depois, um rápido boletim sobre a Copa do Mundo de Futebol. Áustria eliminada, junto com a França, a Espanha e a Suécia.

Else se levantou para desligar o rádio enquanto Alfred bebia os últimos goles de café e entrava na sala para se deitar.

Foi nesse ponto que ela percebeu um homem atravessando o pátio a pé. Ela o reconheceu no mesmo instante, mas levou um susto ao ver como parecia envelhecido. Ingemann atravessou o pátio sozinho. Era o caminho mais curto entre as duas casas, mesmo que fosse pouco utilizado. O sol batia em suas costas e projetava uma sombra longa e magra que sem dúvida tinha quatro vezes a altura dele. Foi como se dez anos tivessem passado sem que Else percebesse qualquer coisa. Dez anos tinham passado e Ingemann tinha passado dos setenta em poucos dias. Havia algo na maneira de caminhar, ou nas costas, o pescoço curvado, talvez os braços, a maneira como balançavam enquanto ele andava. O homem que se aproximava era um velho.

Alfred e Else permaneceram tranquilamente sentados na cozinha e esperaram o soar da campainha no corredor. Então Alfred se levantou, foi até o vestíbulo e abriu a porta.

– É você? – disse.

A princípio Ingemann não falou uma única palavra. Simplesmente ficou lá com o macacão escuro que costumava usar nas ocorrências, aquele que cheirava a incêndio velho e parecia uma espécie de uniforme. Passaram-se alguns instantes e por fim ele estendeu a mão.

– Veja isso – disse.

Na mesma hora Alfred reconheceu a tampa branca de um dos galões da brigada de incêndio. Poucas horas atrás ele tinha enchido vários galões com gasolina. A mão de Ingemann estava preta de fuligem, a tampa era branca.

– Eu... encontrei isso – disse Ingemann.
– Certo – respondeu Alfred.
– E vim aqui contar para você.
– Veio aqui me contar o quê? – disse Alfred, encarando o antigo vizinho no sol quente do entardecer.
– Que eu sei quem ele é.

Alfred precisou sentá-lo na cadeira debaixo do relógio. Else apareceu com um copo d'água. Ingemann bebeu um pouco, mas deixou o resto. Ele tinha um cheiro forte de cinzas e de fuligem. A tampa do galão tinha ficado na escada, e Alfred foi buscá-la. Ingemann ficou sentado na cadeira debaixo do relógio, girando a tampa na ponta dos dedos. Fez-se um longo silêncio, preenchido apenas pelo ruído da tampa, e então ele começou a falar. Tinha ido até o galpão queimado de Sløgedal e andado por lá sozinho. Tinha parado no alto da rampa do galpão e olhado em direção às ruínas, exatamente como tinham feito com Reinert e Bjarne algumas horas antes. Foi quando encontrou a tampa. Não conseguia entender como ninguém tinha visto antes. Estava em um lugar bem visível na grama, perto do galpão. Ele tinha parado por alguns instantes no ponto em que a rampa deveria continuar um pouco mais para cima, e não conseguiu entender como a tampa do galão estava caída na grama. Ficou lá parado, sentindo a suave brisa do verão, e em seguida ergueu o rosto e olhou para a bétula que ficava ao lado do galpão. Os galhos mais próximos estavam queimados, em outros lugares restavam apenas tocos quebrados que pareciam ossos. As poucas folhas que haviam restado estavam marrons e murchas e farfalhavam secas ao vento.

E de repente ele compreendeu.

Quer dizer: ao mesmo tempo compreendeu e não compreendeu, mas dava na mesma.

Foi isso o que disse para Alfred e Else. Ele inclinou a cabeça para trás e a apoiou contra a parede debaixo do relógio. Fechou os olhos, depois os reabriu, e nesse meio-tempo eles tinham ficado estreitos e sombrios e sábios, porém mesmo assim sozinhos com tudo o que sabiam.

– Agora que eu contei tudo para você, Alfred, por favor procure o chefe de polícia. Não vou conseguir.

VI

Foi Teresa quem a encontrou. Ela sentiu que algo estava errado, e tinha certeza de que Alma estava em casa, tinha visto da janela quando ela entrou em casa, e mesmo assim ninguém atendeu quando tocou a campainha. No fim ela tentou abrir a porta. Estava aberta. Ela chamou no corredor. Nem assim houve qualquer resposta. Então deu mais alguns passos cautelosos. Não havia ninguém na cozinha. O sereno tique-taque do relógio de parede, uma xícara de café solitária em cima da mesa, alguns pratos na bancada da pia, o pano de prato em cima da torneira, uma abelha se batendo contra o vidro da janela. Teresa estava a ponto de sair da casa quando ouviu um barulho no sótão. Ela subiu a escada e espiou para dentro da porta que estava aberta. Alma estava deitada em cima da colcha, vestida. O casaco estava fechado até a metade. Até os sapatos estavam calçados.

– Alma? – sussurrou Teresa.

Ela não sabia ao certo por que estava sussurrando, talvez fosse a visão dos sapatos em cima da colcha, talvez o olhar fixo e vidrado. Alma não se mexeu, mas foi ela quem tinha gritado, quanto a isso Teresa não teve dúvida.

– Alma – sussurrou mais uma vez. Dessa vez não foi uma pergunta, mas uma constatação. Alma estava rígida e tinha o corpo estendido como o de uma estátua derrubada, mas os belos cabelos se espalhavam em ondas por cima do travesseiro. Ela respirava pela boca, os olhos estavam fixos na lâmpada apagada no teto, o peito se erguia e se abaixava com um movimento discreto. – É ele – sussurrou ela.

– É ele.

Teresa ficou de pé ao lado da cama, mas Alma não olhou para ela.

– Tudo acabou – disse em um sussurro.

Ela virou a cabeça em direção a Teresa, como se de repente houvesse percebido que alguém tinha entrado. Os lábios se mexeram de leve. Teresa se inclinou para junto dela. A voz estava rouca e gaguejante, como se viesse do outro lado de uma rachadura estreita:

— Não consigo me mexer.

Depois ela não falou mais uma palavra. Teresa escreveu sobre a retirada dos sapatos. Primeiro o esquerdo, depois o direito. Um pouco de areia e de terra caiu em cima da colcha, ela limpou aquilo com uma escova e deixou os sapatos alinhados ao lado da porta. Em seguida, desabotoou o casaco do peito para baixo, abriu as abas e afastou-as para o lado. Ergueu o braço direito, depois o esquerdo. Foi como tirar a roupa de uma criança adormecida. Mas Alma não estava dormindo, ela ficou o tempo inteiro olhando para a lâmpada no teto, ausente. Teresa deixou-a apenas com a roupa de baixo, e depois estendeu a colcha de Ingemann por cima dela.

— Descanse um pouco — sussurrou. Teve a impressão de que Alma balançou a cabeça de leve, mas sem dizer nada, ela simplesmente ficou deitada de olhos abertos.

Foi então que Teresa ouviu uma música baixinha no andar de baixo. Era o som de um piano, e na hora ela reconheceu a melodia. Olhou para Alma, mas ela tinha fechado os olhos. Permaneceu na cama, imóvel e transfigurada, a testa estava lisa, ela tinha pó e agulhas de pinheiro no cabelo e parecia muito mais jovem do que era na verdade. Era como se estivesse flutuando para longe, carregada pela música que vinha lá de baixo.

Teresa se levantou e desceu a escada. A música ficou mais intensa. Então ela chegou à sala e olhou para o vulto que estava sentado ao piano.

— Você toca bem — disse.

Ele se assustou e tirou as mãos das teclas como se de repente tivessem ficado incandescentes. Os sons permaneceram no ar, se misturando uns aos outros, dissiparam-se e foram embora.

— Você acha? — perguntou ele.

Ela acenou com a cabeça.

— Faz muito tempo que você me ensinou — disse ele.

Ela acenou mais uma vez com a cabeça.

— Quer que eu toque mais um pouco?

Ele não esperou a resposta e se virou em direção às teclas mais uma vez. Tocou alguns acordes. Só então ela percebeu que na sala havia um forte cheiro de gasolina. Ele mesmo estava lá sentado com uma camisa manchada nas mangas e nas costas, havia um longo rasgo no ombro que deixava a pele clara à mostra, os cabelos estavam desgrenhados, as mãos sujas. Ela esqueceu de ouvir, como costumava fazer com os alunos. Esqueceu tudo o que dizia respeito à técnica e à expressão e à interpretação. Em vez disso, foi como se ela se perdesse na música, ou como se a música se perdesse nela. Simplesmente ficou lá, olhando Dag tocar, olhando para aqueles dedos sujos que não deixaram uma única marca sequer nas teclas brancas.

Ela não ouviu quando alguém bateu na porta, notou apenas que havia pessoas no corredor, que alguém estava gritando, nem ela nem Dag perceberam coisa alguma antes que um policial estivesse na sala. Depois veio Alfred. E por último Ingemann. Só então ele tirou as mãos das teclas e tudo ficou em silêncio. Ele os encarou um a um. Ninguém disse nada. Ingemann estava com o rosto cinza, Teresa não tinha lembrança de vê-lo naquele estado. Estava lá, apoiado no marco da porta, e por um instante ela achou que ele perderia o equilíbrio e cairia no chão, mas não, ele continuou de pé. Deu alguns passos para frente e chegou até o meio da sala, e foi como se carregasse toda a casa nos ombros.

– Dag – disse ele. Foi tudo o que conseguiu dizer.

– Venha com a gente – disse o policial.

– Como? – perguntou Dag.

– É melhor você obedecer – disse Alfred em voz baixa.

Dag abaixou a tampa acima das teclas devagar, mas largou-a de repente com um baque. De algum lugar no interior escuro do piano saiu um ruído obscuro e quase inaudível. Então ele se levantou e o policial o agarrou pelo braço, e enquanto deixava a sala ele olhou para trás em direção a Teresa e sorriu.

6.

I

O Livannet branco e plácido. Nenhum pássaro à vista. Só o céu. Vento e gelo. Em certo ponto o termômetro cai a menos vinte e cinco graus. Consigo escrever apenas durante curtos períodos antes que os meus dedos fiquem duros. Depois o tempo fica mais claro, fevereiro chega, março, o vento vira para o oeste e aos poucos o clima fica mais ameno.

Tento juntar os pedaços.

A vó escreve no diário em 22 de janeiro de 1998, um dia depois que drenaram quatro litros e meio de líquido dos pulmões de papai: *Me sinto enterrada.*

Só isso. Afinal ele ainda era o menino dela.

E eu era o filho dele.

Lembro do entardecer no galpão de Olga Dynestøl. Quando cheguei com papai, os bichos ainda estavam todos lá dentro. Eram três ao todo, e papai tinha abatido um deles com um único tiro, mas eu não sabia qual. Todos os três pareciam idênticos pendurados pela coluna, vermelho-escuros, esfolados, despidos. Aos poucos foram baixados, um a um. Três homens seguravam a corda, dois outros cortavam o corpo em pedaços cada vez menores. O pescoço era cortado com um serrote, e na mesma hora escorria o mar de sangue acumulado no interior do bicho. Puseram mais um saco embaixo. O lugar tinha um cheiro agridoce de tabaco queimado e sangue. A talha no teto gemia enquanto o corpo descia ainda mais baixo. Um grande pedaço era serrado fora enquanto um homem segurava. Assim o corpo ficava cada vez menor, e no fim podia ser serrado em duas partes iguais. Dois homens seguravam cada um uma coxa e, enquanto o corpo era dividido ao meio, os dois estremeciam sob o peso. Pedaços de carne eram separados do corpo e carregados até a serra-fita, onde eram cortados em partes ainda menores. A serra atravessava a carne cantando, gemendo através das grossas coxas e partindo as costelas enquanto um homem ficava o tempo inteiro jogando água para que tudo deslizasse mais fácil. Lembro do cheiro acre de osso serrado, e não sei se eu gostava daquilo ou se me fazia sofrer. Por último os pedaços eram jogados em cima da mesa de abate, onde os ossos, tendões e coágulos de sangue eram removidos. As balas também foram retiradas e colocadas uma do lado da outra na borda da mesa. Estavam irreconhecíveis depois de haver perfurado os corpos. Algumas pareciam pequenas flores de pétalas afiadas, outras, pequenos pássaros sangrentos. Todas foram dispostas em fila, como se de uma maneira ou outra tivessem valor mesmo que ninguém as quisesse, e no fim foram jogadas no lixo.

    Fiquei lá no galpão de Olga Dynestøl e vi a carne ser cortada e dividida em montes de tamanhos diferentes. Alguns eram pequenos, outros grandes. Um dos montes tinha apenas um único pedaço de carne e alguns coágulos de sangue que não eram nada além de comida para cachorro, outros eram tão grandes que precisavam de vários homens para carregá-los. Então os nomes foram lidos e os montes divididos entre os que estavam lá. Os homem enchiam bacias e baldes e sacos pretos de lixo. Em seguida desapareciam pela rampa do galpão e se afastavam na escuridão. Assim desapareceu Kasper, assim desapareceram Sigurd e John e todos os outros cujos nomes esqueci. Juntaram o monte de carne e logo desapareceram pela rampa do galpão. Assim também desaparecemos, papai e eu. Chamaram o nome dele e nós fomos até o grande monte que nos cabia. Ajudei a pôr os pedaços de carne no balde, eles pareceram estranhamente lisos e gelados ao toque. Eram pedaços sangrentos e carnudos misturados a ossos com carne ao redor e a ossos ocos por dentro. Juntamos tudo com cuidado, o balde ficou cheio, papai o ergueu

e ele estava muito pesado, dava para ver. Precisei me apoiar nele quando descemos a rampa lisa, depois chegamos na escuridão lá embaixo onde as cabeças e o couro e todos os ossos dos alces estavam atirados. A cabeça do alce que papai tinha abatido também estava lá. O olho ainda me encarava, mas tinha perdido o brilho. Estava totalmente preto. Então fomos até o carro, e no caminho foi como se aquele olho preto nos seguisse e soubesse quem éramos de verdade.
Quem vemos quando vemos a nós mesmos?
Passaram-se três, talvez quatro segundos.
E assim foi.

II

Um tempo depois que papai morreu eu fui visitar a vó, e falei para ela a respeito do dia de outono em que ele matou o alce. Nós dois precisávamos falar sobre ele, sobre o que lembrávamos, sobre como ele tinha sido, o que tinha dito e feito, quem era de verdade. Falei sobre o meu estranho sentimento de estar próximo a algo que nenhum de nós dois compreendia ao certo, mas que mesmo assim dominávamos. Papai nunca tinha atirado num alce antes, e eu tinha apenas dez anos. Ele nunca tinha atirado num alce antes, e nunca mais voltou a atirar. Mas naquela vez ele matou o alce com um único tiro no coração.

Quando terminei, a vó permaneceu imóvel enquanto o diamante no olho dela faiscava de leve. Então disse:

– Eu nunca tinha ouvido essa história.

– Não – disse eu. – Mas agora você sabe.

Quando estava indo embora eu disse:

– Aliás, eu comecei a escrever.

– Escrever? – repetiu ela.

– É. Vou ser escritor.

Ela ficou em silêncio por um breve instante, e então disse:

– Você não precisa destruir a sua vida porque o seu pai morreu.

Senti uma raiva poderosa borbulhar, mas me controlei.
— Eu não vou destruir a minha vida — respondi em tom distante.

— Ninguém vive de escrever — disse ela.

Não respondi. Fiquei parado no corredor frio na casa dela em Heivollen senti que ela tinha entendido. Foi por isso que contei, porque eu sabia que ela também escrevia.

— Você vai ser advogado — disse ela em um tom alegre que por assim dizer pretendia melhorar o meu humor.

— Eu não vou ser advogado — disse eu com a voz tranquila e olhando fixamente para ela, e nesse instante acho que ela percebeu que era sério.

— Mas você sabe escrever? — perguntou ela, confusa.

Peguei um envelope e entreguei para ela. Lá dentro estava o texto que eu tinha escrito naquela manhã cinza no carro de papai. Eu tinha passado tudo a limpo na máquina de escrever e dobrado a folha várias vezes. Ela ficou com a folha na mão enquanto eu ia em direção à porta. Me seguiu até a escada em frente à casa e ficou lá parada enquanto eu ligava o carro e dava ré para entrar na estrada, e quando me afastei eu olhei para trás e ela ainda não tinha entrado.

Desde então ela nunca disse uma única palavra sobre o texto, mas quando esvaziei a casa depois que ela morreu eu encontrei o envelope no meio dos papéis dela. Estava aberto, com a folha desdobrada. Ela tinha lido e, quem sabe, entendido. Mas não disse nada.

Sim, ela tinha entendido.

III

Primeiro ele negou tudo. Sentou na mesma cadeira em que Alfred tinha sentado algumas horas antes e explicou em detalhe a participação que teve nos apagamentos. Primeiro foi o telefone que tocou. Depois o alarme. Então a ocorrência. Então as bombas, as mangueiras, a água, as chamas, a casa, todas as pessoas reunidas, todos os rostos iluminados e com todos os traços como que apagados. Ou talvez fosse o contrário: todos os traços ficaram mais definidos. *Ele conhecia alguma daquelas pessoas?* Não. Sim. Talvez. Ele não teve tempo de ver. *Conhecia as pessoas que tiveram as casas incendiadas?* Não. *Conhecia Olav e Johanna Vatneli?* Não. *Anders e Agnes Fjeldsgård?* Não. Quer dizer: Ele sabia quem eram – Alma costumava fazer a faxina na casa deles de duas em duas semanas. Além do mais: o vilarejo era pequeno, e todo mundo sabia quem todo mundo era.

Perguntaram por que ele tinha entrado para o corpo de bombeiros. Ele se inclinou para frente. *Por quê?* Ele contou que nunca tinha se decidido a entrar. Sempre tinha sido assim. Foi algo natural. Contou que Ingemann o levava para as ocorrências desde quando era menino, contou sobre as duas casas que tinha visto queimar e disse que já naquela época tinha sentido um profundo desejo de participar dos apagamentos. De poder salvar uma casa em chamas do incêndio. Mesmo assim, não contou nada sobre o cachorro. Nada sobre o gemido que parecia uma espécie de canção. *Um profundo desejo?* É, respondeu ele. Um profundo desejo.

Perguntaram sobre o trabalho dele em Kjevik, por que tinha ido trabalhar lá. *Por quê?* Ele era bombeiro voluntário e precisava de um emprego. E também havia os aviões que chegavam e partiam. *E o que tinham os aviões?* Ele não sabia dizer. Mas gostava dos aviões. *O trabalho não era solitário?* Sim. *E ele gostava?* Sim. *Gostava de ficar sozinho?* Sim. *O tempo inteiro?* Não, claro que o tempo inteiro não. *Mas boa parte do tempo?* Sim. Perguntaram sobre o serviço militar na guarnição em Porsanger. Por um instante ele ficou tenso, mas logo voltou a se acalmar. Perguntaram por que ele tinha voltado antes do tempo. Tinham-no dispensado, disse, e então se sentou um pouco mais para frente na cadeira. Bebeu da xícara de café que tinha diante de si. *E quais são os seus planos para o futuro?* Ele deu de ombros. O tempo vai dizer. A resposta foi anotada. Depois perguntaram sobre as cicatrizes na testa. Ele falou sobre o acidente, mas não disse nada a respeito da batida na cabeça que, segundo alegou mais tarde, havia-o transformado em um outro. Depois começou um bate-papo sobre a Copa do Mundo de Futebol. *Ele estava acompanhando?* Sim. *Para quem estava torcendo?* Para ninguém. Tudo foi anotado. Depois perguntaram sobre a ocorrência em Skogen; por que ele achava que o incêndio tinha começado de manhã e não à noite? Não fazia ideia. Depois veio o incêndio em Dynestøl. E os dois em Vatneli, o galpão de Sløgedal. E a tentativa em Solås. *Agnes Fjeldsgård viu o incendiário.* É, disse ele. *Ela disse que era um jovem. Talvez da sua idade?* É, respondeu ele. Quem poderia ser? *Quem você acha?* Um louco, disse ele. *Um louco? Como assim louco?* Alguém que precisa de ajuda. *Ajuda?* Sim. Alguém que precisa de ajuda.

Houve um intervalo depois que o sol se pôs, e ele ficou com dois policiais na escada externa, fumando. Ainda estava quente e agradável, o ar estava frio e limpo depois das rápidas mas fortes pancadas de chuva durante a tarde. Não havia quase nenhum tráfego na estrada, e não se via ninguém. Dag pediu fogo para um dos policiais, ele se inclinou para frente e pôs a mão em volta da chama por um breve instante antes de tragar a fumaça para dentro dos pulmões e soltá-la pelo nariz enquanto apertava os olhos. Eles ficaram lá fora por cinco minutos, talvez mais. Ninguém disse grande coisa. Apenas fumaram. Os policiais não pareciam considerar a possibilidade de que a qualquer momento ele podia sair correndo e desaparecer na densa floresta em frente à prefeitura. Todos fumaram o cigarro até o fim e depois o pisotearam no cascalho com a ponta da bota. Em seguida entraram e o interrogatório prosseguiu.

Pouco depois das duas e meia a *NRK Dagsrevyen* transmitiu um boletim de três minutos desde o pequeno vilarejo de Finsland, no sul da Noruega, que nas últimas semanas vinha sofrendo ataques de um incendiário. Imagens tranquilas cintilaram na tela. Surgiu um pequeno vilarejo na floresta, fazia sol, era verão, lá estava a casa queimada em Vatneli, lá estava a casa de Anders e Agnes em Solås com a janela quebrada e lá estava o galpão de Sløgedal, com Alfred jogando água em cima.

Tudo aquilo era incompreensível.

*

Mais ou menos ao mesmo tempo Bjarne Sløgedal se escondia atrás de alguns arbustos em frente à própria casa em Nerbø. Largou a espingarda com todo o cuidado em meio ao urzal para se ajeitar melhor. A espingarda estava carregada e ele tinha aprendido a soltar a trava de segurança. O sol escaldava as árvores no oeste e o ar estava repleto de insetos que zumbiam de um lado para o outro no céu em um padrão incompreensível. Ele tinha levado junto um livro, e sentou-se para ler enquanto ainda estava claro. Mesmo assim foi difícil se concentrar no livro. A situação era absurda demais. Ele, o organista da catedral de Kristiansand, formado no Conservatório de Oslo, na Juilliard School of Music de Nova York e no Conservatório de Haia, na Holanda, estava escondido atrás de um arbusto em frente à própria casa com uma espingarda carregada ao lado. Ele, que poucos dias atrás tinha feito a abertura dos Concertos Religiosos Internacionais com a mesma Ingrid Bjoner que, ao lado da irmã, apresentou o celestial *Stabat mater* de Pergolesi para uma catedral lotada, estava lá sentado à espera de algo que não sabia o que podia ser. Tinha passado a noite anterior na catedral e naquele instante estava lá, no urzedo e na grama, sem saber o que podia acontecer. Se uma pessoa desconhecida aparecesse junto da casa, o que ele faria? Daria três tiros para o alto. Três tiros. E se ninguém ouvisse? Ninguém tinha pensado nessa possibilidade. Parecia muito provável que alguém fosse ouvir os tiros. E o incendiário ficaria no mínimo assustado e sairia correndo. Esse era o plano. E no geral tudo parecia envolto em uma aura de irrealidade. Tinha esfriado, e ele ajustou o casaco junto do corpo. De vez em quando olhava para cima. Seria algum barulho? Um galho que estalava? Alguém que descia a estrada? Não. Nada. Ele olhou para baixo em direção aos restos do galpão. Não havia mais fumaça nas ruínas, mas em compensação haviam aparecido pequenos enxames de mosquitos e insetos que executavam uma dança febril acima das cinzas molhadas. De vez em quando um carro passava devagar enquanto o motorista olhava para o local do incêndio. Ninguém o via. Ninguém sabia que estava lá. Logo o relógio marcou onze horas e em pouco tempo a luz de leitura acabou. Ele precisou forçar a vista para distinguir as ruínas deixadas pelo incêndio da floresta ao redor. Ergueu a espingarda e apoiou-a com cuidado no colo.

Enquanto isso, papai me colocava na cama em Kleveland. Dormi um sono pesado depois do longo dia quente, ele ficou parado um instante e olhou para o meu rosto sereno, para os meus olhos fechados e para a minha boquinha com os lábios entreabertos, e então saiu em silêncio e deixou a porta encostada. Falou em voz baixa com mamãe na cozinha, serviu uma xícara de café, foi até a escada em frente à casa e sentou com a xícara fumegante e a espingarda do vô logo ao lado enquanto escutava os sons da noite.

Pouco depois, quando a escuridão do verão se adensou, Olav Vatneli se levantou da cama no porão de Knut Karlsen. Ficou parado por um instante ao lado da cama de Johanna. Tinha dormido um sono pesado e sem sonhos. Não sabia ao certo por quanto tempo, mas lembrou que tinha gritado na cama. Naquele instante, porém, sentia-se estranhamente lúcido e tranquilo. Era como se antes estivesse muito longe, em um outro mundo, e naquele instante tivesse retornado e visto tudo com um novo olhar. Ele vestiu as calças e uma das camisas novas. Encontrou os sapatos lustrosos que ainda estavam duros e desacostumados a caminhar, vestiu o blusão novo, colocou a boina na cabeça e saiu da casa em silêncio. Trocou algumas palavras com o policial que estava de guarda no lado de fora. Então desceu a ladeira em direção à casa de Odd Syvertsen. De lá era possível ver as ruínas da casa. Ele sentia-se como um estranho enquanto caminhava com as roupas novas, como alguém que tinha passado muito tempo longe, alguém que ninguém mais conhecia, e que como se não bastasse houvesse tomado o caminho errado. Era isso o que parecia, que havia tomado o caminho errado, ou que não se lembrava direito de onde ficava a própria casa, onde tinha morado pelos últimos 35 anos. Se aproximou em silêncio e com cautela, como se houvesse alguém dormindo em meio às ruínas que não podia ser acordado em nenhuma hipótese. Desceu até a estrada, enfiou as mãos nos bolsos e seguiu adiante. De repente parou e, a cerca de vinte metros de distância, deteve-se e ficou olhando. Era como se não conseguisse saciar-se. Olhou. Olhou. Olhou. Tinha dito que queria ver a própria casa queimada e que queria estar sozinho, mas não tinha imaginado que seria à noite. Agora ele estava lá, mas não sentia nada. Estava apenas vazio e ao mesmo tempo extremamente lúcido. Deu mais alguns passos adiante, enquanto as solas duras dos sapatos novos faziam barulho no cascalho. Então se deteve mais uma vez e simplesmente olhou. Era como se visse através de tudo. E na verdade era o que fazia. Ele ficou lá e viu através da sala, do corredor, da escada e da cozinha. Entrou com todo o cuidado no pátio, se aproximou da escada que estava coberta por tábuas chamuscadas, cinzas e vidro quebrado. Lá ele se sentou. Ficou um bom tempo sentado na escada do lado de fora da casa, que agora não passava de ar. Ele não pensava em nada. A grama estava orvalhada e a neblina pairava sobre o Livannet, como na noite do incêndio. Então ele percebeu um vulto. No mesmo instante pressentiu quem era. Levantou-se devagar e com cuidado, limpando as cinzas e os cacos de vidro da parte de trás das calças enquanto o vulto entrava no pátio e se aproximava dos tocos que haviam restado da cerejeira. Olav estava no degrau mais baixo da escada, mas o vulto não chegou mais perto. Os dois permaneceram imóveis, olhando um para o outro, mas ninguém disse nada. O que poderiam dizer? Fazia mais de vinte anos desde a última vez. Passados dois, talvez três minutos, o vulto começou a ficar indefinido, se desfez e por fim juntou--se ao ar da noite. Olav passou alguns minutos de pé no degrau mais baixo, esperando, mas nada aconteceu. Por fim ele foi até o galpão de lenha. Estava quase intacto. Ele abriu a porta e entrou. Estava frio e úmido lá dentro depois de toda a água derramada. O chão de terra batida chapinhava debaixo dos sapatos, o interior estava às escuras e por um instante ele imaginou estar na barriga de uma baleia. Mesmo assim, sabia exatamente onde estava. A campainha soou com alegria quando ele puxou a bicicleta para longe de algum destroço que havia ficado preso às rodas. Ele a soltou de repente e levou-a para fora. A bicicleta estava em bom estado, só um pouco enferrujada e empoeirada, e com os dois pneus murchos. Ele a deixou apoiada contra a parede do galpão, exatamente como ela costumava ficar enquanto Kåre fazia as lições de casa na mesa da cozinha, como que pronta para descer o morro correndo em direção a Kilen. Depois experimentou a campainha, que soou tão bem e tão clara como nos velhos tempos. Bem que ele podia aparecer e pegá-la se precisasse, ele pensou. A mesma coisa com os pneus furados. Pois quem precisaria de ar nos pneus, que são eles mesmos feitos de ar?

IV

A escuridão estava nas janelas do gabinete, e assim as transformava em um grande espelho obscuro. Todos que estavam lá dentro podiam a qualquer momento olhar para cima e ver um rosto branco e indefinido que ao mesmo tempo olhava para cima no outro lado da sala, podiam sentar-se por um instante e encarar o rosto que os encarava de volta antes de perceber: Sou eu.

O interrogatório prosseguiu por várias horas. A tampa do galão de gasolina foi apresentada e colocada em cima da mesa, diante dele. Era branca, e na lateral as iniciais BF estavam pintadas em letras pretas e um pouco tremidas. Ele não esboçou nenhuma emoção. *Você sabe o que é isso?*, perguntaram. Sei, respondeu ele. *E sabe onde foi encontrado?* Não, disse ele. Fez-se um silêncio. Um carro passou lá fora. Ele se inclinou para frente e tomou um gole da xícara. *Sabe quem encontrou isso?* Dessa vez ele não respondeu, apenas deu de ombros com um gesto indiferente. Algo começou a acontecer com o rosto dele, os traços ficaram tensos e duros. Era como se estivesse prestes a explodir, mas não explodiu. Simplesmente ficou cada vez mais duro.

E assim foi.
O seu pai. Foi o seu pai quem encontrou.
Nesse instante veio o acesso de raiva.
Eram 23h17. O horário foi martelado logo ao lado da confissão. *O suspeito confessa.* O interrogatório foi interrompido às 23h25. O depoimento foi lido e assinado pelo suspeito. Uma viatura foi solicitada para transportá-lo até o presídio de

Kristiansand. De repente um clima de despedida tomou conta do gabinete. As pessoas saíram para tomar ar fresco. Dag também estava junto, mas dessa vez ficou algemado e não ganhou nenhum cigarro. A NTB foi contatada. Por volta da meia-noite a notícia foi dada na última transmissão do *Dagsnytt* na NRK. *O incendiário que vinha espalhando medo e pânico no pequeno vilarejo de Finsland, em Vest-Agder, foi capturado agora à noite pela polícia.* Em seguida começou uma avalanche de telefonemas de todos os jornais imagináveis. Knut Koland permaneceu tranquilamente sentado ao lado do telefone, atendendo todas as ligações. Ele não tinha muita coisa a dizer. Ainda era cedo demais. *Quem é? Quem é o incendiário?* Um rapaz aqui do vilarejo, respondeu ele. Nada mais. O rapaz seria levado até Kristiansand, onde no dia seguinte seria apresentado e indiciado por incêndio e tentativa de homicídio. O tempo inteiro ele o chamou apenas de rapaz. Não tinha mais nada a dizer. Na verdade, apenas três palavras.
Ele está preso.

Pouco depois da meia-noite e meia chegou a viatura que o levaria até o presídio de Kristiansand. Dois policiais entraram no gabinete, um deles fez um discreto aceno com a cabeça, e então ele se levantou e os seguiu noite adentro. O tempo estava fresco, ele andou calmamente até a viatura que estava à espera, pôde ver a casa de Else e de Alfred no outro lado do terreno, todas as janelas estavam acesas, a velha loja no cruzamento permanecia escura e em silêncio, a capela também. Os policiais abriram a porta traseira da viatura, um deles pôs a mão na cabeça dele e o empurrou para dentro, sem violência, mas com um gesto decidido. A última coisa que viu foi a névoa que também naquela noite tinha aparecido do nada e pairava branca, pura e imóvel alguns metros acima da terra.

V

O chefe de polícia Knut Koland foi entrevistado na edição de quarta-feira do *Fædrelandsvennen*, ou seja, no dia 7 de junho de 1978, quando explicou que o piromaníaco de Finsland teve a prisão preventiva decretada por doze semanas. Não há nada sobre a identidade dele. Nada sobre o único filho do chefe de bombeiros.

Na mesma edição, bem embaixo da primeira página há uma breve nota sobre o acidente de motocicleta: *Jovem segue inconsciente.* Na entrevista, Koland conta que não dorme há três dias e que está feliz por tudo ter acabado. Ao mesmo tempo, chama atenção para a grande tragédia humana por trás de tudo que aconteceu.

– É muito triste.

De certa maneira foi nesse ponto que tudo começou.

Pela manhã foi dada a partida em um carro de Skinnsnes. Era um Ford Granada vermelho-escuro. O para-choque estava um pouco amassado, havia restos de terra e de casca de árvore na pintura rachada logo acima do emblema da Ford e um dos faróis estava um pouco torto. Era Ingemann quem dirigia, com Alma ao lado. Os dois estavam em silêncio. Ela estava totalmente calada, com a bolsa no colo e as mãos por cima, como se temesse que alguém pudesse tentar arrancá-la. O carro dobrou à esquerda e passou pela cooperativa desativada com a sacada vazia e o mastro sem bandeira, como havia estado desde que todos conseguiam lembrar. Eles desceram o morro e deixaram para trás a capela, e passaram a prefeitura completamente vazia e silenciosa. Em seguida, continuaram devagar pelas curvas antes de Fjeldsgårdsletta e, quando Ingemann acelerou e os dois passaram em alta velocidade pela antiga oficina mecânica no extremo da planície, logo viram o Livannet, que continuava lá como sempre tinha estado, cintilando alegre ao sol, ainda que mais perto da margem a água estivesse preta e silenciosa. Pararam na sombra em frente à loja de Kaddeberg, desceram do carro e subiram os cinco degraus da escada, aquela que dava para subir e descer pelos dois lados. Entraram na loja fria onde o próprio Kaddeberg ficava do outro lado do balcão com o toco de lápis atrás da orelha. Ele acenou a cabeça com um gesto um tanto formal, porém amistoso, e Ingemann respondeu com o mesmo gesto. Não havia mais ninguém lá dentro, e Kaddeberg deixou-os à vontade. Queriam apenas um cartão simples, talvez com algumas flores estampadas. Alma encontrou um que a agradou no pequeno mostruário junto do caixa. Era simples, sem linhas e tinha um botão de rosa estampado na frente. Ela o entregou a Ingemann e caminhou tranquila em direção ao carro enquanto Ingemann pagava. Antes que continuassem, ela escreveu: *Nossos sentimentos*. Depois os dois nomes. Alma. Ingemann. Isso foi tudo. Depois os dois seguiram viagem. O carro subiu lentamente os morros e deixou para trás a agência de correio. Alma olhou para baixo em direção ao Livannet que tremeluzia com a brisa matinal. Era um dia ensolarado de verão. Estava quente. O sol já estava alto no céu, e ela sentiu que estava suando nas costas. Eles passaram a casa verde-claro de Konrad, depois seguiram pela estrada até Vatneli e, quando chegaram ao alto do morro, dobraram à direita e entraram no pátio de uma pequena casa com uma vista magnífica para o lago e para as gandras azul-escuras a oeste. Era a casa de Knut e Aslaug Karlsen. Alma sentiu vertigem. Ela pôs o cartão na bolsa, pegou-o mais uma vez e desceu do carro. Por um instante os dois ficaram no calor do sol e projetaram sombras compridas e magras. Ingemann tirou o pente do bolso de trás e passou-o duas ou três vezes nos cabelos, desde a testa até a nuca. Ela fez como se estivesse ajeitando o cabelo, limpou alguma sujeirinha da roupa e conferiu a bolsa para ver se o cartão estava lá, mas não, ela ainda estava com ele na mão. Então os dois seguiram juntos até a porta. Ingemann se inclinou para frente e bateu três vezes. Ficaram esperando, nenhum dos dois tinha dito uma única palavra desde que haviam saído de casa. Nesse instante Alma disse:

— Eu não vou conseguir. Não vou conseguir.

Então ouviram passos lá dentro, um vulto indistinto apareceu por trás do vidro martelado, a porta se abriu. Era Johanna. Ela tinha lavado o rosto, as sobrancelhas ainda estavam marcadas pelo calor violento. Ela estava sem os dentes. Olhou para Ingemann, depois para Alma. O rosto se iluminou de repente quando viu que eram eles, como se a idade e a tristeza por um instante tivessem desaparecido, com uma leveza infinita. Era quase um sorriso. Ela disse:

– Que bom que vocês vieram.

Em seguida abriu a porta para dar passagem. Lá dentro, Olav permanecia de pé, esperando. Então eles entraram. Alma primeiro, depois Ingemann. Ele fechou a porta com cuidado depois de entrar. Tudo ficou em silêncio, a não ser os pássaros. Ninguém sabe o que os quatro falaram.

7.

I

No fim ele era três. Isso aparecia em todas as cartas que escrevia para os pais em Finsland. Falava a respeito de si próprio como se fosse três
   Havia Dag.
   Depois havia o *Rapaz.*
   E por fim *eu.*
   Rapaz era como Ingemann costumava chamá-lo. Talvez o Rapaz ateasse o fogo e depois Dag fosse apagar? Eu não sei. Talvez fosse o contrário, o Rapaz era quem apagava? Mas neste caso quem era *eu*?
   No início as cartas chegaram em enxurradas da prisão. Em primeiro lugar ele escreveu para as pessoas que tiveram as casas queimadas. Escreveu para Olav e Johanna Vatneli. Escreveu para Kasper Kristiansen. Escreveu para Bjarne Sløgedal. Escreveu para Anders e Agnes Fjeldsgård
   Mas também para outros. Para Teresa. Para Alfred. E para vários outros. Não foi possível examiná-las. A maioria das pessoas tinha jogado as cartas fora depois de um rápido lance de olhos. Eram como coisas imundas, coisas infectas que ninguém queria ter dentro de casa. As pessoas livraram-se delas. Muitas vezes o texto era totalmente desconexo. Desconexo, mas de certo modo bem-escrito. Quando perguntei a Kasper o que a carta dizia ele precisou pensar.
   Ah. O que foi mesmo que ele escreveu?

Reflexões ocasionais sobre Deus, sobre os virtuosos e os ímpios. Entre os ímpios estava ele próprio. Os dias passaram enquanto ele ficava no pavimento mais alto do Fórum no coração de Kristiansand escrevendo. No dia 9 de junho o rapaz do acidente de motocicleta acordou na unidade de tratamento intensivo do hospital em Kilen. Era noite. De repente ele abriu os olhos. Tinha escapado por um triz, mas um pouco de matéria encefálica tinha escorrido pelo ouvido, e ele havia se transformado em outro.

As semanas passaram. No dia 25 de junho, depois da prorrogação, a Argentina foi campeã do mundo de futebol em um Estádio Monumental lotado em Buenos Aires. Mas ele não viu nada disso. Estava em outro lugar. Da janela, conseguia ver o mar e os aviões que planavam a baixa altitude por cima da cidade. Conseguia ver a flecha e o domo da torre da catedral, conseguia ver o mercado e a entrada para o Møllepuben. Nas noites de sábado ele sabia que as pessoas de Finsland estavam lá, e quando via alguém fumando de pé e sorrindo no lado de fora da entrada ele abria a janela e gritava lá para baixo.

Com o passar dos meses, o rio de cartas foi aos poucos secando. No fim não chegavam mais cartas. No fim não havia mais nada. No fim ele acordava à noite e de repente achava que tudo tinha sido apenas um sonho.

O outono chegou. Os locais dos incêndios permaneciam como feridas negras, mas ao longo do verão a grama aos poucos tinha começado a crescer em meio às cinzas. Em setembro, Kasper derrubou a enorme chaminé em Dynestøl, em Vatneli as fundações foram destruídas e as pedras levadas embora, no fundo de Leipslandskleiva os quatro alicerces continuaram formando um quadrado perfeito. O inverno chegou. Em janeiro Johanna morreu. Permaneceu tranquila até o fim. Igual ao filho. Alguns dias depois começou a nevar, foi durante a noite enquanto todos dormiam. Grandes flocos caíram por cima da floresta, por cima das casas, brancos e silenciosos, e quando as pessoas acordaram no dia seguinte o mundo havia se renovado.

II

O julgamento começou na segunda-feira, 19 de fevereiro de 1979. O juiz Thor Oug chegou ao tribunal poucos minutos antes das nove horas. Todos estavam a postos: o promotor, o investigador-chefe Håkon Skaugvoll, o advogado de defesa Bjørn Moldenes e dois peritos em psiquiatria: o médico-geral Tor Sand Bakken, do Hospital Psiquiátrico Eg, e o médico-assistente Karsten Nordahl, da clínica dos nervos. Dag estava sentado ao lado do advogado de defesa. Parecia tranquilo, quase alegre. Muitas vezes inclinou-se em direção ao advogado, cochichou-lhe alguma coisa no ouvido, voltou a se recostar na cadeira, estendeu os braços para cima e abriu um sorriso de satisfação. Pouco antes do julgamento a porta do tribunal se abriu. Entrou uma mulher com cerca de sessenta anos, ela estava vestida com um casaco preto que cintilava com pingos de chuva, e logo atrás vinha um homem um pouco mais velho com o cabelo lambido. Ele também estava vestido de preto e trazia um guarda-chuva fechado na mão. Tinham chegado em cima da hora. Alma deteve o passo quando entrou na sala. Era como se os olhos precisassem se acostumar à luz lá dentro. Ela ajeitou o cabelo e limpou os pingos de chuva no casaco. Tinha o olhar fixo, mas distante, como se de fato estivesse em outro lugar. Era como se visse através das sete pessoas sentadas lá dentro, ao mesmo tempo via-as e não as via. E no fim talvez desse na mesma. Ingemann sacudiu o guarda-chuva, cumprimentou o juiz com um aceno de cabeça, e também o promotor e os peritos, sem nem saber quem eram. Então abriu um sorriso pálido para Dag. O oficial de justiça conduziu-os através da bancada da promotoria, e então os dois encontraram um lugar bem ao fundo, havia cadeiras para o público, e apenas um repórter do *Fædrelandsvennen* estava sentado lá.

Então o julgamento teve início.

O promotor começou fazendo a leitura das acusações. Eram dez ao todo. Foi preciso quase meia hora para dar conta de tudo. Dag permaneceu o tempo todo sentado, olhando atentamente para o promotor. Escutava com o que parecia ser um misto de interesse com um pouco de curiosidade, como se enfim pudesse entender com clareza o que realmente tinha acontecido. Quando terminou, o promotor disse, dirigindo-se a Dag pela primeira vez: *Uma vez que o acusado sofre de uma perturbação mental grave e portanto não é legalmente responsável pelos próprios atos, minha pergunta não se refere ao dolo; gostaria apenas de saber se o senhor é a pessoa responsável por tudo o que foi mencionado na acusação.*

A resposta foi um curto sim.

À exceção de algumas pequenas correções, ele confirmou a versão do investigador-chefe.

Era ele.

A seguir veio uma descrição minuciosa de todos os incêndios. Pediram que ele esclarecesse eventuais dúvidas em relação aos detalhes. Dag obedeceu prontamente. O tempo inteiro fazia correções e oferecia explicações, como se tudo aquilo dissesse respeito a um outro, como se ele mesmo tivesse sido apenas uma testemunha, e aos poucos o quadro inteiro se revelou. Ao longo da manhã, enquanto a chuva caía lá fora e aos poucos se transformava em neve pesada e úmida, todos os incêndios foram descritos com todos os detalhes possíveis, desde o palito de fósforo riscado até a casa completamente em ruínas. Ou desde que havia pegado o galão de gasolina na estação de incêndio em Skinnsnes até o momento em que fez soar o alarme e sentou-se no caminhão de bombeiros com a sirene e as luzes azuis ligadas. Era como se tudo aquilo voltasse à vida. As perguntas e as respostas minuciosas faziam com que as chamas por assim dizer se reavivassem. Lá estava ele outra vez, sozinho no escuro enquanto o fogo se alastrava. Crepitava e gemia e se erguia em direção ao céu, o mar de fogo ondulava e, no interior das chamas, ouvia-se um som alto e claro, uma espécie de canção.

Às onze e meia a sessão foi suspensa.

Alma e Ingemann, que tinham passado todo o tempo em silêncio e praticamente imóveis, permaneceram sentados, enquanto o jornalista, o promotor, o advogado de defesa e os peritos levantaram-se e desapareceram no corredor. Dag também permaneceu sentado. Por um breve instante apenas os três ficaram na sala. Dag se virou e sorriu. Ingemann se inclinou para frente e olhou para o chão.

– Como estão as coisas lá em casa? – perguntou Dag.
– Ah – disse Alma –, estão...
– Você continua trabalhando na oficina, papai?
Ingemann levantou os olhos de repente.
– Claro – respondeu. – Eu preciso.
– E você, mamãe, continua tirando o pó dos meus troféus?
Dessa vez ela não conseguiu dar nenhuma resposta, ela apenas sorriu. Foi um sorriso grande e caloroso que apenas ela podia sorrir para ele, e que apenas ele podia receber. Durou vários segundos. E então se desmanchou. De repente ela caiu para frente e tentou se agarrar ao nada, como se estivesse sufocando. Ingemann segurou-a por baixo dos braços enquanto o oficial de justiça chegava correndo, Dag se levantou mas continuou parado no lugar, vendo a mãe ser levada para fora da sala e ouvindo ao longe os soluços dela, amplificados e distorcidos de maneira sinistra pelo longo corredor.

Quando o julgamento recomeçou, pouco depois do meio-dia, tanto ela como Ingemann estavam de volta. Nada os tiraria de lá. Alma dava a impressão de ter a cabeça ainda mais erguida do que antes. Ela via através de tudo e de todos e o que ela via não podia ser dito nem explicado.

Pediram que ele se levantasse durante a leitura dos dados pessoais. Depois pediram que sentasse. Ele ficou meio recostado na cadeira enquanto o promotor fazia um breve resumo de sua vida. Nascido em 1957. Crescido nas décadas de 60 e 70. Um rapaz gentil e prestativo. Aluno dedicado. Boas notas em todas as matérias. Nada na ficha corrida. Em suma: um rapaz de futuro.

E assim foi.

O veredito foi proferido na segunda-feira, 12 de março. Na véspera do meu primeiro aniversário. Foi uma tarde fria de março com um vento nordeste. O tribunal foi o mesmo de quando o caso foi analisado um mês antes, mas dessa vez nem Alma nem Ingemann estavam presentes. Alguns dias antes Alma tinha mandado para ele um novo blusão de lã, e era esse blusão que ele que estava vestindo quando o levaram para o tribunal.

O juiz Oug não perdeu tempo e começou a ler a sentença assim que a sessão foi reaberta. Mais uma vez Dag ficou sentado e acompanhou tudo com muita atenção.

Nenhuma pena e nenhuma reparação de danos. Apenas cinco anos de internação involuntária. Então acabou. Levou apenas alguns minutos. Dag se levantou e saiu pelo corredor junto com o advogado de defesa e os dois peritos do Hospital Psiquiátrico Eg que o tinham acompanhado. Aquilo era tudo? Nenhuma pena? Nenhuma reclusão? Nenhuma indenização? Nada. Apenas cinco anos de internação involuntária. Ele sentiu-se quase animado quando atravessou o chão recém-polido do Fórum e saiu para a manhã gelada. Cinco anos. O que eram cinco anos? Com 27 ele seria solto e ainda teria a vida inteira pela frente. Parecia quase bom demais para ser verdade. O carro branco que o levaria de volta para o Hospital Psiquiátrico Eg reluzia ao sol. Ele caminhou pelo gelo com um profundo júbilo interior. Sentia vontade de cantar, ou de tocar piano. A felicidade só não era completa porque nem Alma nem Ingemann tinham visto o filho único receber a sentença.

III

Como foi que tudo começou? No sótão da escola em Lauvslandsmoen, quando eu descobri a minha foto? No mercado em Mântua, onde todos os mortos se reuniram para me ouvir? Ou será que foi muito antes?

Fico sentado com o Livannet à minha frente, juntando os pedaços. Chove há quatro dias sem parar. Depois o gelo volta como um último espasmo. Abril chega. As noites são amenas e luminosas. O ar cheira a primavera. Um dia o lago aparece livre do gelo à minha frente. Folheio os diários da vó. Depois do ano de luto após a morte do vô os diários ficam cada vez menos emotivos, com exceção de quando papai adoeceu e morreu dez anos mais tarde. No fim, são apenas observações simples e triviais sobre o tempo e o vento, sobre as pessoas com quem ela conversou, sobre a casa e o trabalho no jardim. Um fluxo constante de detalhes triviais que sem dúvida podem parecer um tanto irrelevantes. Mas ao mesmo tempo é como se ela se aproximasse de mim com essas anotações esparsas.

Tanto ela como o vô se aproximam. A vida deles se desprende da caligrafia elegante da vó.

No último verão antes de morrer o vô arranjou um emprego temporário. Ele era aposentado, mas apareceu uma vaga de motorista para o City Train, o pequeno trem branco para turistas que anda de um lado para o outro na Kvadraturen em Kristiansand, do mercado até a catedral, desce a Kongens Gate, passa pelo velho hospital St. Joseph, onde eu nasci, passa pelo cinema Aladdin, à esquerda, junto do teatro, segue pela beira da praia e passa por atrações turísticas como a fortaleza circular do rei Christian antes que o trem faça uma curva para subir outra vez até o mercado. O anúncio pedia um motorista experiente. Como o vô. Ele dirigia desde muito antes da guerra. Tinha sido o dono de um Nash Ambassador, e nesse carro tinha ido até Oslo e voltado.

Ele se candidatou e conseguiu a vaga. E a vó anotou a novidade em maio de 1987. Fiquei sabendo pelo papai, que me contou a história com um sorriso discreto. Eu não sabia direito se devia ficar orgulhoso ou envergonhado. Afinal, ninguém tinha um vô que dirigia o City Train. Por outro lado, eram poucos os que tinham um vô que vestia um uniforme branco impecável e um grande quepe branco de motorista. Fiquei orgulhoso e envergonhado. Os dois sentimentos não se separavam, e no fim passaram a pertencer um ao outro, ou então a se agarrar um ou outro.

O vô apareceu em um cartão-postal de Kristiansand. Estava ao lado do City Train com o uniforme branco e pomposo. No fundo via-se a catedral, e um mar de flores e folhagens em frente ao mercado, e um pouco mais atrás o alto do Fórum, onde poucos meses depois ele caiu morto. Eu vi esse cartão no pequeno mostruário da loja de Kaddeberg, aquele que ficava junto do caixa e fazia um rangido baixo ao girar. Havia uma pilha deles e de outros cartões similares, com alces e *trolls* e vilarejos idílicos do sul da Noruega com barcos de madeira deslizando em direção à ponte. Os cartões com a foto do vô continuaram no mostruário mesmo depois que ele se foi. Eu me lembro muito bem, porque naquele momento o orgulho e a vergonha se soltaram um do outro e dentro de mim restou apenas uma luz silenciosa e dolorida. O City Train continuou andando ao redor da Kvadraturen no verão seguinte, mas com outro motorista usando o uniforme branco do vô. O motorista era outro, mas no cartão-postal ainda era o vô quem dirigia. Acho que foi assim por muitos anos. Toda vez que entrava na loja de Kaddeberg eu via os cartões-postais lá, como uma lembrança constante de que ele tinha ido embora. Eu queria que desaparecessem, queria que alguém os comprasse um por um, escrevesse alguma coisa e os enviasse pelo correio. Mas ninguém fazia isso. Ninguém queria aqueles cartões-postais. Eles ficavam lá, o vô parecia um pouco empertigado, o mercado continuava branco e reluzente. Uma vez eu mesmo pensei em comprar todos. Em vez de cortar o cofrinho em pedaços no banco da prefeitura, eu mesmo podia fazer isso e colocar o dinheiro em cima do balcão de Kaddeberg. O único problema era que eu não tinha para quem mandar os cartões. Eu não podia escrever para os meus amigos, seria muito estranho, ninguém manda um cartão assim sem motivo, e além do mais nós morávamos todos perto uns dos outros. O único jeito seria mandá-los para pessoas que eu não conhecia. Eu podia abrir a lista telefônica, encontrar um nome de que eu gostasse, um nome que me parecesse gentil e necessitado de algumas palavras. Eu podia escrever uma saudação e enviar pelo correio. Imaginei que as pessoas receberiam o cartão e ficariam olhando para ele por um bom tempo, vendo aquele homem empertigado que era o meu avô, depois leriam o que eu tinha escrito e o rosto delas explodiria em um sorriso.

Nos diários encontrei várias fotos que eu nunca tinha visto antes, enfiadas entre as páginas como se tivessem algum significado especial. De um lado o vô aparece na cordilheira submersa, mais ou menos no meio do Homevannet. Só quem nadou até lá sabe exatamente onde fica o lugar. Talvez a uns trinta metros da margem. De repente dá para ficar em pé. Na foto ele parece estar andando em cima d'água. Na outra foto a vó aparece exatamente no mesmo lugar. Primeiro ele nadou sozinho e se posicionou enquanto ela esperava na margem para bater a foto, e depois ela nadou até lá e ele nadou de volta. Ou será que foi ao contrário? Ele já está com os cabelos totalmente brancos, magro e descarnado com a floresta escura ao fundo, ela está usando o maiô preto que eu ainda recordo. Devem ter se divertido com a ideia, e com certeza ficaram alegres ao ver as fotos reveladas. Estavam na casa dos sessenta anos, e portanto a foto devia ser da década de 80. Os dois adoravam tomar banho no lago.

Leio avançando no tempo, passo a primavera e o verão e o outono de 1998, e dois dias após o enterro de papai ela anota:

Chuva e vento forte. Gaute esteve aqui hoje à noite, estava muito bom.

Só isso. Foi na noite em que eu contei que escrevia. Continuo avançando rumo ao fim da vida dela. A última anotação, terça-feira, 28 de outubro de 2003:

Tomei uma injeção. Tempo bom e ameno.

Fico sentado com o Livannet escuro e silencioso à minha frente e me lembro das últimas semanas e dos últimos dias:
Eu estava em Praga por essa época, foi uma noite no fim de janeiro de 2004 e eu estava sentado em uma igreja no meio da cidade. Não lembro como a igreja se chamava. Por acaso eu passei e vi uma plaquinha com o anúncio do concerto. Me decidi na hora, comprei o ingresso em um pequeno guichê, entrei e encontrei um lugar para sentar. A tarde estava chegando ao fim. Lá fora as pessoas ajustavam as roupas ao redor do corpo, fazia cerca de 25 graus negativos e uma leve nevasca cintilante enchia o céu iluminado pelos holofotes na praça e na cidade antiga e na prefeitura com o relógio astronômico, por onde eu tinha acabado de passar. No órgão tocaram uma fantasia sobre *Ave Maria*. Talvez fosse a versão de Gounod? A mesma que Teresa e Bjarne Sløgedal tocaram na igreja de Finsland no primeiro Natal de paz

em 1945. Eu não sei. De qualquer modo, foi uma música que me encheu de um silêncio muito especial.

Naquele momento a minha vó estava internada no hospital de Sørlandet, na Noruega. Algumas horas antes um instrumento de metal, uma pinça de biópsia, foi introduzido na traqueia dela para retirar uma amostra de tecido dos pulmões. Era para ser uma intervenção corriqueira. Mas antes o aneurisma encontrado em um dos brônquios tinha sido interpretado como uma alteração no tecido pulmonar. Na verdade era a aorta.

Em segundos os pulmões se encheram de sangue.

Eu nunca imaginei que ela fosse morrer. Não naquela hora. Não enquanto eu estava em Praga e toda a igreja estava repleta de uma música tão pura, de um silêncio e de um frio tão puros. Ela não podia morrer.

E eu estava certo.

Os médicos conseguiram abrir uma passagem até o outro brônquio, para que ela pudesse respirar. Ela acordou e contou para o médico que estava inclinado por cima dela onde tinha estado: em uma faixa de areia à beira de um enorme lago. Quando eu ouvi essa história, pensei na mesma hora que devia ser o Homevannet. Parecia quase evidente. Que ela estava na faixa de areia logo abaixo da cabana do Clube do Automóvel de Kristiansand, onde ficava o balneário, olhando para longe, em direção à cordilheira submersa. Onde de repente dava para ficar em pé. Ela tinha ficado lá e sentido uma vontade indescritível de nadar, mas alguma coisa a impediu, quando de repente acordou.

Ela pediu ao médico para voltar. Ele sorriu e disse que não se pode oferecer esse tipo de ajuda em um hospital.

Foi como se a música em Praga naquela mesma noite desse a ela mais alguns dias de vida. A música que eu ouvi sentado.

Mais um pouco. Mais um pouco. Mais um pouco.

De repente, uma nova hemorragia.

Foi em 4 de fevereiro de 2004.

O amor é maior do que tudo. Essa foi a frase inspirada pela carta de Paulo que ela escolheu para a lápide do vô. Ainda me lembro bem de quando decidiu o que estaria escrito, mesmo que eu tivesse apenas dez anos na época. Por acaso eu estava na cozinha da casa dela enquanto ela conversava com papai, e deve ter sido marcante, porque nunca esqueci. Fiz que não entendi do que se tratava. Mas eu entendi. Ela achava que era a única coisa que poderia constar na lápide, a frase era a única capaz de expressar como ela se sentia. E no fim essa mesma frase também ficou gravada embaixo do nome dela.

Ela também a escreveu no diário. De repente, em dezembro de 1988, no dia 15, pouco mais de um mês depois que o vô faleceu. Nevou durante a noite, e depois o tempo clareou e ficou gelado.

O amor é maior do que tudo.

EPÍLOGO

Aconteceu em um domingo de agosto em 2005. Eu estava passando um breve período na minha casa em Finsland para terminar um trabalho grande. Era um romance sobre Friedrich Jürgenson, o homem que tentou interpretar a voz dos mortos. Na tarde daquele domingo decidi fazer uma longa caminhada para clarear as ideias. Eu estava sozinho na minha casa em Kleveland, tranquei a porta e saí andando pela estrada. Caminhei até a estrada e continuei descendo em direção à escola. Quando passei pela casa de Aasta, vi um helicóptero voando baixo acima da floresta de pinheiros atrás da escola, ele fez uma curva aberta, desceu devagar e pousou no meio do gramado de Lauvslandsmoen. Eu estava tão concentrado no livro que nem fiquei sabendo que naquele domingo era possível dar um passeio de helicóptero por cima do vilarejo. Tinha alguma coisa a ver com a comemoração dos *Dias de Finsland*, que de dois em dois anos reúne milhares de pessoas para uma mistura de exibição de animais, mercado das pulgas e parque de diversões, e por cima de tudo isso o helicóptero voava. Quando cheguei perto do gramado eu já tinha me decidido. O helicóptero parecia um grande inseto triste com as hélices paradas e curvadas para baixo. Fiquei um pouco surpreso, porque não tinha nenhuma fila como eu havia imaginado. O helicóptero estava sozinho, o piloto tinha descido e conversava com um outro homem, também sozinho. Era o último voo do dia, mas eram necessários pelo menos dois passageiros, e quando cheguei eu completei esse número. Eu sentei na frente e o homem atrás. Notei que ele estava usando uma jaqueta vermelha que farfalhava quando se virava no assento, e senti os joelhos dele nas minhas costas. Então eu coloquei o headset, a porta foi cuidadosamente fechada pelo lado de fora por um assistente em solo, coloquei o cinto de segurança que se cruzava por cima do meu peito e logo o piloto deu a partida no motor. De repente senti um cheiro forte de combustível e olhei um pouco apreensivo para o piloto. Logo escutei a voz tranquila dele no headset, as hélices giravam cada vez mais depressa acima de nós, o motor acelerava, o piloto mexeu no manche e o helicóptero se mexeu também, se desprendeu aos poucos do solo, e então subimos com uma leveza infinita em linha reta. Tudo aconteceu muito rápido; desde que eu estava sentado em casa, concentrado na escrita, até eu decidir dar uma volta, até eu ver o helicóptero e até eu acelerar a quarenta, sessenta, oitenta metros acima do solo, primeiro acima do antigo prédio da escola onde anos mais tarde eu encontraria a minha foto, acima da biblioteca onde a estrada se dividia em quatro, acima dos carros e das pessoas, acima da casa de Aasta e por fim acima das árvores de sombras compridas e congeladas. Eu tinha 27 anos, e era a primeira vez que eu via tudo do ar. Eu estava sentado dentro de uma bolha de vidro, o solo estava debaixo dos meus sapatos e havia um barulho forte ao meu redor, mas no headset eu ouvia a voz do piloto, mansa e simpática. Ele perguntou para onde eu gostaria de ir, e eu apontei na direção de Kleveland. Fizemos uma curva que por um instante me fez flutuar atrás do cinto de segurança, mais uma vez aceleramos acima da escola, acima da autoestrada, e de repente estávamos acima da minha casa, que eu conhecia tão bem e ao mesmo tempo nunca tinha visto antes. Subimos ainda mais alto e eu olhei longe ao redor. Estávamos acima do Mandalselva e pude ver o Manflåvannet ao norte, e o Øydnavannet a noroeste, fizemos uma curva fechada enquanto mais uma vez eu flutuava atrás do cinto de segurança e o meu coração subia até a garganta. Logo estávamos acima de Laudal. Vi a igreja debaixo do meu sapato direito. Lá embaixo estavam os meus bisavós, Danjell e Ingeborg, de quem não tenho nada além de um punhado de fotos, entre elas a foto da caçada em que Danjell está segurando uma lebre morta pelas patas de trás, como se ela estivesse dando um salto gigante. Então fizemos uma curva em direção ao leste, e no instante seguinte estávamos acima do Hessvannet e de Hundershei, e em algum lugar lá embaixo papai atirou no alce aquela vez. Depois passamos por cima de Lauvsland, e pelo alto da rampa no Stubrokka de onde papai saltou certa vez nos anos sessenta. Passamos voando por cima da casa e do galpão de Olga Dynestøl, onde há tempos moravam pessoas que eu não conhecia. Fizemos uma curva em direção ao norte e no instante seguinte eu vi a igreja lá embaixo, à esquerda. Vi os dois cemitérios, um como um diadema ao redor da igreja, e lá embaixo o vô e a vó descansavam juntos com muitos outros que apareceram em Mântua quatro anos mais tarde. Um pouco além da igreja ficava o outro cemitério, um retângulo perfeito, onde Kåre e papai descansavam, mesmo que naquele instante eu ainda não soubesse disso em relação a um deles.

    Foi mais ou menos nesse instante que me virei e tive um vislumbre do homem que estava sentado atrás de mim. Passaram-se alguns segundos. Então:

    É ele.

    Mais uma vez começamos a subir de repente. Eu vi a floresta e todos os lagos ao redor. Uma nuvem de tempestade estendia-se como uma rede diáfana sobre a paisagem. Vi o Gardvannet e o Kveddansvannet, reluzentes como metal líquido. Vi o Stomnevannet, o Sognevannet. Vi o Livannet, o Trælevannet, o Homevannet onde o céu se espelhava em meio aos promontórios cobertos de pinheiros, e o tempo inteiro uma voz dizia dentro de mim: é ele. É o incendiário. Fizemos uma curva acima de Dynestøl, foi uma curva demorada e tive a impressão de que eu estava estendido de lado em pleno ar. Por último passamos acima do Bordvannet enquanto descíamos em direção ao gramado. Finalmente voltei a ter chão firme debaixo dos meus pés e a sentir o peso do meu corpo.

    Ele tinha permanecido em absoluto silêncio atrás de mim, e eu o vi atravessar o gramado e continuar andando em meio aos carros estacionados. Tinha voltado para o vilarejo quando saiu do Hospital Psiquiátrico Eg e lá viveu durante boa parte da minha infância. Todos sabiam que era o incendiário, eu também. Eu simplesmente não o tinha reconhecido. Foi a vez em que estive mais perto dele. Com o passeio de helicóptero e a carta para Alfred, que dizia:

Kr.sand 12/6 - 78

Meu caro

Essa é a primeira carta que você recebe de um incendiário. Cabe a você decidir se quer me ver como um criminoso, algo que eu espero que você não faça. De qualquer maneira, devo passar um bom tempo na cadeia. Como abri o jogo com a polícia, sou réu primário e estou colaborando com as investigações, espero conseguir uma redução de pena. Não lembro de tudo que aconteceu na última noite. É como uma névoa. Mas você sabe de tudo isso. Ouvi dizer que você tinha pensado em me visitar, e eu ficaria muito agradecido se você realmente viesse. Mesmo que eu não esteja sozinho, o tempo passa devagar quando não se tem mais ninguém com quem falar. Seja como for, espero que você me escreva algumas palavras, mas não esqueça de preencher o campo do remetente no envelope. Um abraço, mande lembranças para todo mundo e diga que, dada a situação, estou bem.

 Ele tinha tentado voltar à vida. Na prisão, recebeu treinamento de enfermaria. Fazia sentido, ele que sempre tinha sido tão gentil. Cumpriu o tempo de internação involuntária e voltou para a casa em Skinnsnes, mas notou que as pessoas tinham medo dele. Se ofereceu para inúmeras vagas de emprego, mas não conseguiu nenhuma, tentou fugir de si mesmo e do passado, voltou para o norte da Noruega, onde casou e viveu alguns anos. Mas não deu certo. O casamento explodiu. Ele voltou para a casa em Skinnsnes. Foi quando Alma adoeceu. Disseram que era claudicação intermitente, e a situação era tão grave que no fim ela precisou amputar os dois pés. Precisaram *tirar os pés*, como se costuma dizer. Nos últimos tempos ela ficou em uma cadeira de rodas.

Alma morreu no dia em que o incêndio em Dynestøl completou dez anos, quando a casa e o galpão de Olga foram consumidos pelas chamas. Dag tentou reconstruir a vida. Passava muito tempo no quarto, ouvindo música, enquanto Ingemann ficava sozinho na sala. Durante os Jogos Olímpicos de Lillehammer os dois sentavam juntos em silêncio para ver as transmissões. Nunca falavam sobre o que tinha acontecido quase dezesseis anos atrás. Em 1995, durante a primavera, Ingemann caiu de repente na oficina, Dag estava lá e tentou reanimá-lo, porque apesar de tudo era enfermeiro. Mas não adiantou. O pai morreu dentro da oficina, enquanto Dag permanecia de joelhos ao lado dele. Quando percebeu o que tinha acontecido, caminhou devagar até o poste, girou a chave e o alarme veio como uma cascata celeste.

Ele ficou morando sozinho na casa em Skinnsnes, no meio do círculo mágico. No fim conseguiu um emprego como lixeiro municipal. Começava cedo da manhã, dirigia pelo vilarejo na picape azul do município e jogava os sacos pretos de lixo na caçamba. Era um trabalho que apreciava. Era um trabalho para o qual tinha sido talhado. Ele tinha um trajeto fixo, e começou a cronometrar o tempo que levava. Ninguém conseguia fazer o serviço tão depressa, e ele sempre conseguia melhorar mais alguns segundos. Pulava da caminhonete, corria pelo pátio, atirava o saco de lixo para dentro da caçamba, pulava de volta para dentro e continuava dirigindo. Era ele quem buscava o lixo da nossa casa em Kleveland e o da vó em Heivollen. Eu lembro, eu lembro que alguém tinha me dito. Que era ele. Lembro que houve um certo ceticismo da parte das pessoas. *Quem vinha dirigindo tão cedo da manhã? Não era o incendiário? O rapaz que tinha espalhado o pânico no vilarejo. O rapaz que tinha queimado oito construções e quase matado quatro pessoas de idade quase vinte anos atrás. Não era ele?* Agora ele dirigia uma picape e juntava o lixo das pessoas. E fazia isso mais depressa do que qualquer outro. Depois de um tempo as reclamações começaram a chegar. Ele dirigia tão depressa que os sacos escorregavam da caçamba e ficavam caídos pela estrada. Eu mesmo encontrei um saco de lixo no acostamento em Vollan uma vez quando desci do ônibus. Mas na hora eu não entendi como tudo se relacionava. Ele fazia o trajeto cada vez mais rápido, deixando cada vez mais lixo pelo caminho. Deslizava pátio adentro, pulava, corria para buscar o saco, atirava-o na picape, pulava para detrás do volante, acelerava estrada afora. Mais longe. Mais longe. Próxima casa. E depois a próxima. Cada vez mais rápido. Cada vez mais rápido em uma espiral cada vez mais frenética. Mais uma vez ele estava nas alturas, completamente sozinho.

No fim o despediram. Ele ficou sentado em casa, naquela grande casa vazia. Até que um dia a vendeu e se mudou, mas ainda que outras pessoas tenham ido morar na casa em Skinnsnes, ela continuou sendo a *casa do incendiário*. De repente ele estava em queda livre. Não tinha nada nem ninguém. Ele, que tinha sido tão desejado e tão amado. Ele, que tinha sido tão gentil e tão estimado por todos. Ele, que era um rapaz tão bom. Ele, que tinha a vida inteira pela frente. Mas o que tinha agora?

Tinha um primeiro e último passeio de helicóptero por cima do vilarejo que tanto adorava e ao qual sentia-se muito ligado, o vilarejo onde para ele era impossível estar. Ficou lá sentado, olhando para baixo em direção às pequenas estradas que serpenteavam pelas florestas. Todas aquelas estradas que conhecia tão bem, que por diversas vezes tinham permitido que se afastasse daquele início de verão 27 anos atrás. Viu as casas brancas e os galpões pintados de vermelho. Viu a estação de incêndio quase escondida pelas árvores, viu a casa de Sløgedal, a casa de Teresa e a casa de Else e Alfred, viu a prefeitura e a antiga capela em Brandsvoll, aquela que já não era mais uma capela, mas um galpão. E viu a casa em Skinnsnes, aquela que ficava completamente sozinha. Viu tudo junto. Mas não viu ninguém.

Ele morreu apenas dois anos mais tarde, na primavera de 2007, 29 anos depois dos incêndios. Estava deitado em casa, sozinho, quando a aorta estourou na altura da barriga. O sangue escorreu pelo corpo como tinta. Deve ter sido completamente indolor, quase como dormir, perder o rumo, ir embora. A noite e o sono vieram, e vieram como amigos.

Estou sentado no sótão do banco desativado olhando para o Livannet. Coloquei a escrivaninha um pouco mais para o meio do cômodo, porque assim eu vejo apenas o céu e o lago à minha

frente, e tenho a impressão de estar no passadiço de um navio. Vejo as nuvens chegarem deslizando vindas do mar, a bétula lá fora balança ao vento e as sombras tremulam nas paredes como antes. É primavera. Logo vou acabar, não há mais o que escrever. Me levanto, vou até a janela e apoio a mão no vidro.
E assim foi.

Teresa escreve sobre um episódio no último verão de Alma. As duas eram vizinhas, e da janela da cozinha ela via Ingemann empurrar Alma até a varanda para tomar sol pela manhã. Ela passava a manhã inteira sentada lá, em geral sozinha, e quando enfim era alcançada pela sombra da casa ele a empurrava de volta para dentro. Um dia, no entanto, Teresa viu que Alma estava na beira da estrada, no meio da planície. Um jovem a empurrava, e quando os dois se aproximaram ela viu quem era. Ele ia atrás da cadeira, empurrando. A essa altura ela nem sabia que ele tinha voltado para casa. Foi a última vez em que os viu juntos. Parece que nenhum dos dois disse nada, simplesmente mantiveram o olhar fixo à frente e projetaram duas sombras disformes que logo se juntaram em uma só. Todo o episódio está registrado em uma carta. Foi escrita no dia 23 de maio de 1988. Dez dias mais tarde Alma morreu, e foi posta no caixão sem os pés. Não sei para quem Teresa a escreveu, mas a carta nunca foi enviada. Começa assim: *Meu caro. Permita-me escrever isso tudo antes que eu queime.*